*Pour Alan Curtis*

Donna Leon est née en 1942 dans le New Jersey et vit à Venise, théâtre de ses romans policiers, depuis plus de vingt-cinq ans. Elle enseigne la littérature dans une base de l'armée américaine située près de la Cité des Doges. Son premier roman, *Mort à La Fenice*, a été couronné par le prestigieux prix japonais Suntory, qui récompense les meilleurs romans à suspense. Les enquêtes du commissaire Brunetti ont conquis des millions de lecteurs à travers le monde.

# Donna Leon

# DISSIMULATION DE PREUVES

ROMAN

*Traduit de l'anglais (États-Unis)*
*par William Olivier Desmond*

*Calmann-Lévy*

TEXTE INTÉGRAL

TITRE ORIGINAL
*Doctored evidence*
William Heinemann, Londres, 2004
© Donna Leon et Diogenes Verlag AG, Zurich, 2004

ISBN 978-2-7578-0278-6
(ISBN 978-2-7021-3751-2, 1ʳᵉ publication)

© Calmann-Lévy, 2007, pour la traduction française

*Signor Dottore*
*Che si può fare ?*
Docteur,
Que peut-on faire ?

*Così fan tutte*
Mozart

# 1

Il la haïssait, cette vieille vache. Mais comme lui était médecin et elle sa patiente, il se sentait coupable de la haïr – quoique pas coupable au point de moins la haïr. Méchante, avare, dotée d'un caractère épouvantable, toujours à se plaindre de sa santé et des quelques personnes qui avaient l'estomac assez bien accroché pour supporter sa compagnie, Maria Grazia Battestini était une personne dont même la plus généreuse des âmes n'aurait pu dire le moindre bien. Le prêtre avait déclaré forfait depuis longtemps, ses voisins en parlaient avec dégoût, sinon avec une animosité déclarée. Elle n'entretenait de liens avec sa famille que via les lois qui régissent les successions. Mais voilà : en tant que médecin, il ne pouvait se dérober à la visite hebdomadaire qu'il était tenu de lui faire, même si celle-ci se réduisait à quelques questions, posées pour la forme, sur la manière dont elle se sentait, suivies d'un contrôle de sa tension et de son pouls. La corvée durait depuis plus de quatre ans et son aversion avait atteint le point où il n'essayait même plus de se dissimuler son désappointement de ne jamais lui trouver le moindre symptôme de maladie. À un peu plus de quatre-vingts ans, elle en paraissait dix de plus et se comportait comme si, effectivement, elle avait eu quatre-vingt-dix ans. Il se disait qu'elle allait l'enterrer, qu'elle allait les enterrer tous.

Il entra dans l'immeuble à l'aide de sa clef. Le rez-de-chaussée et les deux étages appartenaient à la vieille, même si elle n'habitait que la moitié du premier. C'était par pure malveillance qu'elle faisait croire à une occupation intégrale des lieux : ainsi, elle empêchait sa nièce, la fille de sa sœur Santina, de venir s'installer soit au rez-de-chaussée, soit au second. Il ne comptait plus les fois, dans les années qui avaient suivi la mort du fils de Maria Grazia, où elle avait dit pis que pendre de sa sœur et évoqué sa délectation à frustrer indéfiniment les projets que sa famille nourrissait pour la maison. Elle parlait de sa sœur avec une méchanceté qui n'avait fait que croître et s'enlaidir depuis leur enfance commune.

Il donna donc un tour de clef à droite et, comme il est dans la nature des portes vénitiennes de ne jamais s'ouvrir facilement, il tira en même temps machinalement sur le battant avant de le pousser vers l'intérieur, puis d'entrer dans la pénombre du hall. Les plus puissants rayons du soleil n'auraient pu traverser les dizaines d'années de crasse graisseuse qui s'étaient accumulées sur les deux étroites fenêtres, au-dessus de la porte qui donnait sur la *calle*. Il ne prêtait plus attention à l'obscurité et cela faisait des années que la signora Battestini n'était plus capable de descendre l'escalier ; il y avait peu de chances que les vitres soient nettoyées dans un avenir prévisible. L'humidité avait fait sauter les plombs depuis belle lurette, mais pas question pour elle de payer un électricien ; quant à lui, il avait perdu l'habitude de chercher l'interrupteur de la main.

En attaquant la première volée de marches, il se prit à espérer que la nouvelle aide ménagère – une Roumaine, lui semblait-il, car c'était ainsi que Maria Grazia parlait d'elle, mais elles ne restaient jamais assez longtemps pour qu'il se rappelle leurs noms – durerait plus que les autres. Depuis son arrivée, la vieille bique était propre, au moins, et ne puait plus l'urine. Il les avait vues arriver et disparaître, au cours de ces quatre années ; elles venaient parce qu'elles avaient besoin de travailler, même si cela signifiait procéder à la toilette de la signora Battestini et la faire manger tout en se soumettant au flot permanent de ses insultes ; elles s'en allaient parce qu'au bout d'un moment elles n'en pouvaient plus, et que même l'impérieuse nécessité de gagner leur vie ne pouvait résister aux agressions venimeuses de la vieille femme.

Par réflexe, il frappa à la porte tout en sachant que ce geste de politesse était inutile. Les beuglements de la télévision, audibles depuis la rue, noyaient tous les autres bruits, et même les oreilles plus jeunes de la Roumaine – mais comment s'appelait-elle, déjà ? – enregistraient rarement le signal de son arrivée.

Il prit la deuxième clef, tourna deux fois et entra dans l'appartement. Au moins était-il propre. Une fois, environ un an après la mort du fils de la vieille dame, personne n'était venu pendant plus d'une semaine. La signora Battestini était restée seule au premier étage. Il se rappelait encore l'odeur qui y régnait lorsqu'il avait ouvert la porte, lors de sa visite (il passait alors deux fois par mois) ; il se rappelait aussi le spectacle, dans la cuisine, des restes de nourriture qui se putréfiaient dans les assiettes depuis sept ou huit jours, dans la chaleur de juillet, sans parler de la vue du corps bardé de couches de graisse de la vieille femme, nue, couverte des débris et coulures de ce qu'elle avait essayé de manger, effondrée dans un fauteuil en face de la télévision toujours aussi assourdissante. Elle s'était retrouvée à l'hôpital, déshydratée, désorientée, mais toujours aussi infernale, et le personnel avait sauté sur l'occasion de s'en débarrasser au bout de seulement trois jours, quand elle avait exigé de rentrer chez elle. C'était l'Ukrainienne qui s'occupait d'elle à ce moment-là – celle qui avait disparu au bout de trois semaines en emportant un plateau d'argent. Il avait alors fait passer le rythme de ses visites à une par semaine. La vieille n'avait pas pour autant changé : son cœur avait continué à battre avec conviction, ses poumons à respirer l'air confiné de l'appartement, les couches de graisse à se dilater.

Il posa sa sacoche sur la table à côté de la porte, soulagé de constater que le plateau était propre, signe certain que la Roumaine était toujours sur le pont. Il se passa le stéthoscope autour du cou et entra dans le séjour.

Sans la télé, il aurait probablement entendu le bruit de fond avant d'entrer. Mais à l'écran, une blonde multi-liftée aux boucles blondes de fillette donnait les infos sur l'état de la circulation, attirant l'attention des automobilistes de la Vénétie sur les probables inconvénients des embouteillages à venir sur l'A4 ; son débit de mitraillette noyait le bourdonnement industrieux des mouches qui s'affairaient sur la tête de la signora Battestini.

Certes, il avait l'habitude de voir des personnes âgées décédées, mais elles avaient en général plus de dignité que celle qui gisait devant lui sur le plancher. Les vieux meurent en douceur ou dans la souffrance, mais comme la mort se présente rarement pour eux sous forme d'agression, bien peu y résistent avec violence. C'était aussi le cas de la signora Battestini.

Son agresseur devait l'avoir prise complètement par surprise, car elle était tombée tout à côté d'une table où ni la tasse de café vide ni la télécommande n'avaient été dérangées. Les mouches avaient opté pour une attaque en deux colonnes : la première sur un bol de figues fraîches, la seconde sur la tête de la signora Battestini. Elle était allongée les bras tendus devant elle, la joue gauche contre le plancher. La plaie, sur la nuque, lui fit penser au ballon de football devenu tout flasque sur un côté, après que le chien de son fils l'avait mordu. Mais contrairement à la tête de la vieille femme, l'enveloppe du ballon était restée lisse et intacte et rien n'en avait suppuré.

Il s'immobilisa sur le seuil, parcourut la pièce des yeux, trop sidéré par le chaos pour avoir une idée claire de ce qu'il cherchait. Le corps de la Roumaine, peut-être ; ou bien craignait-il l'irruption soudaine, venant d'une autre pièce, de l'assassin. Les mouches, cependant, attestaient que celui-ci avait eu largement le temps de s'enfuir. Il leva les yeux, son trouble soudain cristallisé autour d'une voix humaine ; mais tout ce qu'il apprit fut qu'un accident, impliquant un poids lourd, venait de se produire sur l'A3 à la hauteur de Cosenza.

Il traversa la pièce et éteignit la télévision ; un silence qui n'avait rien d'étouffé ni de respectueux emplit le séjour. Il se demanda s'il ne devait pas aller inspecter les autres pièces pour chercher la Roumaine, et peut-être aussi pour se porter à son secours si le ou les agresseurs n'avaient pas réussi à la tuer, elle aussi. Au lieu de cela, il retourna dans l'entrée, prit son téléphone portable, composa le 113 et déclara qu'il y avait eu un meurtre à Cannaregio.

La police n'eut pas de mal à trouver la maison de la victime, le médecin ayant expliqué qu'elle était la première de la *calle* à droite du Palazzo del Cammello. La vedette courut sur son erre pour se ranger côté sud du canal della Madonna. Deux officiers en uniforme sautèrent sur la berge, l'un d'eux se tournant pour aider les trois représentants de la police scientifique à débarquer leur matériel.

Il était presque treize heures. Ils avaient le visage luisant de sueur, et leurs vêtements ne tardèrent pas à leur coller au corps. Maudissant la chaleur, épongeant en vain leur front, quatre des cinq policiers entreprirent de transporter leur barda jusque dans la Calle Tintoretto et de là dans l'entrée de l'immeuble, où les attendait un homme grand et mince.

« Dottor Carlotti ? demanda l'officier de police qui n'avait pas participé au transfert du matériel.

– Oui.

– C'est bien vous qui avez appelé ? »

Les deux hommes savaient, pourtant, que la question était superflue.

« En effet.

– Pouvez-vous m'en dire un peu plus ? Pour quelle raison étiez-vous sur place ?

– Comme toutes les semaines, je venais rendre visite à une de mes patientes, la signora Battestini. Quand je suis entré dans l'appartement, je l'ai trouvée allongée sur le plancher. Elle était décédée.

– Vous avez une clef ? » demanda le policier. Il avait parlé d'un ton neutre, mais la question créa soudain une ambiance de suspicion.

« Oui, depuis deux ans. J'ai les clefs de plusieurs de mes patients… » répondit Carlotti. Il s'était interrompu en se rendant compte que cela devait paraître bizarre de donner ces détails à la police, ce qui ne fit que le mettre mal à l'aise.

« Pouvez-vous me décrire exactement ce que vous avez trouvé ? » demanda le policier. Pendant ce temps, les autres, après avoir déposé leur matériel, étaient repartis jusqu'à la vedette pour y prendre le reste.

« Ma patiente, morte. On l'a tuée.

– Qu'est-ce qui vous le fait dire ?

– Ce que j'ai vu, répondit Carlotti sans plus de précisions.

– Avez-vous une idée de la personne qui a pu faire le coup, dottore ?

– Non, aucune, absolument aucune idée du meurtrier, répondit le médecin avec une insistance qui se voulait indignée mais ne réussit qu'à le faire paraître nerveux.

– Le meurtrier ?

– Quoi ?

16

– Vous avez dit, *le meurtrier*. Je suis curieux de savoir ce qui vous fait penser que c'est un homme. »

Carlotti ouvrit la bouche mais les termes choisis qu'il s'apprêtait à prononcer lui échappèrent. « Jetez donc un coup d'œil, et venez me dire si c'est une femme qui l'a fait. »

Sa colère le surprit lui-même ; ou plutôt la force de celle-ci. Ce n'étaient pas les questions du policier qui l'avaient mis en colère, mais les réactions timorées qu'il avait eues. Il n'avait rien fait de mal ; il avait simplement découvert le cadavre de la vieille femme et néanmoins sa réaction spontanée, face à l'autorité, était la crainte et la certitude qu'il allait en découler des ennuis pour lui. Quelle race de froussards nous sommes devenus, se prit-il à penser au moment où le policier lui demandait : « Et où se trouve-t-elle ?

– Au premier.

– La porte est ouverte ?

– Oui. »

Le policier s'avança dans la pénombre de l'entrée – le reste de l'équipe s'y était rassemblé pour fuir la chaleur du soleil – et indiqua l'étage d'un mouvement du menton. « Vous allez nous accompagner », dit-il au médecin.

Carlotti lui emboîta le pas, bien résolu à en dire le moins possible et à ne manifester ni gêne, ni peur. Habitué à la vue de la mort, celle du cadavre de la femme, aussi terrible qu'elle ait été, ne l'avait pas autant affecté que sa peur instinctive d'avoir affaire à la police.

En haut de l'escalier, les policiers entrèrent sans hésiter dans l'appartement, tandis que le médecin restait sur le palier. Pour la première fois depuis quinze ans, il éprouva un tel désir d'une cigarette que son cœur en battit plus fort.

Il les écouta qui allaient et venaient dans l'appartement, les entendit qui s'interpellaient, mais ne fit aucun effort pour écouter. Les voix devinrent plus étouffées quand les policiers passèrent dans le séjour, là où se trouvait le corps. Il s'avança jusqu'à la fenêtre et posa une fesse sur l'appui, sans se soucier de la saleté qui s'y était accumulée. Il se demandait pourquoi ils avaient besoin de lui ici et fut sur le point de leur dire qu'ils pouvaient le joindre à son cabinet si sa présence était requise. Mais il ne bougea pas, n'alla pas dans l'appartement pour leur parler.

Au bout d'un moment, le policier qui s'était adressé à lui revint sur le palier, tenant quelques documents d'une main gantée de plastique. « Quelqu'un habitait-il avec elle ?

– Oui.

– Qui ?

– J'ignore son nom, mais je crois qu'elle était roumaine. »

Le policier lui tendit l'un des papiers ; un formulaire, rempli à la main. En bas à gauche, il y avait une photo d'identité, celle d'une femme au visage rond qui aurait pu être la Roumaine. « C'est elle ? demanda le policier.

– Oui, je crois, répondit le médecin.

– Florinda Ghiorghiu », lut le policier. Du coup, le nom revint à Carlotti.

« En effet, dit-il, Flori. » Puis il ajouta, curieux : « Elle est là ? espérant que la police ne trouverait pas bizarre qu'il ne l'ait pas cherchée, espérant qu'ils n'avaient pas trouvé son cadavre.

– Pas vraiment, répondit le policier avec une impatience à peine déguisée. Il n'y a pas trace d'elle, et tout est sens dessus dessous. On a fouillé l'appartement et emporté tout ce qui avait un peu de valeur.

– Vous pensez… commença Carlotti, mais le policier lui coupa la parole avec une véhémence qui surprit le médecin.

– Évidemment ! Elle est de l'Est. Elles sont toutes pareilles. De la vermine. » Carlotti n'eut même pas le

18

temps de protester ; le policier enchaîna, crachant les mots. « On a trouvé un torchon couvert de sang dans la cuisine. C'est évidemment la Roumaine qui l'a tuée. » Puis il ajouta dans un marmonnement : « La pauvre vieille », oraison funèbre que le dottor Carlotti n'aurait peut-être pas prononcée pour Maria Grazia Battestini.

## 2

Le chef des policiers, le lieutenant Scarpa, autorisa le dottor Carlotti à retourner chez lui, ajoutant néanmoins que celui-ci ne pouvait quitter la ville sans la permission de la police. Le ton de Scarpa était tellement lourd d'insinuations et de sous-entendus que toute envie de protester qu'aurait pu avoir Carlotti mourut avant d'avoir franchi ses lèvres, et qu'il partit sans demander son reste.

C'est alors qu'arriva le dottor Ettore Rizzardi, médecin légiste de la ville de Venise et donc habilité à déclarer officiellement le décès et à faire les premières hypothèses sur l'heure de l'événement. S'exprimant avec froideur, tout en manifestant une politesse excessive vis-à-vis du lieutenant Scarpa, Rizzardi déclara que la mort de la signora Battestini était apparemment le résultat d'une série de coups qui lui avaient été portés à la tête, jugement qu'à son avis l'autopsie ne ferait que confirmer. Quant à l'heure de la mort, il estima, en dépit des mouches et après avoir pris la température du corps, qu'elle remontait à deux ou tout au plus quatre heures, soit entre dix heures et midi. Devant l'expression de Scarpa, le médecin ajouta qu'il pourrait être plus précis après l'autopsie, mais qu'il était très improbable que son évaluation soit revue à la hausse. Et en ce qui concernait l'arme du crime, il se contenta de parler d'un objet contondant et lourd, peut-être en métal, ou peut-être en bois, présentant des sillons ou des bords irréguliers. Ce qu'il expliqua sans avoir eu connaissance de la statue en bronze ensanglantée du Padre Pio (récemment béatifié) dans un sac en plastique transparent qui devait partir au labo pour un relevé d'empreintes digitales.

Le corps ayant été examiné et photographié, Scarpa ordonna son transfert à l'Ospedale Civile pour l'autopsie, disant à Rizzardi qu'il était pressé d'avoir les résultats. Il ordonna alors à ses experts de passer l'appartement au peigne fin, même si, vu le désordre qui y régnait, il était clair que quelqu'un les avait précédés. Après le départ discret du médecin légiste, Scarpa se réserva la fouille de la petite chambre, tout au fond, où avait apparemment logé Florinda Ghiorghiu. À peine plus grande qu'un placard, la pièce n'avait manifestement pas soulevé l'intérêt de celui ou celle qui avait mis le séjour sens dessus dessous. Le lieutenant y trouva un lit étroit et un jeu d'étagères derrière un bout de tissu usé ayant été jadis, peut-être, une nappe. Lorsqu'il ouvrit ce rideau de fortune, il trouva deux blouses pliées et un nombre identique d'ensembles de sous-vêtements. Une paire de tennis noires était rangée sur le plancher. Sur le rebord de la fenêtre proche du lit, on voyait, dans un modeste cadre en carton, la photo de trois petits enfants, à côté d'un livre qu'il ne prit même pas la peine d'examiner. Le policier trouva des photocopies de documents officiels dans une chemise en carton : les deux premières pages du passeport roumain de Florinda Ghiorghiu et des copies de ses permis de séjour et de travail italiens. Née en 1953, elle était classée comme « aide ménagère » à la rubrique *emploi*. Il trouva enfin un billet de train aller-retour Bucarest-Venise, dont seul l'aller avait été utilisé. Comme il n'y avait ni chaise ni table dans la chambre, le policier n'avait rien d'autre à inspecter.

Le lieutenant Scarpa prit son portable et appela la questure pour qu'on lui donne le numéro de téléphone de la police des frontières, à Villa Opicina. Il le composa aussitôt, donna son nom et son rang, fit un bref compte rendu des circonstances et demanda quand le prochain train en provenance de Venise devait franchir la frontière. Expliquant que le suspect pouvait se trouver dans ce train et soulignant le fait que l'auteur du crime était roumaine, il rappela à son correspondant que, si jamais la femme réussissait à regagner la Roumanie, ils n'auraient guère de chance de l'extrader ; il était donc de la plus haute importance qu'elle soit interceptée avant la frontière.

Il ajouta qu'il leur faxerait la photo dès qu'il serait de retour à la questure, insistant une fois de plus sur l'horreur de ce crime, et coupa la communication.

Laissant à la police scientifique le soin de poursuivre la fouille de l'appartement, le lieutenant Scarpa ordonna au pilote de le ramener à la questure, où son premier geste fut de faxer le formulaire rempli par Florinda Ghiorghiu à Villa Opicina, avec l'espoir que la photo passerait bien. Cela fait, il alla rendre compte à son supérieur, le vice-questeur Giuseppe Patta, non sans s'appesantir sur la célérité avec laquelle il avait poursuivi le crime.

À Villa Opicina, le fax arriva alors que le patron local de la police des frontières, le capitaine Luca Peppito, téléphonait au chef de gare de la ville pour lui dire qu'ils allaient retenir l'express de Zagreb en gare, le temps de retrouver un dangereux assassin qui essayait de fuir le pays. Peppito reposa le combiné, vérifia que son arme de service était bien chargée et se rendit au rez-de-chaussée pour rassembler son équipe.

Vingt minutes plus tard, l'express de Zagreb entrait en gare et se rangeait le long du quai ; en temps normal, la halte durait juste le temps de changer les locomotives et de vérifier les passeports des voyageurs. Ces dernières années, les inspections de douane entre ces deux seconds couteaux du grand jeu européen s'étaient résumées à de simples coups d'œil jetés dans les compartiments, et ne se soldaient en général que par le paiement de droits pour une cartouche de cigarettes ou une bouteille de grappa – délits qui n'étaient plus considérés comme une menace pour la survie économique de l'Italie ou de la Slovénie.

Peppito avait envoyé une équipe à chaque extrémité du train et posté deux hommes à l'entrée de la gare ; tous avaient pour consigne d'examiner le passeport de toute femme qui descendrait du train.

Les trois hommes montés à l'arrière du convoi commencèrent à remonter les voitures, dévisageant tous les voyageurs, vérifiant qu'il n'y avait personne dans les toilettes, tandis que Peppito et deux policiers entreprenaient la même manœuvre, dans l'autre sens, depuis l'avant.

Ce fut le sergent de Peppito qui la repéra, assise près d'une fenêtre dans un compartiment de seconde classe de la première voiture attelée à la locomotive. Il faillit ne pas la remarquer parce qu'elle dormait, ou faisait semblant, la tête tournée vers la vitre contre laquelle elle s'appuyait du front. Il remarqua les larges méplats de type slave de son visage, les cheveux aux racines blanches, faute de soins, la charpente trapue et musclée si fréquente parmi les femmes de l'Est. Deux autres passagers occupaient le compartiment, un homme au visage large et rouge qui lisait un journal en allemand et un autre, plus âgé, qui faisait les mots croisés de la *Settimana Enigmistica*. Repoussée d'un geste sec par le capitaine, la porte coulissante heurta bruyamment le montant et la femme se réveilla en sursaut, se mettant à jeter des regards apeurés autour d'elle. Les deux hommes levèrent les yeux vers les policiers en uniforme et le plus âgé demanda : « *Si ?* » d'un ton qui exprimait son irritation.

« Messieurs, veuillez quitter le compartiment », ordonna Peppito. Avant que l'un ou l'autre ait eu le temps de protester, il avait posé la main sur la crosse de son arme. Les deux passagers obtempérèrent sans même essayer de prendre leurs bagages. La femme, voyant les hommes sortir, se leva à son tour comme si elle avait aussi été concernée par l'ordre.

Peppito l'agrippa par l'avant-bras au moment où elle voulut se glisser devant lui. « Vos papiers, signora », cracha-t-il.

Elle leva les yeux vers lui, cillant rapidement. « *Cosa ?* » demanda-t-elle avec nervosité.

« *Documenti !* » répéta-t-il, plus fort.

Elle eut un sourire crispé, simple raidissement des muscles de son visage destiné à manifester qu'elle était inoffensive et pleine de bonne volonté, mais il la vit jeter un coup d'œil en direction de la sortie, au bout du couloir. « *Si, si, signore, momento, momento* », répondit-elle avec un accent tellement marqué qu'elle en était presque incompréhensible.

Elle tenait un sac en plastique à la main droite. « *La borsa, signora* », dit Peppito avec un geste vers l'objet – il venait de Billa et aurait dû contenir de l'épicerie.

Elle cacha vivement le sac derrière elle. « *Mia, mia* », dit-elle, en revendiquant la possession mais laissant voir sa peur.

« *La borsa, signora* », répéta Peppito, la main tendue.

Elle voulut se tourner, mais Peppito était un solide gaillard et il n'eut pas de mal à la retenir. Il lui lâcha le bras, prit le sac et se mit à en examiner le contenu. Il ne vit que deux pêches mûres et un porte-monnaie. Il prit le porte-monnaie et laissa tomber le sac au sol. Jetant un coup d'œil à la femme, dont le visage était devenu aussi blanc que la racine de ses cheveux, il ouvrit le petit objet de plastique. Il reconnut sur-le-champ les billets de cent euros et vit qu'il y en avait beaucoup.

L'un de ses hommes était allé dire à ses collègues de l'arrière du train qu'ils l'avaient trouvée ; l'autre, dans le couloir, tentait d'expliquer aux deux passagers évincés qu'ils pourraient retourner dans le compartiment dès que la police aurait fait débarquer la femme du train.

Peppito referma le porte-monnaie. Quand la femme le vit qui commençait à le glisser dans la poche de sa veste, elle tenta de le reprendre, mais le capitaine lui donna une tape sur la main, puis se tourna pour dire quelque chose aux hommes qui attendaient dans le couloir. Il se tenait dans l'encadrement de la porte coulissante et, lorsqu'elle se jeta de tout son poids sur lui, l'impact le repoussa dans le couloir ; il perdit l'équilibre et tomba de côté. Il n'en fallait pas plus à la femme pour qu'elle ait le temps de se glisser devant lui et de courir jusqu'à l'avant de la voiture. Le capitaine cria, se remit maladroitement debout, mais la femme avait déjà dégringolé les trois marches et courait sur le quai, le long du train.

Le capitaine Peppito et son subordonné coururent à la portière et sautèrent sur le quai, où tous deux sortirent leur pistolet. La femme, qui courait toujours et venait de dépasser la locomotive, se tourna et, voyant les armes, se mit à hurler, bondissant en même temps sur la voie. Quiconque n'aurait pas été pris de panique, devant la tension de cette scène, aurait entendu se rapprocher le grondement d'un train de marchandises à destination de la Hongrie.

Les policiers se précipitèrent, leurs cris suivant la Roumaine. Elle leva les yeux, les vit approcher, calcula la distance qui les séparait d'eux et décida de risquer le tout pour le tout. Elle s'éloigna encore de quelques foulées, courant toujours parallèlement à la voie, puis obliqua brusquement vers la gauche, alors que le train de marchandises n'était qu'à une vingtaine de mètres d'elle. Les policiers hurlèrent, cette fois, mais leur voix fut couverte par le sifflement du train et le grincement assourdissant des freins. Ce fut peut-être l'un de ces bruits qui la fit hésiter ; ou peut-être posa-t-elle simplement le pied sur le rail et non sur les graviers. Toujours est-il qu'elle trébucha, se retrouva un genou à terre, se remit aussitôt debout et voulut se jeter de l'autre côté de la voie. Mais, comme les policiers l'avaient compris d'où ils étaient, il était trop tard. Le train était sur elle.

Jamais le capitaine ne reparla de ce qui s'était passé, du moins après la description qu'il fit des événements dans son rapport, l'après-midi même. Pas plus que le policier qui était avec lui ou que les mécaniciens de la locomotive du train de marchandises, même si l'un d'eux avait déjà assisté à un accident semblable près de Budapest.

Les journaux rapportèrent par la suite que l'on avait trouvé sept cents euros dans le porte-monnaie de la Roumaine. La nièce de la signora Battestini, qui disposait d'une procuration de sa tante, déclara qu'elle avait été toucher la retraite de celle-ci à la poste, la veille, et la lui avait apportée. Son montant était de sept cent douze euros. Étant donné l'état dans lequel était le corps de la Roumaine, rien ne fut fait pour chercher des traces de sang de la signora Battestini sur elle. L'un des hommes qui avaient partagé son compartiment déclara qu'elle lui avait paru très agitée au moment du départ, à Venise, mais qu'elle s'était nettement calmée au fur et à mesure que le train s'éloignait de la ville ; l'autre passager avait remarqué qu'elle avait emporté le sac en plastique avec elle en se rendant aux toilettes.

En l'absence d'autre suspect, on la considéra comme l'auteur probable du meurtre et on estima qu'il valait mieux consacrer l'énergie de la police à autre chose qu'à poursuivre l'enquête sur cette affaire. On ne ferma pas le dossier : on le laissa en panne. Le cours normal des choses finirait par le faire disparaître et, une fois passées les manchettes à sensation des journaux sur le meurtre et la fuite de la Roumaine, il irait les rejoindre dans les oubliettes du temps.

Les autorités cherchèrent au moins à établir les preuves bureaucratiques qui reliaient la Roumaine à l'assassinat de Maria Grazia Battestini. La nièce de la victime expliqua que Florinda Ghiorghiu, qu'elle ne connaissait que sous le nom de Flori, servait chez sa tante depuis quatre mois au moment des faits. Non, ce n'était pas elle qui l'avait engagée ; toute la gestion des intérêts de sa tante était entre les mains d'une avocate, Roberta Marieschi. La dottoressa Marieschi était d'ailleurs chargée des affaires d'un certain nombre de personnes âgées dans la ville et c'était elle qui leur procurait bonnes et aides ménagères, du personnel venu surtout de Roumanie où elle avait des contacts avec diverses organisations charitables.

La dottoressa Marieschi ne savait rien de plus sur Florinda Ghiorghiu que ce que contenait son passeport, dont l'avocate détenait une photocopie. On trouva l'original dans un sac de toile attaché à la taille de la femme renversée par le train ; une fois nettoyé et examiné, on se rendit d'ailleurs compte que c'était un faux – relativement grossier, de plus. Interrogée sur ce point, la dottoressa Marieschi fit observer qu'il ne lui revenait pas de contrôler des passeports reconnus comme authentiques par les services d'immigration, que son travail se cantonnait à trouver des clients pour lesquels les personnes titulaires de ces passeports – et elle profita de l'occasion pour répéter *reconnus comme authentiques par les services d'immigration* – pourraient convenir.

Elle n'avait rencontré Florinda Ghiorghiu qu'une fois, quatre mois auparavant, lorsqu'elle l'avait conduite au domicile de la signora Battestini pour la présenter à celle-ci. Elle n'avait eu aucun contact avec elle ensuite. Oui, la signora Battestini s'était plainte de la Roumaine, mais la signora Battestini se plaignait de toutes les aides ménagères qu'on lui envoyait.

L'affaire étant en quelque sorte en suspens, la nièce ne put avoir de réponse à ses questions sur le statut juridique de l'appartement de sa tante : était-il toujours une « scène du crime » à laisser intacte ou non ? Lassée d'attendre, elle finit par consulter la dottoressa Marieschi, qui lui assura que les termes du testament de sa tante étaient suffisamment clairs pour lui garantir la possession pleine et entière de tout le bâtiment. Une semaine après la mort de la vieille dame, la nièce et l'avocate se rencontrèrent pour établir par le menu l'état de la succession. Rassurée par ce qu'elle avait appris, la nièce alla dans l'appartement le lendemain de cette conversation et le nettoya. Elle plaça dans des cartons et monta dans le grenier les objets qu'elle estima valoir la peine d'être conservés. Quant au reste, vêtements et affaires personnelles de sa tante, elle le mit dans de grands sacs-poubelle qu'elle laissa à la porte de l'appartement. Les peintres entrèrent en scène dès le lendemain, la dottoressa Marieschi ayant convaincu l'héritière que le mieux était de remebler ce logement pour le louer aux touristes à la semaine. Elle s'occuperait de lui trouver des locataires convenables ; et non, si ces dispositions restaient à l'amiable et si les paiements s'effectuaient en liquide, il n'y avait pas de raisons de déclarer ce revenu au fisc. Après une nouvelle consultation avec la dottoressa Marieschi, l'héritière décida finalement de restaurer tous les appartements, prévoyant d'en demander un loyer élevé.

Et ainsi fut réglée la question, trois semaines à peine après la mort de Grazia Maria Battestini. Ses possessions terrestres moisissaient dans le grenier, empilées n'importe comment dans des cartons par quelqu'un qui ne s'y intéressait que dans la mesure où, le jour où elle aurait le temps d'y regarder de plus près, elle tomberait peut-être sur quelque chose ayant une certaine valeur ; quant à l'appartement fraîchement repeint, il intéressait déjà beaucoup un fabricant de cigares hollandais qui envisageait de le louer dès la dernière semaine d'août.

## 3

Les choses en restèrent là, à la satisfaction de tout le monde : la police, qui avait en pratique bouclé son dossier, même si elle n'avait pas formellement résolu l'affaire ; Graziella Simionato, la nièce de la signora Battestini, qui voyait se profiler une nouvelle et juteuse source de revenus ; et Roberta Marieschi, qui se félicitait d'avoir si habilement retenu la famille Battestini parmi sa clientèle. Et sans doute les choses en seraient-elles restées là, sans l'intervention des dieux lares de Venise – dieux qui, en réalité, président à toutes les villes grandes ou petites : les commérages.

En fin d'après-midi, le troisième dimanche d'août, une main ouvrit les persiennes du premier étage d'un bâtiment situé tout à côté du canal della Misericordia et du Palazzo del Cammello. La propriétaire de l'appartement, Assunta Gismondi, une infographiste, habitait depuis toujours Venise, même si elle travaillait surtout pour un cabinet d'architectes de Milan. Après avoir repoussé les persiennes pour laisser entrer un peu d'air chez elle dans cette chaleur étouffante, la signora Gismondi jeta un coup d'œil, devenu machinal après tant d'années, aux fenêtres lui faisant directement face et fut étonnée de voir qu'elles étaient fermées. Étonnée, mais nullement déçue.

Elle défit sa valise, accrocha quelques vêtements sur des cintres et fourra le reste dans le lave-linge. Elle

30

parcourut le courrier qui s'était accumulé pendant les trois semaines qu'elle avait passées à Londres, puis les fax qu'elle avait reçus ; mais comme elle avait été en contact par courriel avec son amant ainsi qu'avec les employeurs qui l'avaient envoyée suivre ce stage de formation en Angleterre, elle ne se donna pas la peine de brancher son ordinateur pour vérifier si elle avait de nouveaux messages électroniques. Au lieu de cela, elle prit son cabas et se rendit au Billa de Strada Nuova, l'unique endroit où elle trouverait de quoi se préparer un repas. La simple idée de devoir encore manger au restaurant la révulsait. Elle préférait de beaucoup rester chez elle devant un plat de pâtes que se retrouver une fois de plus seule à une table au milieu d'étrangers.

L'épicerie était ouverte et la signora Gismondi put remplir son cabas de tomates, d'aubergines, d'ail, de salade et, pour la première fois depuis trois semaines, de fruits de qualité et d'un fromage dont la moindre portion ne coûtait pas une semaine de salaire. De retour à l'appartement, elle mit un peu d'huile d'olive dans une poêle, hacha grossièrement deux, puis trois, puis quatre gousses d'ail qu'elle mit à blondir, en inhalant leur parfum avec une joie d'une intensité quasi religieuse, heureuse d'être chez elle, au milieu de tout ce qu'elle aimait, objets, odeurs, vues.

Son amant l'appela une demi-heure plus tard et lui dit qu'il se trouvait encore en Argentine, où la pagaille ne faisait que croître et embellir, mais il espérait être de retour dans une semaine, à peu près, et il viendrait de Rome en avion pour passer au moins trois jours à Venise. Non, il dirait à sa femme qu'il devait aller à Turin pour affaires ; elle s'en fichait, de toute façon. La communication terminée, Assunta s'assit à la table de sa cuisine pour déguster des pâtes accompagnées de sauce tomate et d'aubergines grillées, puis deux pêches bien mûres, accompagnant le tout d'une demi-bouteille de cabernet sauvignon. Après avoir jeté un coup d'œil aux fenêtres fermées de son vis-à-vis, de l'autre côté du canal, elle formula une prière silencieuse pour que les persiennes ne se rouvrent jamais, jurant, dans ce cas-là, de ne plus rien demander à la vie.

Le lendemain matin, en se rendant à son bar favori pour y prendre un café accompagné d'une brioche, elle s'arrêta chez le marchand de journaux.

« Bonjour, signora, la salua l'homme derrière le comptoir. Un bail que je ne vous ai pas vue. En vacances ?

– Non. À Londres, pour le travail.

– Ça vous a plu ? » demanda-t-il d'un ton qui sous-entendait clairement qu'il en doutait fort.

Elle prit le *Gazzettino* et parcourut les manchettes annonçant en gros caractères l'imminence de bouleversements politiques et un crime passionnel en Lombardie. Qu'il était doux d'être de retour… Elle haussa tardivement les épaules en réponse à la question, comme pour dire qu'on ne profitait guère d'une ville, ou d'un pays, quand on y était pour le travail. « Oh, c'était pas trop mal, se contenta-t-elle de dire, restant vague. Mais je trouve bien agréable d'être de retour à la maison. Et vous ? Quelque chose de nouveau ?

– Vous n'êtes pas au courant, alors ? demanda-t-il, son visage s'éclairant à l'idée du plaisir qu'il aurait à lui annoncer le premier la mauvaise nouvelle.

– Non, quoi donc ?

– La mère Battestini, juste en face de chez vous. On ne vous a pas dit ? »

Elle repensa aux persiennes, contenant l'espoir qu'elle sentait monter en elle. « Non, quoi ? » Elle posa le journal sur le comptoir et se pencha vers l'homme.

« Elle est morte… On l'a assassinée », ajouta-t-il avec gourmandise.

La signora Gismondi eut un hoquet de surprise. « Non ! Qu'est-ce qui s'est passé ? Quand ça ?

– Il y a environ trois semaines. Le docteur l'a trouvée – vous savez, celui qui va voir les vieilles personnes. On lui avait donné des coups sur la tête. » Il se tut pour voir l'effet que faisait sa révélation, estima que son auditrice était dûment stupéfaite et reprit : « Mon cousin connaît l'un des flics qui l'ont trouvée et m'a dit que celle qui a fait le coup devait sacrément la détester. » Il prit un air entendu. « Mais ça n'a rien d'incroyable, hein ? Qu'elle l'ait détestée.

– Comment ça ? » demanda la signora Gismondi, un peu perdue par cette nouvelle inattendue et cette remarque, inexplicable pour elle. « Qui donc ? Je ne vois pas de qui vous voulez parler.

– La Roumaine. C'est elle qui l'a tuée. » Devant la stupéfaction renouvelée de son auditrice, il se lança dans le récit circonstancié de son deuxième acte. « Oui, elle a essayé de fuir le pays mais ils l'ont trouvée dans le train, celui qui va jusqu'en Roumanie. »

La signora Gismondi avait brusquement pâli, mais cela ne fit qu'ajouter à la jubilation du marchand de journaux. « Ils l'ont arrêtée là-haut, à la frontière. À Villa Opicina, je crois. Elle était assise dans un compartiment, tranquille comme Baptiste après avoir tué la vieille. Elle a frappé un policier et essayé de le pousser sous un train, mais il s'en est sorti, et c'est elle qui s'est fait ramasser. » Voyant la confusion grandissante de la signora, il ajouta, au moins par respect pour ses sources : « En tout cas, c'est ce qu'on a dit dans les journaux et c'est ce que les gens racontaient.

– Mais qui s'est fait ramasser ? Flori ?

– La Roumaine ? C'était son nom ? demanda-t-il, étonné et soupçonneux qu'elle l'ait connue.

– Oui. Qu'est-ce qui lui est arrivé ? »

La question parut l'intriguer. Que pouvait-il arriver d'autre que se faire tuer quand on était heurté par un train ? « Je vous l'ai dit, signora, répondit-il avec un début d'impatience. Le train lui est passé dessus. Là-haut, à Villa Opicina ou je ne sais quel patelin. » Manquant autant d'intelligence que d'imagination, ce nom ne signifiait à peu près rien pour lui. En les prononçant, il n'évoquait aucune image de roues d'acier, de leur point de contact avec le rail métallique ; il était incapable de se représenter ce qui arrivait à une chose, n'importe qui ou n'importe quoi, se trouvant prise inexorablement entre les unes et l'autre.

La signora Gismondi posa une main sur le journal comme pour s'affermir. « Elle est morte ?

– Bien sûr, répondit-il, agacé par sa lenteur à comprendre. Mais cette pauvre vieille aussi. »

L'indignation de son ton finit par parvenir jusqu'au cerveau de la signora Gismondi. « Bien sûr, dit-elle doucement. C'est terrible, terrible. » Elle prit quelques pièces et les posa sur le comptoir, puis sortit en oubliant d'emporter son journal, se jurant de ne plus jamais revenir chez ce type. Pauvre vieille femme. Pauvre vieille femme – tu parles !

Elle retourna à son appartement et, se lançant dans une expérience qu'elle n'avait encore jamais tentée sans trop savoir si c'était possible, se brancha sur Internet pour se connecter aux numéros du *Gazzettino* qui avaient suivi son départ pour Londres. Elle regrettait sa décision de s'immerger totalement dans la culture anglaise pendant son séjour : pas de journaux, aucune nouvelle locale, aucun contact avec d'autres Italiens. C'était comme si ces trois semaines avaient été une parenthèse vide dans sa vie. Mais le *Gazzettino* se chargea rapidement de la remplir.

Elle ne lut que les articles consacrés au meurtre de la signora Battestini, suivant l'évolution de l'histoire avec chaque nouvelle édition quotidienne. En substance, elle confirmait ce que lui avait dit le marchand de journaux : une vieille femme trouvée morte par son médecin, la domestique roumaine disparue, le train arrêté à la frontière, la tentative de fuite, l'accident mortel. De faux papiers, aucune femme de ce nom, famille consternée par l'assassinat d'une tante bien-aimée, funérailles dans l'intimité.

Assunta Gismondi ferma l'ordinateur et resta dans la contemplation de l'écran vide. Quand elle en eut assez, elle se tourna vers les livres qui s'alignaient sur l'étagère supérieure du mur et lut les noms : Aristote, Platon, Eschyle, Euripide, Plutarque, Homère... Puis elle regarda les fenêtres aux persiennes fermées, de l'autre côté du canal.

Sa main se tendit alors à la droite de l'ordinateur et souleva le combiné du téléphone. Elle composa le 113 et demanda à parler à un policier.

Franchissant les portes de la questure, une demi-heure plus tard, elle se reprocha d'avoir supposé, avec une folle naïveté, qu'on enverrait quelqu'un lui parler. Citoyenne responsable, elle faisait son devoir en communiquant une information d'importance vitale – et bien entendu, un policier rébarbatif qui ne voulut même pas lui donner son nom lui avait répondu qu'elle devait se rendre à la questure pour faire sa déposition. Dès qu'elle avait entendu ce ton administratif, elle avait regretté d'avoir décliné son identité ; sans cela, elle aurait été tentée d'oublier toute cette histoire et de les laisser se demander ce qu'elle avait à dire. Sauf qu'elle savait qu'ils s'en ficheraient, que la dernière chose qui leur viendrait à l'esprit – en supposant qu'ils en aient un – serait de renoncer à leurs certitudes pour se donner le mal de travailler sur une nouvelle hypothèse.

Elle se tourna vers le guichet vitré derrière lequel était assis un policier en uniforme. « J'ai appelé il y a une demi-heure, dit-elle, et j'ai dit qu'il me fallait parler à quelqu'un à propos d'un crime. On m'a demandé de venir ici, et me voilà. » L'homme ne paraissant pas intéressé, elle ajouta : « Je voudrais parler à quelqu'un à propos du meurtre d'il y a quelques semaines. »

Le policier réfléchit un moment, comme si on était à Chicago et qu'il se demandait de quel crime elle parlait. « La signora Battestini ? demanda-t-il finalement.

– Oui.

– Ça devrait concerner le lieutenant Scarpa.

– Puis-je lui parler ?

– Je vais voir s'il est là », répondit le policier en tendant la main vers le téléphone. Lui tournant le dos, il parla à voix basse dans l'appareil, si bien que la signora Gismondi se demanda s'il n'était pas en train de mettre au point une stratégie, avec le lieutenant Scarpa, pour lui faire avouer son implication dans le meurtre. Au bout d'un temps qui lui parut assez long, l'homme se rapprocha à nouveau du guichet et eut un geste en direction du fond du bâtiment. « Prenez ce corridor, signora. Tournez à droite. Deuxième porte à votre gauche. Le lieutenant vous attend. » Sur quoi il s'éloigna du guichet.

Elle s'engagea dans le couloir, étonnée qu'on la laisse circuler aussi librement dans la questure. N'avaient-ils jamais entendu parler des Brigades Rouges ?

Elle trouva la porte, frappa, et on lui dit d'entrer. Un homme qui avait à peu près son âge était assis derrière un bureau métallique, dans une pièce qui n'était guère plus grande que la cage de la réception, derrière le guichet. Il devait être beaucoup plus grand qu'elle. Il avait des cheveux sombres et des yeux qui paraissaient se limiter à ne voir que la surface des choses. Il n'y avait que cet homme en uniforme, son fauteuil, le bureau et deux chaises placées devant.

« Lieutenant Scarpa ? » demanda-t-elle.

Il leva les yeux vers elle et hocha la tête, puis retourna aux papiers sur son bureau.

Elle donna son nom et son adresse, puis lui demanda s'il était responsable de l'enquête sur le meurtre de la signora Battestini.

« Je l'étais, répondit-il, levant à nouveau les yeux. Je vous en prie, asseyez-vous », ajouta-t-il avec un geste vers les chaises. Ce fut sa première et dernière manifestation de courtoisie de tout l'entretien.

Elle n'eut qu'un pas à faire et se rendit compte, en s'asseyant, qu'elle était placée de manière à avoir le soleil dans les yeux. Elle changea donc de siège, disposant la chaise en diagonale de manière à ne plus être aveuglée.

La signora Gismondi n'avait aucune expérience directe de la police, mais elle avait été pendant six ans l'épouse d'un homme très paresseux et très violent, et elle se comportait comme si elle était de nouveau dans cette situation. « Vous avez dit que vous *l'étiez*, lieutenant, reprit-elle doucement. Cela veut-il dire que c'est quelqu'un d'autre qui est aujourd'hui responsable de l'enquête ? » Dans ce cas, se demanda-t-elle, pourquoi l'avoir envoyée parler à cet homme ?

Il prit ostensiblement le temps de finir la lecture du document placé devant lui. « Non. »

Elle attendit une explication, mais comme aucune ne venait, elle reprit : « Cela signifie-t-il alors que l'enquête est close ? »

Il prit tout son temps pour répondre. « Non. »

Se gardant de manifester de l'impatience ou de l'exaspération, elle demanda : « Puis-je savoir ce que vous voulez dire ?

– Que l'enquête est actuellement suspendue. »

Au son des voyelles torturées qui, dans cette phrase plus longue, trahissait son accent, elle ajusta sa réaction au fait que le lieutenant était un Méridional, et peut-être même un Sicilien. Jouant l'indifférence, elle posa une nouvelle question : « Dans ce cas, à qui dois-je confier une information relative à cette affaire ?

– Si l'enquête n'avait pas été suspendue, c'est à moi que vous la donneriez. » Il lui laissa le temps de saisir les implications de cette formule et retourna à ses papiers. S'il lui avait dit de partir, il ne lui aurait pas fait plus clairement savoir l'absence totale d'intérêt qu'il avait pour ses éventuelles révélations.

Un instant, elle hésita. Ce qu'elle avait à dire ne pouvait que lui procurer des ennuis, voire même des ennuis graves s'il ne la croyait pas. Il aurait été tellement plus facile de se mettre debout et de partir, de renoncer, de ne plus avoir affaire à cet homme au regard indifférent.

« J'ai lu dans le *Gazzettino* qu'elle avait été assassinée par la Roumaine qui habitait chez elle.

– C'est exact… C'est cette Roumaine qui l'a fait. » Son ton comme ses paroles ne souffraient aucune opposition.

« Il est peut-être exact que je l'ai lu dans le *Gazzettino*, mais il n'est pas exact que la Roumaine soit l'auteur du meurtre », dit-elle, poussée par l'intransigeance de la seconde remarque du policier à se lancer à l'assaut de la vérité.

Son indifférence, cependant, était une forteresse imprenable. « Avez-vous des preuves de ce que vous affirmez, signora ? » demanda le lieutenant Scarpa sans sous-entendre un seul instant qu'il s'y intéresserait si c'était le cas.

« J'ai parlé à cette femme le matin du meurtre.

– Il est probable que la signora Battestini en a fait autant, je le crains, objecta le lieutenant, se trouvant sans doute très habile.

– Je l'ai aussi conduite à la gare. »

Cette fois-ci, son intérêt s'éveilla. Il posa les mains à plat sur son bureau et s'inclina vers elle, comme s'il s'apprêtait à bondir par-dessus pour lui arracher une confession. « Quoi ?

– Je l'ai conduite à la gare pour qu'elle prenne le train pour Zagreb. Celui qui passe par Villa Opicina. Elle devait changer à Zagreb pour Bucarest.

– Qu'est-ce que vous racontez ? Vous l'avez aidée à fuir ? » Il se leva à demi, puis se rassit dans son fauteuil.

Elle ne daigna pas répondre à la question, se contentant de répéter : « Je vous explique que je l'ai accompagnée à la gare et que je l'ai aidée à acheter son billet et une réservation pour le train de Zagreb. »

Il resta longtemps sans réaction, étudiant le visage de la signora Gismondi, réfléchissant peut-être à ce qu'elle venait de lui révéler. Il la surprit lorsqu'il reprit la parole. « Vous êtes vénitienne », commença-t-il, comme si c'était un premier élément à charge dans un dossier qu'il aurait monté contre elle. Avant qu'elle ait le temps de lui demander ce qu'il entendait par cette question, il ajouta : « Et vous venez brusquement de guérir d'amnésie pour venir nous raconter tout ça, au bout de trois semaines ?

– Je n'étais pas en Italie », se défendit-elle, surprise de la nuance de culpabilité qu'il y avait dans sa voix.

Il frappa sur la table. « Vous n'avez téléphoné à personne ? Vous n'avez pas lu les journaux ?

– J'étais en Angleterre pour un cours intensif de langue. J'avais décidé de ne pas parler italien pendant tout ce temps, expliqua-t-elle, s'abstenant de mentionner les conversations qu'elle avait eues avec son amant. Je suis revenue hier au soir, et ce n'est que ce matin que j'ai appris ce qui s'était passé. »

Il changea de thème, mais son ton resta soupçonneux. « Vous la connaissiez, cette Roumaine ?

– Oui.

– Vous a-t-elle raconté ce qu'elle avait fait ? »

La signora Gismondi dut faire un effort pour ne pas perdre patience – la patience était sa seule arme. « Elle n'a rien fait. Je l'ai rencontrée le matin, dans la *calle*. J'habite en face de chez la signora Battestini. Elle était enfermée dehors, et la vieille dame était au premier.

– Au premier ?

– Oui, dans l'appartement, à sa fenêtre. Flori était dans la rue et appuyait sur la sonnette, mais la vieille dame ne voulait pas la laisser entrer. » La signora Gismondi brandit l'index et l'agita lentement devant elle, imitant le geste de dénégation qu'avait eu la signora Battestini.

« Vous venez de l'appeler Flori. Étiez-vous amies ?

– Non. Je la voyais de temps en temps depuis la fenêtre de mon appartement. On se saluait, on se disait des choses simples. Elle parlait mal l'italien, mais on se comprenait.

– Qu'est-ce qu'elle vous a raconté ?

– Qu'elle s'appelait Flori, qu'elle avait trois filles et sept petits-enfants. Que l'une de ses filles travaillait en Allemagne, mais elle ne savait pas dans quelle ville.

– Et la vieille femme ? Vous a-t-elle parlé de la vieille femme ?

– Oui. Elle la trouvait difficile à vivre. Mais tout le monde savait qu'elle l'était, dans le voisinage.

– Elle la détestait ? »

Perdant un instant patience, la signora Gismondi rétorqua : « Tous ceux qui la connaissaient la détestaient.

– Au point de la tuer ? » demanda Scarpa avec avidité.

La signora Gismondi lissa sa jupe de la main, sur ses genoux, ramena les pieds sous elle et prit une profonde inspiration. « Lieutenant, j'ai l'impression que vous n'avez pas fait attention à ce que je vous ai dit. Je l'ai rencontrée tôt le matin, dans la rue. La vieille dame était à sa fenêtre et lui faisait signe qu'elle refusait de la laisser entrer. J'ai conduit cette femme – Flori – dans un café et j'ai essayé de lui parler, mais elle était trop bouleversée pour réfléchir posément. Elle était en larmes et a pleuré presque tout le temps. Elle m'a dit que la signora Battestini l'avait enfermée dehors, que ses vêtements et ses affaires étaient restés dans l'appartement. Elle n'avait que son passeport sur elle. Il ne la quittait jamais, d'après ce qu'elle m'a expliqué.

– C'était un faux, déclara Scarpa.

– Je ne vois pas ce que ça change, répliqua la signora Gismondi. Elle aurait quitté l'Italie et serait retournée en Roumanie. » Témérité et colère lui firent rajouter : « Il s'était montré bien suffisant pour la faire entrer ici. » Se rendant compte de son agressivité, elle s'interrompit et c'est d'une voix qu'elle s'efforça de faire paraître calme qu'elle reprit : « C'était tout ce qu'elle voulait faire, rentrer chez elle, retrouver sa famille.

– Vous paraissez vous être très bien débrouillée en dépit du fait qu'elle parlait mal italien, signora », remarqua Scarpa.

La signora Gismondi garda pour elle ce qu'elle aurait eu envie de répliquer. « Ce n'était pas très compliqué pour elle de dire, *basta, vado, treno, famiglia, Bucaresti, signora cattiva.* » Elle regretta aussitôt ce dernier point.

« Vous prétendez donc l'avoir conduite à la gare pour prendre le train ?

– Non seulement je le prétends, mais je l'affirme, lieutenant. C'est la vérité. Je l'ai accompagnée à la gare et je l'ai aidée à prendre son billet.

– Et cette femme avec un faux passeport, qui d'après vous aurait été enfermée dehors, se serait promenée avec assez d'argent sur elle pour acheter un billet pour *Bucaresti* ? demanda-t-il, imitant grossièrement son accent.

– C'est moi qui l'ai payé.

– Quoi ? demanda Scarpa, comme si elle venait d'avouer qu'elle était folle.

– Je l'ai payé. Et je lui ai donné un peu d'argent.

– Combien ?

– Je ne sais plus. Six ou sept cents euros.

– Vous me demandez de croire que vous ne savez même pas combien exactement vous lui avez donné ?

– C'est la vérité.

– La vérité ? Vous l'avez vue là, et vous avez juste claqué des doigts, et sept cents euros vous sont tombés dans la main, et vous vous êtes dit, tiens, ce serait gentil de les donner à cette Roumaine en voyant qu'elle était enfermée dehors et n'avait nulle part où aller ? »

La signora Gismondi répondit d'un ton coupant comme l'acier. « Je revenais de la banque où j'avais déposé le chèque d'un client. J'avais l'argent dans mon sac, et quand elle m'a dit qu'elle voulait retourner à Bucarest, j'ai voulu savoir si elle avait été payée. » Elle regarda Scarpa comme pour lui demander de comprendre. Rien ne lui indiqua qu'il en était capable, mais elle n'en poursuivit pas moins. « Elle m'a dit qu'elle s'en fichait, qu'elle voulait juste rentrer chez elle. » Elle s'interrompit, soudain gênée d'avoir à confesser une telle faiblesse à cet homme. « Alors je lui ai donné un peu d'argent. » L'expression du policier changea ; il n'avait que mépris pour tant de faiblesse et de crédulité. « Elle était là depuis des mois et la vieille Battestini la fichait dehors sans lui donner ce qu'elle lui devait, sans seulement la laisser monter pour qu'elle reprenne ses affaires. » Elle fut sur le point de lui demander ce que la pauvre Roumaine aurait dû faire, dans une telle situation, mais trouva plus prudent d'y renoncer. « Je ne pouvais pas la laisser partir sans argent, alors qu'elle avait travaillé des mois. » Elle décida de s'en tenir là.

« Et ensuite ?

– Ensuite, je lui ai demandé ce qu'elle comptait faire et, comme je l'ai déjà mentionné, elle m'a répondu qu'elle voulait retourner chez elle. Elle s'était calmée et ne pleurait plus, et je lui ai dit que j'allais l'accompagner à la gare et voir avec elle pour les trains. Elle pensait qu'il y en avait un pour Zagreb vers midi. » Tout cela lui paraissait parfaitement simple. « C'est donc ce que nous avons fait.

– Et vous prétendez lui avoir payé son billet ? demanda-t-il, curieux de voir jusqu'où avait pu aller sa crédulité.

– Oui.

– Et ensuite ?

– Ensuite, je suis rentrée chez moi. Je devais partir pour Londres.

– À quelle heure ? »

Elle réfléchit un instant. « Le vol était à une heure trente. Le taxi est venu me chercher à midi.

– Et vous êtes restée à la gare jusqu'à quelle heure, signora ?

– Je ne sais pas. Dix heures, dix heures et demie.

– Et à quelle heure dites-vous que tout cela a commencé ? Quand l'avez-vous rencontrée ?

– Je ne suis pas sûre, neuf heures et quart, neuf heures et demie.

– Vous deviez quitter le pays pour trois semaines. Vous attendiez un taxi. Et cependant, vous avez pris le temps d'accompagner cette femme que vous connaissiez à peine à la gare et de lui payer un billet de train ? »

Elle ignora cette provocation délibérée. Elle aurait voulu expliquer à quel point elle détestait les heures précédant un départ, à quel point elle détestait aller et venir dans l'appartement, vérifiant et revérifiant que le gaz était bien coupé, les fenêtres fermées, les volets tirés, l'ordinateur déconnecté du téléphone. Mais elle n'avait aucune envie de lui dire à lui. « J'avais le temps, se contenta-t-elle de répondre.

– En avez-vous des preuves ?

– Des preuves de quoi ?

43

« – Que vous étiez là-bas.

– Où ça, là-bas ?

– À Londres. »

Elle fut tentée de lui demander ce que ça changeait mais, se rappelant son mari et les colères dans lesquelles le mettait la moindre résistance, elle se cantonna à répondre que oui, elle en avait.

– Et vous l'avez laissée là-bas ? voulut-il savoir, laissant tomber Londres.

– Oui.

– Où ?

– Dans la gare, à côté des guichets.

– Combien de temps cela vous a-t-il pris ?

– Quoi donc ? pour acheter le billet ?

– Non, pour rentrer chez vous.

– Onze minutes. »

Il souleva les sourcils et s'enfonça dans son fauteuil. « Onze minutes… Voilà qui paraît bien précis, signora. Auriez-vous préparé tout ça ?

– Tout ça quoi ?

– Cette histoire. »

Avant de répondre, elle prit deux profondes inspirations. « C'est exact, lieutenant, non pas parce que c'est une histoire, mais parce que ce trajet prend onze minutes. Cela fait presque cinq ans que j'habite dans cette maison, et je l'emprunte au moins deux fois par semaine. » Elle sentit la colère monter dans sa voix, essaya de la contrôler, échoua. « Si vous êtes capable de faire ce simple calcul, cela fait plus de cinq cents fois, aller et retour. Donc si je dis que je mets onze minutes, c'est qu'il faut onze minutes. »

Ignorant complètement sa colère, il demanda : « C'est donc le temps que ça lui aurait pris ?

– À qui ?

– À la Roumaine. »

44

Elle faillit lui dire que cette Roumaine s'appelait Flori mais se retint, se contentant de faire remarquer que c'était le temps que mettrait n'importe qui marchant normalement.

– Et à quelle heure avez-vous commencé ce trajet de onze minutes, signora ?

– Je vous l'ai dit. Vers dix heures et demie, ou quelques minutes après.

– Et le train de Zagreb quitte la gare à onze heures quarante-cinq, dit-il avec le ton assuré de quelqu'un qui a vérifié les horaires.

– Il me semble, oui. »

Comme s'il s'adressait à une demeurée, il lui fit remarquer que cela faisait plus d'une heure.

L'idée était tellement absurde qu'elle se sentit obligée de protester. « C'est ridicule. Elle n'était pas du genre à revenir tuer quelqu'un.

– Auriez-vous eu déjà affaire à des gens comme ça, signora ? »

Cette fois, ce fut de le gifler qu'elle eut envie. Elle inspira brièvement et dit : « Je vous ai raconté ce qui s'était passé.

– Et vous vous attendez à ce que je vous croie, signora ? » demanda Scarpa d'un ton empreint de moquerie.

Elle savait qu'elle avait agi par humanité. Mais non, en effet, elle ne s'attendait pas à être crue par le lieutenant Scarpa. « Que vous me croyiez ou non, lieutenant, n'y change rien. Je ne vous ai dit que la vérité. » Elle ne lui laissa pas le temps de répondre. « Je n'ai aucune raison de mentir. En fait, votre réaction me fait comprendre que les choses auraient été beaucoup plus faciles pour moi si je n'avais rien dit. Mais voilà, je sais que la vieille dame ne voulait pas la laisser monter dans l'appartement. Je sais que j'ai donné cet argent à Flori, et que je l'ai conduite à la gare. » Il voulut objecter quelque chose, mais elle leva la main. « Et il y a autre chose de vrai, lieutenant, que vous décidiez de le croire ou non : elle n'a pas tué la signora Battestini. »

## 4

Ils restèrent assis face à face un certain temps, jusqu'à ce que le lieutenant Scarpa, finalement, repousse son siège, contourne sa visiteuse et quitte la pièce, laissant la porte grande ouverte derrière lui. La signora Gismondi ne bougea pas et se mit à étudier les objets posés sur le bureau du lieutenant ; mais elle ne vit rien qui trahissait quelque chose de la personnalité de l'homme à qui elle avait affaire : deux plateaux métalliques contenant quelques papiers, un seul stylo, un téléphone. Elle leva les yeux vers le mur : de son crucifix, le Christ lui rendit son regard comme si lui aussi se refusait à révéler ce qu'il avait appris en fréquentant le lieutenant Scarpa.

La pièce ne disposait que d'une petite fenêtre, laquelle était fermée ; au bout de vingt minutes, la signora Gismondi, ne pouvant plus ignorer son inconfort, se leva avec l'espoir de trouver un air plus frais dans le couloir. Le lieutenant Scarpa entra à ce moment-là dans la pièce, tenant une enveloppe de papier bulle. La voyant debout, il lança : « Vous ne vous apprêtiez pas à partir, n'est-ce pas, signora ? »

Il n'y avait aucune menace audible dans sa voix, mais la signora Gismondi, laissant retomber les bras, se rassit et répondit tout de même : « Non, pas du tout », alors que c'était précisément son intention – partir, en avoir terminé, les laisser se débrouiller tout seuls.

Scarpa retourna s'installer dans son fauteuil, jeta un coup d'œil aux papiers rangés dans les plateaux comme pour vérifier qu'elle ne les avait pas compulsés en son absence et lança : « Vous avez eu le temps de penser à tout cela, signora. Maintenez-vous toujours que vous avez donné de l'argent à cette femme et que vous l'avez conduite à la gare ? »

Le lieutenant ne l'apprit jamais, mais cette insinuation provocante renforça définitivement la résolution de la signora Gismondi. Elle pensa à son ex-mari – petit, blond, il ne ressemblait cependant en rien à Scarpa – et se rendit compte à quel point les deux hommes étaient pourtant similaires. « Il ne s'agit pas de *maintenir* quoi que ce soit, lieutenant, répondit-elle avec un calme étudié. Je déclare, j'affirme, je soutiens, je proclame et, si vous me donnez l'occasion de le faire, je jure que la dame roumaine que je connaissais sous le nom de Flori était enfermée dehors, devant le domicile de la signora Battestini, et que la signora Battestini était vivante et debout à sa fenêtre quand j'ai rencontré Flori dans la rue. De plus, je déclare qu'une heure plus tard, lorsque je l'ai accompagnée à la gare, elle paraissait calme et maîtresse d'elle, et ne donnait aucun signe de vouloir assassiner qui que ce soit... Quels que soient ces signes », ajouta-t-elle en se souvenant de la remarque du policier. Elle aurait voulu continuer, faire comprendre à cette brute que Flori, la pauvre Flori, n'avait pu commettre ce crime. Son cœur battait fort, tant elle désirait lui asséner à quel point il se trompait ; la transpiration s'accumulait entre ses seins, tant elle brûlait de le mettre dans l'embarras, mais l'habitude de faire preuve de prudence, quand on était un civil et qu'on avait affaire aux autorités, reprit le dessus et elle en resta là.

Impassible, Scarpa se leva, prit l'enveloppe avec lui et quitta le bureau. La signora se laissa aller contre le dossier de sa chaise et essaya de se détendre, se répétant qu'elle avait dit ce qu'elle avait à dire et que c'était fini. Elle se força à prendre plusieurs inspirations lentes et profondes et ferma les yeux.

Au bout de plusieurs longues minutes, entendant un bruit dans son dos, elle rouvrit les yeux et se tourna vers la porte. Un homme aussi grand que Scarpa, mais en tenue civile, se tenait dans l'encadrement, avec à la main ce qui paraissait être la même enveloppe de papier bulle. Il la salua d'un signe de tête lorsque leurs regards se croisèrent et esquissa un sourire. « On serait peut-être plus à l'aise si nous montions dans mon bureau, signora, où il y a deux fenêtres. Il devrait y faire un peu plus frais. » Il se mit de côté, l'invitant ainsi à le suivre.

Elle se leva et s'approcha de la porte. « Et le lieutenant ?

– Il ne viendra pas nous y déranger, répondit-il en tendant la main. Je suis le commissaire Guido Brunetti, signora, et je suis très intéressé par ce que vous avez à nous dire. »

Elle étudia le visage de cet homme, conclut qu'il disait la vérité et lui serra la main. Cette formalité accomplie, il lui fit signe de passer. Lorsqu'ils arrivèrent au pied de l'escalier – survivant aussi incongru qu'élégant, dans un bâtiment ayant subi toutes les indignités imaginables au nom de l'efficacité –, il vint à sa hauteur.

« Je crois que je vous connais, dit-elle.

– Oui, j'ai la même impression. Vous ne travaillez pas du côté du Rialto ? »

Elle sourit et se détendit. « Non, je travaille à domicile non loin de la Misericordia, mais je viens au marché au moins trois fois par semaine. Je pense que c'est là que nous avons dû nous voir.

– Chez Piero ? demanda Brunetti, faisant allusion à la minuscule boutique où elle achetait son parmesan.

– Bien sûr. Et je crois que je vous ai vu au Do Mori.

– De moins en moins, hélas.

– Depuis que Roberto et Franco ont vendu ?

– Oui. Je ne doute pas que les nouveaux propriétaires soient parfaitement corrects, mais ce n'est plus pareil. »

Il fallait être fou pour reprendre un commerce florissant dans cette ville, pensa-t-elle. Aussi bon qu'on soit, aussi pertinentes qu'aient été les améliorations que l'on apportait, dix, sinon vingt ans plus tard, il y avait encore des clients pour se plaindre que c'était beaucoup mieux du temps de Roberto et Franco – ou de Pinco Pallino, pour prendre un autre exemple. Les deux nouveaux propriétaires – elle n'avait pas retenu leurs noms – étaient tout aussi charmants que les anciens, proposaient les mêmes vins, faisaient même de meilleurs sandwichs ; mais quelle que soit la qualité de leurs produits, ils étaient condamnés à passer leur vie professionnelle à subir la comparaison avec des normes remontant à l'on ne savait quelle antiquité et à être jugés en dessous de celles-ci, du moins jusqu'à ce que tous les anciens clients soient morts ou aient déménagé : devenus à leur tour la norme, c'est alors à eux que l'on comparerait (défavorablement) leurs successeurs, quels qu'ils soient.

En haut de l'escalier, Brunetti tourna à gauche et la conduisit devant l'une des portes s'ouvrant sur le couloir pour l'inviter à passer devant lui. Les hautes fenêtres qui donnaient sur San Lorenzo furent la première chose qu'elle remarqua, ainsi que la grande armoire, le long d'un des murs. Ici aussi il y avait un bureau avec son fauteuil et deux chaises disposées devant.

« Puis-je vous offrir quelque chose à boire, signora ? Un café ? Un verre d'eau ? » Le sourire du commissaire était une invite à accepter, mais elle était encore trop remontée à cause de l'attitude de Scarpa et refusa, quoique poliment. « Peut-être un peu plus tard », dit-elle en choisissant la chaise la plus proche de la fenêtre.

Décidant de ne pas aller s'abriter derrière son bureau, Brunetti déplaça la seconde chaise pour lui faire face et s'assit à son tour. Il posa le dossier et sourit. « Le lieutenant Scarpa m'a rapporté ce que vous lui aviez dit, signora, mais j'aimerais l'entendre de votre bouche. Je vous serai reconnaissant de me donner autant de détails que possible. »

Elle se demanda s'il n'allait pas brancher un magnétophone ou prendre un carnet et un crayon : elle avait lu des romans policiers. Mais il resta assis en face d'elle, calme, un coude sur le bureau, attendant qu'elle parle.

Elle recommença donc le récit qu'elle avait fait à Scarpa : son retour de la banque, où elle avait encaissé un chèque ; la rencontre avec Flori, son sac en plastique à la main ; la signora Battestini à sa fenêtre du premier, les regardant en silence et agitant un index en signe d'absolue dénégation.

« Ne pouvez-vous pas vous souvenir de la somme exacte que vous lui avez donnée, signora ? » demanda-t-il quand elle eut terminé.

Elle secoua la tête. « Non. Le chèque était d'environ mille euros. J'ai acheté un certain nombre de choses en chemin, des produits de beauté et des piles pour mon baladeur, plus deux ou trois autres bricoles dont je ne me souviens pas. Je me rappelle simplement que je ne lui ai pas donné tout ce que j'avais – tout était en billets de cent euros. » Elle évoqua de nouveau la scène, essayant de se rappeler si elle avait recompté son argent en arrivant chez elle. « Non, pas exactement, mais ce devait être six ou sept cent euros.

– Vous êtes une femme très généreuse, signora », commenta-t-il avec un sourire.

Dans la bouche de Scarpa, se rendit-elle compte, la remarque aurait été une déclaration d'incrédulité sarcastique ; dans celle de cet homme, elle était un compliment et elle se sentit flattée. « J'ignore pourquoi je l'ai fait, avoua la signora Gismondi. Elle était là, dehors, désemparée, dans sa blouse de travail en synthétique, avec des tennis de toile. L'une d'elles était déchirée. Et elle avait travaillé pendant des mois. Je ne sais pas exactement quand elle avait commencé, seulement qu'elle était arrivée quand les fenêtres étaient encore fermées. »

Il sourit. « C'est une manière curieuse de dater les choses, signora.

– Pas quand on vit près de cette femme », répondit-elle avec une certaine véhémence. Voyant son étonnement, elle ajouta : « La télé. Elle est toujours branchée, jour et nuit. En hiver, avec toutes les fenêtres fermées, c'est supportable. Mais en été, c'est-à-dire de mai à septembre, environ, il y a de quoi vous rendre folle. Mes fenêtres sont juste en face des siennes, vous comprenez. Elle la fait fonctionner toute la nuit, si bien que j'ai dû appeler la police. » Elle se rendit compte qu'elle avait parlé au présent. « La faisait fonctionner… »

Il secoua la tête, sympathisant avec elle comme l'aurait fait tout Vénitien, citoyen d'une ville ayant les rues les plus étroites et l'une des plus vieilles populations d'Europe.

Encouragée par ce geste, elle reprit : « Bref, j'ai appelé plusieurs fois la police pour m'en plaindre, mais personne n'a jamais rien fait. Sauf l'été dernier, où celui qui a répondu m'a conseillé d'appeler les pompiers. Je l'ai fait, mais ils m'ont dit qu'ils ne pouvaient pas venir seulement pour le bruit, qu'il fallait que la situation soit dangereuse ou qu'il y ait une urgence. » Les hochements de tête de Brunetti suggéraient qu'il trouvait ces explications intéressantes.

« Si bien que lorsqu'elle laissait sa télé allumée, alors même que je la voyais endormie dans son lit – je peux la

52

voir dans son lit depuis ma chambre à coucher, ajouta-t-elle, sans se rendre compte qu'elle utilisait une fois de plus le présent –, j'appelais les pompiers en leur disant que je ne la voyais pas et… » – elle prit les intonations machinales de celle qui lit un texte préparé d'avance – «… que j'avais peur qu'il ne lui soit arrivé quelque chose. » Elle leva les yeux, sourit – son sourire s'élargissant quand elle vit la lueur d'amusement et de compréhension dans les yeux du commissaire. «Ils étaient alors légalement obligés de venir. »

Retournant soudain à la réalité, elle ajouta : «Et à présent, quelque chose de terrible lui est vraiment arrivé.

– En effet », dit Brunetti.

Le silence retomba entre eux, jusqu'à ce que Brunetti demande finalement : «Pourriez-vous m'en dire davantage à propos de cette femme du nom de Flori ? Avez-vous jamais appris son nom de famille ?

– Non, non, ce n'était pas du tout comme ça, pas comme si nous avions été présentées. On se voyait simplement de temps en temps par la fenêtre, et comme on fait toujours dans ces cas-là, on se disait bonjour et on se souriait, je lui demandais comment elle allait, elle me demandait comment j'allais. On parlait un peu, de tout et de n'importe quoi, juste comme ça.

– Vous a-t-elle jamais dit quelque chose sur la signora Battestini ? demanda-t-il, curieux mais pas soupçonneux.

– En vérité, reconnut la signora Gismondi, j'avais déjà une assez bonne idée du genre de personne qu'elle était. Vous savez comment c'est, dans un quartier : tout le monde connaît les affaires de tout le monde et je savais que les gens ne l'aimaient pas beaucoup. Sans parler de cette télé qui beuglait constamment. Une fois, je lui ai demandé comment était la signora, et Flori s'est contentée de sourire et de me répondre quelque chose comme *difficile*, juste assez pour me faire comprendre qu'elle savait à qui elle avait affaire.

– Rien d'autre ?

– De temps en temps, je lui téléphonais pour lui demander de baisser le son – c'était Flori que j'appelais. Pendant des années, j'ai appelé la signora Battestini ; il lui était arrivé de se monter aimable et de baisser le son, mais d'autres fois, elle me criait après. Une fois, elle a même raccroché brutalement et a monté encore plus le son. Dieu seul sait pourquoi. » Elle lui adressa un coup d'œil pour voir comment il prenait tous ces détails qui n'étaient rien de plus que des commérages de quartier de bas étage, mais il paraissait toujours autant intéressé. « Flori, elle, me disait *Si, si, signora* et baissait le son. J'imagine que c'est pour ça que je l'aimais bien, ou peut-être aussi parce que je me sentais désolée pour elle.

– Je suis sûr que cela devait être un grand soulagement. Il n'y a rien de pire, surtout quand on essaie de dormir. » La nuance de sympathie était audible dans sa voix.

« Parfois, l'été, c'était impossible. J'ai une maison dans les montagnes, du côté de Trente, et j'y allais rien que pour pouvoir avoir une bonne nuit de sommeil. » Elle secoua la tête et sourit, comme frappée par l'absurdité de cette situation. « Je sais que ça doit paraître délirant, que quelqu'un vous chasse ainsi de chez vous, mais c'était pourtant ça. » Puis, avec un petit sourire narquois elle ajouta : « Jusqu'à ce que j'aie découvert les pompiers.

– Comment entraient-ils ? »

Elle le lui expliqua avec un plaisir évident. « La porte sur la rue était toujours verrouillée et ils ne pouvaient pas l'ouvrir. Ils devaient donc aller à Madonna dell'Orto, où je ne sais où, et ramener une échelle. Ils l'installaient sous sa fenêtre et ils montaient…

– Jusqu'à sa fenêtre ?

– Oui. Le rez-de-chaussée est très haut de plafond et cela doit faire six ou sept mètres, environ. J'assistais à la scène depuis la fenêtre de ma chambre. Je les ai vus la réveiller. » Elle sourit à cette évocation. « Ils sont vraiment sympas, ces pompiers. Ils sont tous vénitiens et elle n'avait pas de mal à les comprendre. Ils lui demandaient comment elle se sentait et lui suggéraient de baisser le son de la télé. Et ils repartaient.

– Comment ?

– Pardon ?

– Comment repartaient-ils ? Par l'échelle ?

– Oh, non, répondit-elle en riant. Ils prenaient l'escalier et une fois dehors démontaient leur échelle.

– Combien de fois avez-vous fait appel aux pompiers, signora ?

– Pourquoi ? C'est illégal ? » voulut-elle savoir, inquiète pour la première fois depuis qu'elle parlait avec Brunetti.

– Je ne vois pas en quoi ça pourrait l'être, répondit-il calmement. Tout au contraire, en fait. Si vous ne pouviez pas la voir d'une des fenêtres de votre appartement, il me semble que vous aviez de bonnes raisons de vous inquiéter de son sort. »

Il ne répéta pas sa question, mais elle y répondit néanmoins. « Quatre fois, je crois. Ils sont toujours arrivés en moins d'un quart d'heure. »

Il émit un petit bruit d'appréciation et elle se demanda s'il était surpris ou content. « Et est-ce que ça s'est arrêté avec l'arrivée de Flori ?

– Oui. »

Il laissa se prolonger un long silence avant de reprendre : « Le lieutenant m'a dit que vous l'aviez accompagnée à la gare, signora, et que vous l'aviez laissée là-bas. C'est bien ça ?

– Oui.

– Vers dix heures et demie ?

– Oui.

– Est-ce que la signora Ghiorghiu avait d'autres amies dont vous auriez entendu parler ? » demanda-t-il alors, changeant de sujet.

L'entendre faire allusion à Flori avec cette courtoisie lui fit plaisir mais son sourire fut bref – un simple mouvement des lèvres. « On ne peut pas dire que j'étais une amie pour elle, commissaire.

– Vous vous êtes comportée en amie, cependant. »

Peu désireuse d'épiloguer sur ce sujet, elle retourna à la question qu'il avait posée. « Non, pas que je sache. On n'était pas vraiment amies parce que nous ne pouvions pas parler. On s'aimait bien, c'est tout.

– Et au moment où vous l'avez laissée à la gare, comment décririez-vous son comportement, son humeur ?

– Elle était encore bouleversée par ce qui s'était passé, mais beaucoup moins qu'au début. »

Il contempla le plancher pendant un moment puis revint sur la visiteuse. « Vous est-il arrivé de voir autre chose depuis votre fenêtre, signora ? » Avant qu'elle ait eu l'idée de se défendre contre ce qui pouvait passer pour une accusation d'indiscrétion, il ajouta : « Je vous le demande parce que, si nous acceptons comme prémisses que Flori n'est pas la coupable, quelqu'un d'autre l'est forcément ; tout ce que vous pourrez nous dire sur la signora Battestini est susceptible de nous aider.

– À trouver le véritable responsable, c'est ce que vous voulez dire ?

– Oui. »

Il avait si naturellement accepté la possibilité de l'innocence de Flori qu'elle n'eut même pas l'idée de manifester son étonnement. « Je n'ai cessé d'y penser depuis que j'ai appelé.

– Je m'en doute, signora, observa-t-il sans l'aiguillonner davantage.

– J'habite en face d'elle depuis plus de quatre ans, depuis que j'ai acheté l'appartement. » Elle marqua un temps d'arrêt, mais il ne manifesta aucune impatience. « Je m'y suis installée en février, je crois ; vers la fin de l'hiver, en tout cas. Si bien que je n'ai commencé qu'au printemps à prendre conscience de son existence, quand il s'est mis à faire plus chaud et que nous avons ouvert les fenêtres. Je l'avais peut-être vue se déplacer chez elle auparavant, mais je n'y avais pas fait attention.

« Tout cela a complètement changé quand le bruit a commencé. J'ai voulu l'interpeller depuis chez moi, mais sans le moindre résultat. Elle dormait profondément et rien ne pouvait la réveiller. Si bien qu'un jour je suis allée voir les noms sous les sonnettes – il n'y avait que le sien, en fait – puis j'ai trouvé son numéro dans l'annuaire et je l'ai appelée. Je ne lui ai dit ni qui j'étais, ni où j'habitais, rien ; je lui ai simplement demandé de bien vouloir, la nuit, baisser le son de sa télévision.

– Et comment a-t-elle réagi ?

– En me répondant qu'elle coupait toujours le poste avant d'aller se coucher, sur quoi elle a raccroché.

– Et ensuite ?

– Ça a recommencé pendant la journée ; je l'appelai, et je lui demandais, toujours très poliment, de bien vouloir baisser le son.

– Et ?

– Ce qu'elle a fait la plupart du temps.

– Je vois. Et la nuit ?

– Parfois elle continuait à la laisser fonctionner pendant des semaines entières. J'ai commencé à espérer qu'il allait se passer quelque chose, qu'on allait l'emmener, qu'elle allait partir.

– N'avez-vous pas pensé à lui procurer ces écouteurs spéciaux, signora ?

« – Elle ne les aurait jamais portés, répondit la signora Gismondi avec une absolue certitude dans le ton. Elle est… elle était folle. Complètement cinglée. Croyez-moi, commissaire, je l'ai étudiée sous toutes les coutures, cette bonne femme. J'ai eu des contacts avec son avocate, son médecin, sa nièce, le personnel du centre psychiatrique du Palazzo Boldù, les voisins ; j'ai même parlé avec le facteur. »

Elle vit qu'il était intéressé et poursuivit. « Elle a consulté au Palazzo Boldù pendant des années, lorsqu'elle pouvait encore emprunter l'escalier et quitter la maison. Puis un jour elle n'y est plus allée, ou ils n'en ont plus voulu – si du moins un hôpital psychiatrique a le droit de mettre les gens à la porte.

– J'en doute. On peut penser qu'ils l'ont encouragée à partir, toutefois. » Il attendit un instant, puis demanda : « Et la nièce ? Que vous a-t-elle dit ?

– Que sa tante était *une personne difficile*, répondit-elle avec un reniflement de mépris. Comme si je ne le savais pas déjà. Elle ne voulait pas en entendre parler. En fait, je me demande même si elle a compris de quoi je parlais. Pareil avec la police, comme je vous l'ai dit, et avec les carabiniers… Un voisin – je ne me rappelle plus qui – m'a dit que son fils était mort cinq ou six ans avant et que c'était là que la télé avait commencé. Pour lui tenir compagnie.

– Il est mort avant que vous n'emménagiez, autrement dit ?

– Oui. Mais d'après ce qui m'est revenu aux oreilles, tout laisse croire qu'elle a toujours été *une personne difficile*.

– Et l'avocate ?

– Elle m'a répondu qu'elle en parlerait à la signora Battestini.

– Et ? »

La signora Gismondi eut une moue dégoûtée.

« Le facteur ? » demanda-t-il avec un sourire.

Elle éclata de rire. « Il n'avait rien de bien à dire en sa faveur. Il lui montait tout son courrier, tout cet étage qui en fait presque deux, mais elle ne lui a jamais donné le moindre pourboire. Pas même pour les étrennes. Rien. »

Toute à son récit, elle enchaîna. « Je tiens la meilleure histoire la concernant du tailleur de pierre, celui qui est de l'autre côté de la Miracoli.

– Costantini ?

– Oui, Angelo, confirma-t-elle, ravie qu'il connaisse l'homme dont elle parlait. C'est un vieil ami de la famille, et quand je lui ai parlé de mes ennuis avec ma voisine, il m'a raconté qu'une dizaine d'années auparavant elle l'avait appelé pour qu'il lui fasse le devis de marches neuves pour son escalier. Il la connaissait déjà ou avait entendu parler d'elle, si bien qu'il savait qu'il allait perdre son temps, mais il y alla tout de même. Il prit ses mesures, fit tous les calculs et revint lui dire le lendemain le nombre de marches et leur hauteur et ce que ça lui coûterait. » Comme tous ceux qui aiment bien raconter une bonne histoire, elle ménagea un temps de silence. Brunetti réagit en bon public.

« Et alors ?

– Alors elle a dit qu'elle voyait bien qu'il essayait de la rouler et elle lui a demandé de faire moins de marches et plus basses. » Elle lui laissa le temps de se pénétrer de toute la stupidité d'une telle exigence avant d'ajouter : « C'est à se demander si le Palazzo Boldù ne l'a pas vraiment fichue à la porte. »

Il hocha la tête. « Recevait-elle des visites, signora ?

– Non, non – je ne me souviens de personne. En tout cas, personne qui soit venu régulièrement, mis à part son médecin. Il y avait évidemment toutes ces femmes qui travaillaient pour elle. Des Noires, la plupart du temps, mais j'ai parlé un jour à l'une d'elles qui se disait péruvienne. Toutes la quittaient, la plupart du temps au bout de seulement trois ou quatre semaines.

– Mais Flori, elle, est restée ?

– Elle avait trois filles et sept petits-enfants, d'après ce qu'elle disait, et je suppose qu'elle gardait ce travail pour continuer à leur envoyer de l'argent.

– Savez-vous si elle était payée régulièrement ?

– Flori ?

– Oui.

– Je crois. En tout cas, elle avait un peu d'argent. Je l'ai rencontrée une fois, du côté de Strada Nuova, expliqua-t-elle. C'était environ six semaines avant et je prenais un café dans un bar lorsque je l'ai vue entrer. Celui qui est juste au coin, près du débarcadère du *traghetto* de Santa Fosca. Quand je me suis approchée d'elle elle m'a aussitôt reconnue – on ne s'était jamais vues que d'une fenêtre à l'autre – et elle m'a embrassée comme si on était de vieilles amies. Elle avait son porte-monnaie ouvert à la main, et j'y ai vu quelques pièces – je ne sais pas combien, je n'ai pas vraiment regardé, vous comprenez. Mais pas beaucoup. » Elle s'arrêta, toute au souvenir de cet après-midi dans le bar. « Je lui ai demandé pourquoi elle était entrée, et elle m'a dit qu'elle avait eu envie d'une crème glacée. Je crois qu'elle a ajouté qu'elle adorait ça. Je connaissais le patron, et je lui ai dit que c'était moi qui paierai. »

Ce n'est qu'à ce moment-là qu'elle envisagea une nouvelle possibilité. « J'espère qu'elle ne s'est pas sentie blessée. Quand j'ai insisté pour payer, je veux dire.

– Je ne crois pas, signora.

– Je lui ai demandé quel parfum elle voulait, et elle m'a répondu, *chocolat*. J'ai donc commandé un double cône au chocolat, et à sa tête, j'ai compris qu'elle avait prévu de ne s'en offrir qu'un simple. Je me suis sentie désolée pour elle. Elle devait supporter cette femme épouvantable toute la journée et toute la nuit, et elle n'avait même pas les moyens de s'offrir une double crème glacée… »

Ils gardèrent un long moment le silence, l'un comme l'autre.

« Et les billets que vous lui avez donnés, signora ?

– Un geste impulsif, rien de plus. Cet argent que je venais de toucher venait d'une affaire pour laquelle j'avais demandé exprès beaucoup plus que ce qu'elle valait, dans l'espoir qu'on me refuserait le travail, tant c'était barbant : il s'agissait de concevoir les emballages d'une nouvelle gamme d'ampoules électriques. Mais ils avaient accepté mes conditions et j'ai pu faire ça si facilement que je me sentais un peu coupable d'avoir touché une telle somme. Je crois que j'ai eu plus de facilité à donner cet argent que si j'avais travaillé dur pour le gagner. » Elle se souvenait de l'envie soudaine qu'elle avait eue d'en faire cadeau à Flori. « Ça ne lui a pas tellement réussi. Elle n'aura jamais eu le temps d'en profiter.

– Mais votre geste a dû beaucoup compter pour elle, dans les quelques heures qui lui restaient à vivre », observa Brunetti.

Une idée vint soudain à l'esprit de la signora Gismondi. « Attendez un instant ! Je me souviens tout d'un coup que j'ai toujours trois cents euros qui viennent de ce règlement… Je les ai laissés à la maison avant de partir en Angleterre, puisqu'ils n'auraient servi à rien là-bas. J'ai encore ces billets. »

L'intérêt évident qui se peignit sur le visage du commissaire la poussa à continuer. « Ça devrait suffire à prouver que c'est bien moi qui lui ai donné ceux qu'on a trouvés sur elle, qu'elle ne les a donc pas volés à la signora Battestini. Les billets étaient tout neufs et appartenaient probablement à une série ; je n'ai qu'à vous les montrer pour qu'on les compare aux numéros

61

de série de ceux qu'elle avait avec elle dans le train, et vous verrez qu'elle n'a rien volé. »

Mais la lueur d'intérêt qui avait un instant brillé dans l'œil du commissaire s'était éteinte. Elle se sentit un peu blessée. « Eh bien ? Ce ne serait pas une preuve, ça ?

— Si, dit-il avec un manque manifeste d'enthousiasme. Ce serait une preuve.

— Et alors ?

— Alors, l'argent n'est plus là. »

## 5

« Comment est-ce possible ? » demanda-t-elle. Il se passa assez de temps entre cette question et la réponse qu'il fit pour la rendre redondante. Elle n'eut qu'à y penser un instant pour comprendre qu'une telle somme d'argent, passant d'un service à un autre, avait autant de chances de survie qu'un glaçon qu'on se passerait de main en main sur la plage du Lido.

« Il semble que nous ne sachions pas ce qu'est devenu l'argent après qu'il a quitté la police, à Villa Opicina.

– Pourquoi me dites-vous ça, commissaire ?

– Dans l'espoir que vous ne le répéterez à personne, répondit-il sans faire d'effort pour éviter le regard de la signora Gismondi.

– Craignez-vous la mauvaise publicité ? dit-elle d'un ton sarcastique très proche de celui du lieutenant Scarpa, comme s'il avait été contagieux.

– Non, pas particulièrement, signora. J'aimerais cependant que cette information ne devienne pas publique, de même que j'aimerais que tout ce que vous m'avez confié ne le devienne pas.

– Et puis-je demander pour quelle raison ? » Il y avait moins de sarcasme dans son ton, mais toujours beaucoup de scepticisme.

« Parce que moins il y aura de personnes au courant de ce que vous et mois savons, mieux cela vaudra pour nous.

– Vous avez évoqué *la personne qui a fait cela*, commissaire. Cela signifie-t-il que vous me croyez ? Que vous pensez que Flori ne l'a pas tuée ? »

Il s'enfonça un peu dans sa chaise et porta un index à sa lèvre inférieure. « D'après ce que vous m'avez dit, signora, elle n'avait rien d'une tueuse, en particulier si l'on songe à la manière dont ça s'est passé. »

Elle le crut, et elle se détendit pendant qu'il poursuivait : « Et je trouve peu vraisemblable, alors qu'elle avait son billet pour Bucarest et une certaine somme d'argent dans la poche, qu'elle soit retournée tuer la vieille femme, aussi méchante que celle-ci ait été avec elle. Sans compter qu'on aurait dû trouver sept cents euros de plus dans son porte-monnaie. » Il tira un carnet de sa poche et l'ouvrit. « Pouvez-vous me dire comment elle était habillée quand vous l'avez accompagnée à la gare ?

– Une tenue comme les femmes en portaient autrefois à la maison : boutonnée devant, manches courtes, en Nylon ou en rayonne. Un tissu synthétique. Elle devait crever là-dedans, avec cette chaleur. Elle était grise ou beige, une couleur claire, avec un petit motif, mais j'ai oublié lequel.

– L'aviez-vous vue avec ce vêtement quand elle était dans la maison, depuis votre fenêtre ? »

La signora Gismondi réfléchit avant de répondre. « Je crois. Elle portait ça, ou une blouse de couleur claire et une jupe sombre. Mais la plupart du temps, elle avait un tablier par-dessus et le souvenir que j'ai de ses vêtements n'est pas très précis.

– Avez-vous observé des changements chez elle, pendant qu'elle était chez la signora Battestini ?

– Je ne vois pas très bien ce que vous voulez dire.

– S'était-elle fait couper les cheveux ? Se les était-elle fait teindre ? S'était-elle mise à porter des lunettes ? »

Elle se rappela les racines blanches des cheveux de Flori, le dernier jour, quand elle l'avait conduite dans un café pour qu'elle se calme. « Elle avait arrêté de se teindre les cheveux, répondit-elle finalement. Elle n'avait probablement plus les moyens de se le permettre.

– Qu'est-ce qui vous le fait penser ?

– Avez-vous une idée de ce que coûte une simple couleur, dans cette ville ? » répliqua-t-elle, se demandant s'il avait une femme et si, dans ce cas, elle n'était pas en âge de se faire teindre les cheveux. Elle lui donnait la cinquantaine et il aurait paru plus jeune si ses cheveux ne s'étaient pas raréfiés sur son crâne et s'il n'avait eu ces plis sous les yeux. Paradoxalement, ses yeux étaient ceux de quelqu'un de beaucoup plus jeune : brillants et pleins de vivacité pour enregistrer ce qu'ils voyaient.

« Bien sûr, répondit-il, comprenant le sens de sa question. Y a-t-il autre chose que vous pourriez me dire, à propos de la signora Battestini, cette fois ? N'importe quoi, signora, aussi dépourvu d'importance et anodin que ça vous paraisse… et, ajouta-t-il avec un sourire charmant, même si cela semble relever du simple commérage. »

Elle réagit avec spontanéité à l'invitation. « Je crois vous avoir déjà dit que personne, dans le quartier, ne se faisait d'illusions sur elle. (Il acquiesça.) Tout le monde savait quelle source d'ennuis elle était pour moi… Voyez-vous, je suis la seule personne ayant une chambre juste en face de son appartement. J'ignore si celles des autres donnent sur l'arrière de leur maison, ou s'ils ont changé la disposition de leurs appartements pour se tenir loin du bruit.

– Ou si ce n'est que récemment que tout ça a commencé, suggéra-t-il.

– Non, dit-elle aussitôt. Tous ceux à qui j'en ai parlé m'ont dit que cela remontait à la mort de son fils. Les gens qui habitent à ma droite ont la climatisation et dorment donc les fenêtres fermées ; ceux qui habitent en dessous sont des personnes âgées qui bouclent fenêtres et persiennes tous les soirs. Je me demande d'ailleurs comment ils ne crèvent pas de chaleur pendant l'été. » Elle se rendit soudain compte qu'elle tenait des propos oiseux et stupides et s'interrompit, essayant de se rappeler ce qui avait provoqué ces réflexions, puis retrouva le fil de ses pensées. « Tout le monde la connaît et il suffit que je mentionne son nom pour qu'on m'en parle. On m'a raconté l'histoire de sa vie une bonne douzaine de fois.

– Vraiment ? » demanda-t-il, manifestement intéressé. Il lui adressa un sourire qu'elle interpréta comme encourageant.

« Disons plutôt que j'en ai entendu des bribes et des morceaux.

– Et pourriez-vous me les rapporter ?

– Cela faisait plusieurs dizaines d'années qu'elle habitait ici. D'après ce que j'ai compris, elle avait dépassé quatre-vingts ans, ou elle en avait peut-être presque quatre-vingt-dix. Elle avait bien ce fils, mais il est mort. Quant à son mariage, il n'aurait pas été très heureux. Son mari est mort il y a une dizaine d'années.

– Savez-vous ce qu'il faisait ? »

Elle essaya de s'en souvenir, évoquant cinq ans de conversations à bâtons rompus qu'elle avait eues ici et là. « Je crois qu'il était fonctionnaire de la ville ou de la province, mais je ne sais pas quel genre de poste il occupait. D'après les gens, il passait le plus clair de son temps, après le travail, à jouer aux cartes au bar du coin. C'était, paraît-il, la seule chose qui l'empêchait de… euh, de la tuer. » Elle lui adressa un coup d'œil un peu nerveux, après ce qu'elle venait de dire, mais n'en poursuivit pas moins son récit. « Tous ceux qui ont eu l'occasion de m'en parler avaient l'air de penser que c'était un homme charmant.

– Savez-vous de quoi il est mort ? »

Elle garda assez longtemps le silence. « Je crois que quelqu'un m'a dit qu'il avait eu une hémorragie cérébrale ou une crise cardiaque.

– Chez lui ? Dans le quartier ?

– Aucune idée. Je sais simplement qu'à sa mort il a tout laissé à sa femme et à son fils : la maison, l'argent qu'il pouvait avoir et un appartement au Lido, je crois. Quand le fils est mort, c'est elle qui a dû hériter de tout. »

Il n'avait cessé de hocher la tête tout en l'écoutant, lui montrant qu'il comprenait et l'encourageant à continuer.

« Je pense que c'est tout ce que j'ai entendu dire sur le mari.

– Et le fils ? »

Elle haussa les épaules.

« Qu'est-ce qu'on disait de lui ?

– Rien. » Elle parut elle-même surprise de sa réponse. « En fait, personne ne m'en a jamais parlé. Du moins, en dehors de celle qui m'a dit qu'il était mort.

– Et elle ? »

Cette fois-ci, elle réagit sur-le-champ. « Au cours des années, elle a réussi à se mettre tout le voisinage à dos.

– À propos de quoi ?

– Vous êtes vénitien, n'est-ce pas ? » demanda-t-elle, mais en manière de plaisanterie, tant c'était évident par les mimiques et les expressions du policier.

Brunetti sourit et elle reprit : « Alors vous connaissez nos sujets de dispute, des détritus laissés devant la porte de quelqu'un d'autre, une lettre mise dans la mauvaise boîte et qu'on a oublié de transmettre, un chien qui n'arrête pas d'aboyer… Peu importe. Vous avez déjà vu ça. Il suffit de réagir de la mauvaise manière, et vous vous êtes fait un ennemi pour la vie.

– Et la signora Battestini, apparemment, était du genre à réagir de la mauvaise manière.

– En effet, dit-elle, hochant vigoureusement la tête.

– Vous rappelez-vous quelque incident particulier ?

– Vous voulez parler d'un incident qui aurait pu conduire quelqu'un à la tuer ? demanda la signora Gismondi en s'efforçant de prendre le ton de la plaisanterie, mais sans y parvenir vraiment.

– Nullement. Les personnes de ce genre ne sont jamais tuées par leurs voisins. Sans compter, ajouta-t-il avec un petit sourire un rien provocateur, que vous auriez été la coupable idéale, mais je ne peux pas y croire un instant. »

Cette remarque lui fit tout d'un coup prendre conscience qu'elle avait rarement eu une conversation aussi étrange, mais également aussi agréable.

« Voulez-vous que je continue à vous répéter ce que m'ont dit les gens, ou que j'essaie plutôt de résumer ce que j'en pense ?

– Je crois que votre seconde proposition sera plus utile.

– Et qu'elle prendra moins de temps.

– Non, non, signora, je ne suis pas pressé. Je vous en prie, ne pensez pas à ça. Tout ce que vous me rapportez m'intéresse. »

Venant d'un autre homme, la formulation aurait pu paraître délibérément ambiguë, son côté flirteur masqué par son apparente sincérité ; mais venant de lui, elle la prit pour argent comptant.

Elle se détendit, se sentant calme comme jamais elle n'aurait pu l'être avec l'autre policier et comme elle n'aurait jamais cru pouvoir l'être avec un représentant de l'autorité quel qu'il soit. « Je vous ai dit que je n'occupais cet appartement que depuis un peu moins de cinq ans. Mais comme je travaille tout le temps seule chez moi, j'ai en général plaisir à parler avec les gens. » Elle réfléchit un instant puis ajouta, mélancolique : « Seule, si l'on excepte le boucan. »

Il répondit d'un hochement de tête, ayant appris depuis longtemps que la plupart des gens éprouvent ce besoin de parler et combien il était facile, en faisant preuve d'une curiosité compatissante réelle ou feinte, de leur faire aborder n'importe quel sujet.

Elle eut un petit sourire et reprit : « Voyez-vous, les gens du quartier m'ont raconté encore d'autres choses sur elle. Et leurs histoires avaient beau montrer à quel point ils la détestaient, ils finissaient toujours par dire que ce n'était qu'une pauvre veuve qui avait perdu son fils unique et qu'on ne pouvait pas ne pas se sentir désolé pour elle. »

Sentant son désir d'être sollicitée, il lui demanda quelles étaient ces autres choses qu'on racontait sur la signora Battestini.

« Sa pingrerie, pour commencer. Je vous ai déjà parlé du facteur, à qui elle n'a jamais donné le moindre pourboire, mais beaucoup m'ont dit qu'elle achetait toujours ce qu'il y avait de moins cher. Quand elle marchait encore, elle était capable de traverser la moitié de la ville pour économiser cinquante lires sur un paquet de pâtes, des choses dans ce genre. Et le cordonnier m'a raconté qu'il en avait eu assez de se faire promettre qu'elle le paierait la prochaine fois pour s'entendre dire, la fois suivante, qu'elle l'avait déjà réglé – il a fini par lui interdire sa boutique. » Elle vit son expression et ajouta : « J'ignore quelle est la part de vérité dans toutes ces histoires. Vous savez comment c'est : une fois qu'une personne a la réputation d'être ceci ou cela, les histoires vont bon train, et qu'elles soient vraies, fausses ou arrangées n'a plus beaucoup d'importance. »

Phénomène que Brunetti avait observé depuis longtemps. On avait tué à cause de lui, certains s'étaient suicidés.

La signora Gismondi continua. « Parfois, je l'entendais crier des horreurs à la femme qui travaillait pour elle – on l'entendait même de l'autre bout de la place. Elle disait des choses affreuses, les accusait de voler ou de mentir. Ou elle se plaignait de leur cuisine, ou de la manière dont elles faisaient le lit. J'avais droit à tout, l'été, si je ne mettais pas mon baladeur. Parfois, quand je voyais ces femmes par la fenêtre, je leur faisais signe et leur souriais, c'était bien naturel. Et si j'en croisais une dans la rue, je lui disais bonjour ou la saluais d'un signe de tête. » Elle regarda de côté, comme si c'était la première fois qu'elle se demandait pourquoi elle agissait ainsi. « Je suppose que je voulais leur faire savoir que tout le monde n'était pas comme la signora Battestini, que tous les Vénitiens n'étaient pas aussi insupportables que cette vieille femme. »

Brunetti acquiesça de nouveau, approuvant ainsi la légitimité de ce désir.

« L'une d'elles – elle était de Moldavie – m'a demandé un jour si je n'avais pas de travail pour elle. J'ai dû lui expliquer que j'avais déjà une femme de ménage, la même depuis des années. Mais elle avait l'air tellement désespérée que j'ai posé la question autour de moi, et comme la femme de ménage d'une de mes amies venait de la quitter, elle l'a prise. Elle m'a dit qu'elle l'avait trouvée honnête et travailleuse. » Elle sourit et secoua la tête à l'idée de l'insignifiance de ce qu'elle racontait. « Bref, Jana lui a avoué que la signora Battestini la payait sept cents lires de l'heure – c'était avant l'euro – c'est-à-dire moins de quatre euros de l'heure. Vous vous rendez compte ? ajouta-t-elle sans cacher son indignation. Personne ne peut vivre avec un tel salaire. »

Trouvant que cette colère l'honorait, Brunetti lui demanda si elle pensait que c'était ce que la vieille dame payait aussi à la signora Ghiorghiu.

« Je n'en ai aucune idée, mais ça ne me surprendrait pas.

– Quelle a été sa réaction quand vous lui avez donné tout cet argent ? »

Elle eut l'air embarrassée. «Oh, elle était contente, je crois.

– Je n'en doute pas… mais encore ?»

La signora Gismondi regarda ses mains et les tint serrées sur ses genoux. «Elle s'est mise à pleurer… et… elle a voulu m'embrasser la main. Je ne pouvais pas la laisser faire, pas là, dans la rue.

– Certainement, convint Brunetti, s'efforçant de ne pas sourire. Vous rappelleriez-vous quelque chose d'autre concernant la signora Battestini ?

– Je crois qu'elle a travaillé comme secrétaire dans une école, je ne sais plus laquelle. Une école élémentaire, il me semble. Mais elle devait avoir pris sa retraite depuis une bonne vingtaine d'années. Peut-être plus, quand c'était si facile de la prendre par anticipation.» Brunetti n'en fut pas sûr, mais il eut l'impression qu'il y avait plus de reproches que de regrets dans son ton.

«Et sa famille ? Vous avez mentionné une nièce à qui vous avez parlé, signora.

– En effet, mais elle ne voulait rien avoir à faire avec sa tante. Il y avait aussi une sœur à Dolo, la mère de la nièce, j'imagine, mais la dernière fois que j'ai appelé la nièce, elle m'a dit que sa mère était morte… J'ai eu l'impression qu'elle ne s'intéresserait à sa tante Battestini que lorsque celle-ci serait morte et qu'elle pourrait toucher l'héritage.

– Vous avez aussi parlé avec une avocate, si je ne me trompe.

– Oui, la dottoressa Marieschi. Elle a un bureau du côté de Castello, du moins d'après l'annuaire. Je ne l'ai jamais rencontrée, je l'ai seulement eue au téléphone.

– Comment avez-vous obtenu les coordonnées de toutes ces personnes, signora ?»

Ne détectant que de la curiosité dans son ton, elle répondit sans hésiter : «J'ai demandé autour de moi et j'ai consulté l'annuaire.

– Comment avez-vous appris le nom de l'avocate ?»

Elle réfléchit un moment avant de répondre. «J'ai appelé la signora Battestini en lui disant que j'étais de la compagnie d'électricité et qu'il y avait un problème de facture impayée. Elle m'a donné le nom de l'avocate en me disant de l'appeler. Elle m'a même donné son numéro. »

Brunetti eut un sourire admiratif qu'il contint aussitôt ; il n'allait pas la féliciter pour un comportement aussi discutable. «Savez-vous si cette avocate s'occupait de toutes ses affaires ?

– C'est l'impression que j'ai eue, à la manière dont elle en parlait.

– La signora Battestini ou la dottoressa Marieschi ?

– Oh, je suis désolée. La signora Battestini. La dottoressa Marieschi était comme sont tous les avocats : donnant le moins d'informations possible et laissant l'impression qu'ils n'ont que peu d'influence sur leur client. »

Voilà une description des méthodes du barreau qui parut en valoir bien d'autres à Brunetti. Mais au lieu de la complimenter sur la finesse de son analyse, il demanda : «Dans tout ce que vous avez appris, y a-t-il quelque chose que vous jugez important ?»

Elle sourit. «J'ai bien peur de ne pas avoir la moindre idée de ce qui pourrait être important ou non, commissaire. Tous les voisins la considéraient comme une vieille bique insupportable, et quand on parlait de son mari, c'était pour dire que c'était un homme ordinaire, sans rien de spécial, et qu'ils n'étaient pas heureux en ménage. » Il attendit qu'elle fasse un commentaire sur le fait qu'il n'était guère vraisemblable qu'on puisse être heureux en ménage avec une telle femme, mais elle garda le silence.

«Je suis désolée de ne pas avoir pu être plus utile,

dit-elle au bout d'un moment, manifestant son désir de mettre un terme à la conversation.

– Tout au contraire, signora. Vous avez été immensément utile. Vous nous avez empêchés de classer un dossier avant que l'enquête ne soit vraiment bouclée et vous nous avez donné de bonnes raisons de penser que nos premières conclusions étaient erronées. » Il lui laissa le soin de comprendre qu'il estimait au moins ne pas avoir besoin de corroborer son histoire par d'autres témoignages pour l'accepter.

Il se leva et s'écarta de sa chaise, puis lui tendit la main. « Je tiens à vous remercier d'être venue témoigner. Peu de gens l'auraient fait, dans les mêmes circonstances. »

Prenant ce compliment pour une excuse du comportement du lieutenant Scarpa, elle lui serra la main et quitta le bureau.

# 6

Sa visiteuse partie, Brunetti retourna derrière son bureau pour réfléchir à ce qu'il venait d'apprendre, non seulement de la part de la signora Gismondi, mais aussi du lieutenant Scarpa. Ce que lui avait raconté la première paraissait parfaitement plausible : les gens quittent la ville, mais des choses se passent pendant leur absence. Ils peuvent choisir de ne pas avoir de contact avec leur pays pour mieux savourer le fait d'être à l'étranger ou tout simplement, comme elle l'avait dit à Scarpa, pour s'immerger dans une autre culture. Il essaya d'imaginer les raisons qui auraient pu pousser une femme apparemment aussi sensible et intelligente que la signora Gismondi à inventer pareille histoire et surtout à la maintenir face à ce qui avait dû être l'opposition peu amène de Scarpa. Rien ne lui vint à l'esprit.

Il était beaucoup plus facile de spéculer sur les motivations du lieutenant. Accepter cette version des faits revenait à admettre que la police avait agi avec précipitation en acceptant une résolution bien pratique de l'affaire. Il fallait aussi trouver une explication sur la disparition de l'argent alors qu'il était entre les mains de la police. Dans les deux cas, Scarpa était responsable. Plus important encore, prêter foi au témoignage de la signora Gismondi allait demander que le dossier soit rouvert, ou plutôt que les faits soient enfin sérieusement examinés – et avec trois semaines de retard.

Brunetti s'était trouvé en vacances lorsqu'on avait découvert le corps de la signora Battestini, et il n'était retourné à Venise qu'une fois l'affaire mise au placard. Lui-même avait alors repris l'enquête sur les bagagistes de l'aéroport. Étant donné que ceux-ci avaient été filmés à plusieurs reprises en train de voler dans les bagages des voyageurs et que quelques-uns étaient prêts à témoigner contre les autres dans l'espoir d'un châtiment plus clément, Brunetti n'avait pas grand-chose à faire sinon classer et conserver les documents du dossier et interroger ceux qui n'avaient pas encore avoué, mais qu'il pourrait peut-être convaincre de changer d'attitude. Il avait appris le meurtre par la presse, pendant ses vacances, se mettant à croire naïvement ce qu'elle rapportait, et n'avait pas douté plus qu'un autre de la culpabilité de la Roumaine. Sinon, pourquoi aurait-elle voulu fuir le pays, puis s'échapper quand la police avait tenté de l'appréhender ?

La signora Gismondi avait apporté des réponses crédibles à ces deux questions : Florinda Ghiorghiu avait voulu quitter le pays parce qu'elle avait perdu son travail, et elle avait fui la police parce qu'elle venait d'un pays où les policiers passaient pour être aussi corrompus que violents, et où la seule idée de tomber entre leurs mains poussait n'importe qui à paniquer.

Brunetti était tombé dans le bureau de la signorina Elettra, une heure auparavant, sur le lieutenant Scarpa, raide de colère devant ce qu'il estimait être les mensonges d'un témoin. Ayant senti sa rage, la secrétaire lui avait suggéré que quelqu'un d'autre arrache la vérité à cette femme.

Brunetti avait été étonné de la courtoisie dont la signorina Elettra avait fait preuve vis-à-vis de Scarpa et par son apparent désir de le croire. Son habileté ne lui était devenue évidente que lorsqu'elle s'était tournée vers lui pour lui dire : « Commissaire ? Il semble que le lieutenant ait fait le principal en découvrant que cette femme mentait. Quelqu'un d'autre pourrait peut-être trouver les raisons qui la motivaient. » Puis elle s'était tournée vers le lieutenant, levant les mains d'un geste d'incertitude déférente, pour ajouter : « Si vous pensez que ça peut être utile, lieutenant, bien entendu. » Brunetti avait alors remarqué qu'elle portait une blouse de coton blanc toute simple ; c'était peut-être le col Claudine qui la faisait paraître si innocente.

La méfiance quasi atavique qu'éprouvait Scarpa pour la jeune femme lui avait fait prendre un air dubitatif, mais, avant qu'il ait pu parler, Brunetti était intervenu : « Ne me regardez pas de cette façon, signorina. J'ai déjà cette histoire de l'aéroport à régler, alors qu'on ne me demande pas de m'occuper de ça. » Puis il se tourna pour partir.

Le manque d'enthousiasme de Brunetti avait poussé Scarpa à dire : « Elle va toujours me raconter la même chose, j'en suis sûr. »

C'était une constatation, pas une requête, et Brunetti ne céda pas. « Non, j'ai cette affaire à terminer », dit-il continuant à avancer vers la porte.

Provocation suffisante pour le lieutenant Scarpa. « Si cette femme ment dans une affaire de meurtre, c'est tout de même plus important que le vol de quelques bricoles à l'aéroport. »

Brunetti s'était arrêté dans l'encadrement de la porte et tourné vers la signorina Elettra qui, ayant pris un air résigné, avait avoué : « Je crois que le lieutenant a raison, monsieur. »

Brunetti, homme crucifié de chagrins et de soucis, comme chacun le savait, avait arboré une expression encore plus résignée que celle de la jeune femme pour dire, vaincu : « Très bien, très bien, mais juste pour un contre-interrogatoire. Où se trouve-t-elle ? »

C'était ainsi qu'il avait pu s'entretenir avec la signora Gismondi et appris la vérité. Il avait bien fait d'entrer dans la petite comédie de la signorina Elettra.

De retour dans le bureau de la secrétaire, il la trouva qui parlait au téléphone. Elle leva la main, tendant deux doigts pour dire qu'elle n'en avait plus que pour une ou deux minutes, prit quelques notes, remercia et raccrocha.

« Comment tout ça est arrivé ? demanda-t-il avec un geste du menton en direction de l'endroit où s'était tenu le lieutenant Scarpa.

– Connais ton ennemi, répondit-elle.

– C'est-à-dire ?

– Il vous hait, mais avec moi, il est seulement méfiant – très méfiant. Tout ce que j'ai eu à faire a été de lui offrir l'occasion de vous obliger à faire quelque chose que vous ne vouliez pas faire, et ce désir de vous contraindre a été plus fort que la méfiance qu'il a pour moi.

– À vous entendre, ce n'était qu'un jeu d'enfant – un exercice de manuel, le parfait petit Scarpa.

– La carotte et le bâton, dit-elle avec un sourire. Je lui ai tendu une carotte dont il a pensé faire un bâton pour vous battre. » Puis redevenant soudain sérieuse, elle lui demanda ce que sa visiteuse lui avait dit.

« Qu'elle avait trouvé la Roumaine en bas de chez la signora Battestini, enfermée dehors, qu'elle l'avait accompagnée à la gare et lui avait acheté un billet de train. Et l'avait laissée là.

– Combien de temps avant le départ du train ? » demanda-t-elle aussitôt.

Il fut ravi de constater que la jeune femme, elle aussi, avait vu le point faible dans le témoignage de la signora Gismondi. « Une heure avant, environ.

– D'après les journaux, le crime s'est produit près du Palazzo del Cammello.

– En effet.

– La Roumaine aurait eu le temps de faire le coup, dans ce cas, non ?

– Oui.

– Et alors ?

– Ce n'est pas vraiment un problème. Assunta Gismondi déclare avoir donné environ sept cents euros à la Roumaine. » Quand il vit s'arquer les sourcils de la jeune femme, il ajouta tout de suite, pour répondre à la question qu'elle n'aurait pas manqué de poser : « Et je la crois. C'est une impulsive et une personne généreuse. » Et effectivement, il était convaincu que c'étaient ces deux traits de caractère, ainsi qu'une honnêteté foncière, qui l'avaient conduite à la questure, ce matin.

La signorina Elettra repoussa son fauteuil et croisa les jambes, révélant une jupe courte rouge et des chaussures à talons si hauts qu'ils lui auraient permis d'échapper à la pire des *acqua alta*.

« Si je puis me permettre de vous poser une question impertinente, commissaire (il acquiesça en silence), est-ce votre tête ou votre cœur qui parle ? »

Il réfléchit quelques instants. « Les deux.

– Dans ce cas, dit-elle en se levant (ce qui lui permettait de le regarder quasiment dans les yeux sans lever la tête), je crois qu'il vaudrait mieux que j'aille tout de suite dans le bureau de Scarpa faire une photocopie du dossier.

– Il n'est pas ici ? demanda Brunetti avec un geste vers l'ordinateur.

– Non. Le lieutenant préfère taper ses rapports à la machine et les garder chez lui.

– Et il va vous le donner ? »

Elle sourit. « Évidemment pas.

– Mais… hésita-t-il, se sentant un peu idiot, comment allez-vous faire ? »

Elle ouvrit un des tiroirs de son bureau et il vit toute une gamme d'outils pointus et fins, qui ressemblaient à s'y méprendre à ceux qu'il lui arrivait d'utiliser : un jeu de rossignols, pour employer une expression désuète qu'il aimait bien. « Je vais le subtiliser et en faire une copie, commissaire, puis je le remettrai à sa place. Et comme le lieutenant est d'un naturel soupçonneux, je prendrai bien soin de remettre le cure-dents entre les pages sept et huit, comme il le fait tout le temps pour les dossiers qu'il estime importants, quand il veut être sûr que personne d'autre ne les a consultés. »

Le sourire de la jeune femme s'élargit. « Si vous voulez bien m'attendre dans votre bureau, commissaire, je vous apporte cette photocopie dès qu'elle est faite. »

Il fallait qu'il sache. « Mais lui… où est-il ? » Ce qu'il voulait apprendre, en fait, était comment elle savait que le lieutenant Scarpa n'était pas dans son bureau.

« Sur l'une de nos vedettes, en route pour Fondamente Nuove. »

Brunetti se retrouva dans l'état d'esprit de tant de ces scènes de western qu'il avait vues adolescent, où le bon et le méchant se tiennent face à face à l'heure de vérité. Ici, cependant, ce n'était pas une question de bon ou de méchant, sauf si l'on adoptait le point de vue étroit d'esprit qu'entrer par effraction dans l'un des bureaux de la questure pour y faire des copies clandestines d'un document officiel était en tout état de cause répréhensible. Mais Brunetti avait une idée bien trop haute de la justice pour partager un tel point de vue et il tint donc la porte ouverte à la jeune femme. « Je n'en aurai pas pour longtemps », dit-elle pendant qu'elle passait devant lui.

Comment faisait-elle ? se demanda-t-il pendant qu'il retournait à son bureau. Non pas qu'il s'interrogeait sur les moyens dont disposait la signorina Elettra : l'ordinateur, les amis bien placés à l'autre bout du fil et toujours prêts à violer un règlement, sinon une loi, pour lui faire une faveur. Il ne se souciait pas non plus particulièrement des techniques qu'elle employait pour apprendre tout ce qu'elle savait sur la vie privée et les faiblesses de ses supérieurs. Ce qui l'intriguait était comment elle trouvait le courage de s'opposer aussi régulièrement et ouvertement à eux, sans chercher à dissimuler à qui allait sa fidélité. Elle lui avait une fois expliqué qu'elle avait renoncé à une carrière dans la banque et accepté ce qui devait être, aux yeux de sa famille et de ses amis, un poste infiniment moins prestigieux dans la police. Elle avait quitté la banque par principe et il supposait qu'elle agissait encore par principe aujourd'hui, mais il n'avait jamais eu le courage de lui demander quels étaient ces principes.

De retour dans son bureau, il dressa la liste des informations dont il allait avoir besoin : l'étendue exacte des biens laissés par la signora Battestini ; le degré précis d'implication de la dottoressa Marieschi dans les affaires de ladite signora Battestini et quelles étaient ces affaires ; savoir si le nom de la défunte apparaissait dans les dossiers de la police ; de même pour son mari ; ce que savaient les voisins des animosités pouvant exister entre elle et d'autres personnes ; et (mais au bout de trois semaines il y avait peu de chances) si quelqu'un se souvenait d'avoir vu une autre personne que la Roumaine entrer dans l'appartement ou le quitter ce jour-là – et était prêt à témoigner. Il lui faudrait aussi parler avec le médecin de la signora Battestini.

Le temps d'achever la liste, la signorina Elettra était de retour, prenant soin de frapper à la porte avant d'entrer.

« Vous en avez prévu une pour Vianello ? » demanda-t-il.

Elle répondit par l'affirmative et posa un mince dossier sur le bureau, en gardant un autre identique à la main.

« Savez-vous où il se trouve en ce moment ? » Il avait évité de souligner le pronom personnel : il ne voulait pas avoir l'air de suggérer qu'elle avait fait placer des puces électroniques derrière les oreilles de tout le monde, à la questure, et était en mesure de connaître les coordonnées exactes de tout un chacun, en temps réel, au moyen d'un relais satellite.

« Il devrait être ici cet après-midi, monsieur.

– Y avez-vous jeté un coup d'œil ? demanda-t-il avec un mouvement de la tête en direction du dossier.

– Non. »

Il la crut.

« Vous devriez lire l'exemplaire de Vianello avant de lui donner, peut-être. » Nul besoin d'expliquer pourquoi il voulait qu'elle le fasse.

« Volontiers, monsieur. Voudriez-vous que je commence à vérifier les choses les plus évidentes ? »

Quelques années auparavant, il lui aurait demandé à quoi elle pensait, au juste, mais il la connaissait bien et se doutait que les choses en question devaient être identiques à celles de sa liste et il se contenta de dire que oui, et de la remercier.

« Très bien », dit-elle en quittant le bureau.

Le premier document du dossier était le rapport d'autopsie. Brunetti commença par regarder qui l'avait signé ; sa longue expérience explique le soulagement qu'il ressentit en voyant que c'était Rizzardi.

La signora Battestini avait quatre-vingt-trois ans au moment de son décès. Elle aurait pu facilement vivre encore dix ans, d'après le médecin. Son cœur et ses autres organes étaient en excellent état. Elle avait eu au moins un enfant mais avait subi une hystérectomie à un moment ou un autre de sa vie adulte. En dehors de ça, elle ne présentait aucun signe d'avoir souffert d'une maladie grave, ou de s'être cassé un os. Du fait de son poids (plus de cent kilos) les articulations de ses genoux présentaient de signes d'usure tels que la marche devait lui avoir été très difficile et l'ascension d'un escalier impossible. La flaccidité de ses muscles témoignait d'un manque général d'activité physique.

La mort avait été provoquée par une série de coups – cinq, d'après Rizzardi – portés à l'arrière du crâne, au même endroit ou si près les uns des autres qu'il était impossible de déterminer lequel avait été mortel. L'accumulation des traumatismes était la cause la plus vraisemblable du décès. Probablement droitier, le tueur était soit beaucoup plus grand qu'elle, soit s'était tenu derrière elle alors qu'elle était assise. Les dégâts très importants faits par les coups répétés plaidaient en faveur de cette seconde possibilité, car la différence de hauteur aurait créé un arc de descente de un mètre, donc très puissant.

Quant à l'arme, Rizzardi se refusait à formuler une hypothèse, et le médecin légiste paraissait ignorer l'existence de la statue trouvée près du corps. Son rapport parlait seulement d'un objet contondant à bords inégaux pouvant peser entre un et trois kilos. Il aurait pu être en bois ou en métal et Rizzardi se contentait d'ajouter, d'après les traces laissées sur le crâne fracassé, que l'objet avait une série de bourrelets ou de rainures horizontales.

À ce document était joint le rapport du labo constatant que les rainures de la statue de bronze correspondaient aux traces relevées sur le crâne de la signora Battestini et que le sang resté dessus était du même type que le sien. Il n'y avait aucune empreinte digitale.

La mort avait résulté du traumatisme crânien et de l'hémorragie ; les dégâts subis par la matière grise étaient tels que les organes vitaux auraient rapidement cessé de fonctionner, même si on l'avait trouvée avant qu'elle ne perde trop de sang.

L'examen de la scène du crime par la police avait été pour le moins sommaire. On n'avait procédé à un relevé d'empreintes digitales que dans une seule pièce et le dossier ne comportait que quatre photos, toutes du corps de la signora Battestini. Elles ne donnaient pratiquement aucun indice sur ce qui avait pu se trouver alors dans la pièce et encore moins sur la «fouille rapide» qui, d'après le rapport, aurait eu lieu. Brunetti se demanda si cette désinvolture était due à la conclusion à laquelle Scarpa était parvenue – la culpabilité pour lui évidente de la Roumaine : Brunetti espérait que cette procédure n'était pas devenue habituelle. Il alla vérifier les signatures, à la fin du rapport, mais il ne vit que des initiales illisibles.

Il y avait ensuite le passeport de Florinda Ghiorghiu. S'il était faux, quel était le vrai nom de la femme enterrée à Villa Opicina ? De plus, le rapport ne précisait même pas où elle avait été inhumée. Sur la photo, on voyait des yeux noirs et des cheveux noirs, un visage sans la moindre esquisse de sourire : elle regardait l'objectif comme un revolver braqué sur elle. D'une certaine manière, il avait fait feu : la photo avait conduit au passeport, le passeport au travail puis à la scène du train et à sa fuite éperdue et fatale sur les voies.

La page suivante était une photocopie des permis de séjour et de travail de Florinda Ghiorghiu. Elle avait eu l'autorisation de rester six mois en Italie, même si la date d'entrée, sur le tampon, était vieille de plus d'un an. D'après la signora Gismondi, la Roumaine avait fait son apparition vers la fin du printemps : il y avait donc huit ou neuf mois dont on ne savait rien.

C'était tout. Aucune information sur la manière dont Florinda Ghiorghiu avait été recrutée pour travailler chez la signora Battestini. Aucun reçu, ni de l'employeur, ni de l'employée, attestant qu'elle avait été payée. Brunetti n'ignorait pas qu'il s'agissait de pratiques courantes et que la plupart de ces femmes travaillaient au noir ; qu'en fait la plupart de celles qui s'occupaient de la population vieillissante n'avaient pas de papiers, qu'elles viennent d'Europe de l'Est ou des Philippines. L'absence de ces documents ne le surprenait donc pas.

Le dossier sous le bras, il descendit d'un étage, conscient du comportement déontologiquement discutable qu'il allait avoir. Lorsqu'il entra dans le petit bureau, la signorina Elettra leva sur lui un regard calme, comme si elle l'attendait.

« J'ai vérifié dans les archives du Bureau des étrangers pour la Vénétie, dit-elle. Ne vous inquiétez pas, j'ai procédé légalement. Les informations sont toutes là, dans notre ordinateur.

– Et qu'avez-vous trouvé ?

– Que Florinda Ghiorghiu avait un permis de travail parfaitement en règle, dit-elle en le regardant avec un sourire.

– Et quoi d'autre ? demanda-t-il, se doutant bien que le sourire cachait quelque chose.

– Que trois femmes utilisaient le même passeport.

– Quoi ?

– Trois, répéta-t-elle. Une ici, à Venise, une autre à Milan et une troisième à Trieste.

– Mais c'est impossible !

– Eh bien, admit-elle, ça *devrait* être impossible, mais apparemment, ça ne l'est pas. » Avant qu'il ait eu le temps de demander si ce n'était pas la même femme ayant demandé des permis pour travailler dans ces trois villes, elle expliqua : « L'une d'elles a commencé à travailler à Trieste pendant que celle enregistrée ici s'occupait de la signora Battestini.

– Et la dernière ?

– Je ne sais pas. J'ai du mal avec Milan. »

Plutôt que de lui demander de l'éclairer sur cette énigme, il posa une autre question. « Il n'y a pas un bureau qui centralise tout ça ?

– En principe, si, mais il n'y a pas d'échanges d'informations entre les provinces. Nos archives ne concernent que la Vénétie.

– Mais alors, comment avez-vous trouvé… ?» demanda-t-il, sincèrement curieux et sans la moindre gêne quant à la légalité des méthodes de la jeune femme.

Elle réfléchit longuement à la question avant de répondre qu'elle préférait ne pas le lui dire. «Vous comprenez, je pourrais inventer une explication technique tellement compliquée que vous vous y perdriez, mais je crois plus honnête de dire que je préfère ne pas en parler.

– Aucun problème, dit-il, sachant qu'elle avait raison. Mais vous êtes sûre de vous ?»

Elle répondit d'un hochement de tête.

Comme si elle avait lu dans son esprit, elle dit : «Les empreintes digitales», faisant allusion à la prétention du gouvernement, qui s'était vanté de pouvoir parvenir à constituer un fichier des empreintes digitales de tous les citoyens italiens et de tous les résidents du pays d'ici à cinq ans. Brunetti avait éclaté de rire, quand il avait entendu parler de cette proposition ; les trains déraillent, les écoles s'effondrent au moindre frémissement de l'écorce terrestre, trois personnes se servent impunément d'un même passeport – et ils prétendent recueillir plus de cinquante millions d'empreintes digitales !

L'un de ses amis anglais avait remarqué un jour que vivre en Italie était comme se retrouver dans une maison de fous ; il devait reconnaître que non seulement il avait raison, mais que l'expression était l'une des meilleures descriptions que l'on pouvait donner de son pays.

«Savez-vous où se trouvent ces autres femmes ? Avez-vous leur adresse ?

– Oui pour Trieste, non pour Milan.

– Et les autres provinces ? Avez-vous vérifié ?

– Non. Seulement le Nord. Vérifier le reste me ferait perdre trop de temps, et ça n'en vaut pas la peine. D'autant que les problèmes de permis de séjour ou de travail ne les empêchent pas vraiment de dormir, là en bas. »

Comme toujours quand il entendait exprimer à haute voix ses propres préjugés et prenait ainsi conscience de leur effet, il se sentit chagrin. *Là en bas... le Sud...* Combien de fois avait-il entendu cela, combien de fois l'avait-il dit lui-même ? Il croyait avoir fait attention et évité l'emploi de ces expressions, en particulier devant les enfants, ou du moins, s'il l'avait fait, sans la coloration de mépris et de dégoût qui les accompagnait si souvent. Il ne pouvait cependant pas nier qu'il en était depuis longtemps arrivé à la conclusion que le Sud était un problème sans solution, qu'il resterait une pépinière de criminels alors qu'il aurait depuis longtemps pris sa retraite.

Ces réflexions furent interrompues par son sens de la justice et par le souvenir de certaines choses peu reluisantes dont il avait été le témoin ici, dans ce Nord-tellement-supérieur. De plus, la signorina Elettra lui parlait. « ... aller jeter un coup d'œil dans son appartement.

– Pardon ? Excusez-moi, je pensais à autre chose. Pouvez-vous répéter ?

– Je disais que ce ne serait peut-être pas une mauvaise idée d'aller jeter un coup d'œil dans l'appartement pour essayer de comprendre un peu ce qui a pu se passer.

– Oui, certainement. » Il eut un geste en direction du dossier placé sur son bureau. « Les clefs étaient-elles dans l'original ?

– Non, rien.

– On n'en parle pas dans le dossier, d'ailleurs. Scarpa n'a pas dit si l'appartement était encore sous scellés ?

– Non. »

Brunetti réfléchit. S'il n'y avait pas de clefs, il allait devoir les demander au lieutenant, ce qu'il n'avait aucune envie de faire. Les réclamer auprès des proches de la signora Battestini alerterait des gens pouvant tomber dans la catégorie des suspects, que cet intérêt renouvelé de la police allait rendre méfiants.

Finalement, il se tourna vers la signorina Elettra et lui demanda : « Puis-je vous emprunter vos rossignols ? »

# 7

Il était presque l'heure du déjeuner et Brunetti, sachant combien sa femme appréciait de savoir le nombre de convives qu'elle aurait à table pour le repas (que ce soit le déjeuner ou le dîner), l'appela pour lui dire qu'il ne rentrerait pas à midi.

« Merveilleux.

– Quoi ? s'étonna-t-il.

– Oh, ne le prends pas mal, Guido. Les enfants sont tous les deux invités chez des amis, comme ça je pourrai lire en mangeant.

– Et qu'est-ce que tu vas manger ?

– Tu ne préfères pas savoir ce que je vais lire ?

– Non. Ce que tu vas manger.

– Pour savoir ce que tu vas manquer ?

– Oui.

– Et bouder ?

– Non. »

Il y eut un long silence et c'est tout juste si, à l'autre bout du fil, il n'entendait pas tourner les rouages du cerveau de Paola. « Si je te promets de me contenter de *gressini* et de fromage, et de la pêche qui commence à se gâter, est-ce que tu te sentiras mieux ?

– Oh, ne sois pas idiote, Paola, répliqua-t-il en riant.

– Vendu. Et en manière de compensation pour le

déjeuner que tu manques, je te ferai des steaks d'espadon aux crevettes comme tu aimes pour le dîner.

– À la sauce tomate ?

– Oui. Et si j'ai le temps, je ferai une crème glacée avec le reste de pêches.

– Tu pourrais peut-être mettre un peu moins d'ail que d'habitude ? demanda-t-il, se croyant étourdiment en position forte pour négocier.

– Dans la crème glacée ? »

Il éclata de rire et raccrocha, se promettant, une fois à la maison, de lui demander ce qu'elle lisait.

Du coup, il aurait le loisir de se rendre à l'appartement de la signora Battestini juste après l'heure du déjeuner, au moment où la plupart des gens seraient chez eux et où la chaleur aurait chassé les touristes des rues. En tant qu'alternative (moins séduisante) à un repas normal, il se contenterait de *tramizzi* – qu'il prendrait en passant chez Boldrin, car ils étaient bons, et que l'établissement était à peu près sur son itinéraire s'il décidait de s'y rendre à pied pour être sur place vers treize heures.

Olga, le matou des lieux, dormait à l'endroit habituel devant le bar et Brunetti eut plaisir à voir que ses poils avaient repoussé, même s'ils avaient un peu perdu leur aspect argenté et soyeux d'autrefois. La maladie qui avait frappé le chat le plus célèbre du quartier, trois ans auparavant, faisait déjà partie des mythes urbains de Venise : certains prétendaient qu'on l'avait aspergé d'acide, tandis que d'autres expliquaient la perte de son pelage par une réaction allergique soudaine. De toute façon, beaucoup (y compris Brunetti) avaient contribué aux honoraires du vétérinaire pendant la longue convalescence d'Olga. Le commissaire l'enjamba pour s'approcher du bar.

Aussi excellents que soient deux *tramizzi* jambon-courgettes arrosés d'un petit blanc acceptable, ils n'auraient jamais pu passer pour un repas aux yeux de

Brunetti, même dans un moment d'aberration ; mais de penser à leur supériorité sur les *gressini*, le fromage et la pêche à demi moisie de Paola rendit la pénitence nettement plus supportable.

Arrivé au domicile de feu la signora Battestini, il constata que les persiennes étaient fermées. L'unique sonnette portait le nom *Battestini*, si bien qu'il ne pouvait avoir recours à son stratagème habituel consistant à appuyer au hasard sur une autre sonnette et à inventer une histoire pour expliquer son erreur. Il suffisait de parler vénitien, et ça marchait toujours. Il allait donc devoir utiliser les rossignols. Résistant à l'envie de vérifier si personne ne l'observait, il sortit discrètement le plus petit de sa poche. La serrure était d'un modèle simple et il se retrouva rapidement à l'intérieur, toujours en prenant bien garde ne pas regarder derrière lui en poussant le battant.

Dans l'entrée régnait une agréable fraîcheur qui contrastait avec la chaleur du dehors : les murs avaient été blanchis récemment à la chaux et la lumière filtrait par les fenêtres nettoyées, au-dessus de la porte. Il attaqua l'escalier, dont les murs avaient été également repeints et dont les marches de marbre brillaient. La porte donnant sur l'appartement ne comportait pas de nom, ce qui n'avait rien d'étonnant. Il se pencha sur la serrure pour l'étudier et constata que c'était une Cisa d'un modèle de base qu'il avait déjà eu plusieurs fois l'occasion de crocheter. Prenant un rossignol d'un calibre un peu plus gros, il l'inséra dans la serrure, ferma les yeux pour mieux sentir de ses doigts et commença à chercher le premier butoir.

Il lui fallut moins d'une minute pour en venir à bout. Il poussa le battant et tâtonna de la main contre le mur, à la recherche de l'interrupteur. Lorsque la lumière se fit, il fut tout d'abord intrigué que la signora Battestini ait vécu dans une ambiance d'une telle austérité : le séjour était meublé d'un tapis industriel d'un ton pâle, de deux fauteuils blancs immaculés, d'un canapé bleu foncé dans lequel personne, apparemment, ne s'asseyait jamais et d'une table basse sur laquelle était posé un plateau de bois. La police, peu scrupuleuse, ou bien des héritiers pressés, avait enlevé le cordon qui délimitait la scène du crime ; on avait ensuite rapidement remeublé la pièce. Il étudia de plus près le nouveau mobilier et ce qui cherchait à se faire passer pour de l'érable massif se révéla n'être en fait que du contreplaqué plus économique pour un propriétaire qui veut louer en meublé à la semaine.

Il parcourut l'appartement et trouva que la même main avait été à l'œuvre dans toutes les pièces ; partout les murs et les meubles étaient blancs, à l'exception d'une commode ou d'une armoire de couleur foncée, chargées d'établir un contraste. Seule la salle de bains gardait quelque chose de l'époque précédant la mort de la signora Battestini : on avait installé de nouveaux accessoires, mais les carreaux roses étaient restés, certains ayant pris des tons ambrés et sourds avec le vieillissement.

Il trouva du linge neuf, souvent encore dans son emballage en plastique, lorsqu'il ouvrit les placards ; vaisselle et couverts, dans la cuisine, étaient neufs aussi. Il regarda sous les lits et sur les étagères les plus hautes des placards, sans trouver la moindre trace de la précédente propriétaire. Par crainte d'alerter les voisins, il n'ouvrit pas les persiennes ; la chaleur était étouffante, dans cet air confiné, et il fut bientôt en nage.

Il ressortit de l'appartement, monta la volée suivante de marches, ignora la porte donnant sur le palier intermédiaire et gagna l'étage au-dessus. Il tomba sur une porte au bois desséché et fissuré par le temps. Deux pattes métalliques jumelles étaient fixées l'une sur le battant, l'autre en vis-à-vis sur le chambranle, et reliées par un cadenas. Il redescendit dans ce qui était moins d'un mois auparavant l'appartement de la signora Battestini, mais il eut beau chercher, il ne trouva pas d'outils. Il se rabattit finalement sur l'un des couteaux à découper apparemment tout neufs de la cuisine et remonta au grenier.

Si le bois de la porte était sec, il était loin d'être pourri et il lui fallut s'escrimer pour finir par dégager la patte métallique. Il ouvrit et regarda dans les combles de faible hauteur. Il y avait heureusement deux fenêtres à l'autre bout et, si elles n'étaient pas très propres, elles donnaient assez de lumière pour qu'il puisse se faire une idée des dimensions des lieux et des objets qui s'y trouvaient éparpillés.

Un lit double à cadre de bois sculpté, comme il se souvenait en avoir vu un chez sa grand-mère, était appuyé contre un mur, avec à côté une table de toilette assortie à dessus de marbre et surmontée d'un miroir piqué. Deux gros fauteuils étaient placés face à face, aussi contre le mur, avec entre eux un panier à linge en plastique.

Des cartons s'empilaient sous les fenêtres ; des débris poussiéreux crissèrent sous ses pieds quand il s'en approcha. Il ouvrit celui sur le dessus de la première pile, soulagé qu'ils n'aient pas été fermés à l'adhésif, et n'y trouva que de vieilles chaussures. Il l'enleva de la pile pour ouvrir le deuxième, qui paraissait contenir les rebuts d'un tiroir de cuisine : un couteau à découper à manche de corne couvert de moisissures, un tire-bouchon, un lot de couverts en métal argenté dépareillés, deux cache-pots et une pièce métallique dont il fut incapable de deviner l'usage. Le troisième carton, plus lourd que les deux premiers, était rempli de petits paquets de journaux ficelés. Défaisant le premier, il vit qu'il s'agissait d'une édition vieille de seulement deux semaines. À l'intérieur, entre les pages sportives, il trouva une statue de la Vierge mal peinte, l'air fort marri de devoir passer son temps, pour une période indéterminée, au beau milieu du dernier scandale de dopage du milieu cycliste. Il dénicha ensuite (première page de la section économie du *Gazzettino*) l'un des sommets de ce que Paola appelait du « sulpicien grande époque » : une boule en Plexiglas dans laquelle de la neige tombait sur une Nativité. Il remballa le tout et mit le carton de côté.

Les suivants contenaient, pour le premier, des napperons et des têtières de fauteuil tous plus ou moins tachés, outre des torchons et du linge qu'il lui répugnait de toucher ; pour le second, une douzaine de chemises en coton, toutes blanches et toutes soigneusement repassées. Elles cachaient six ou sept cravates rayées dans les couleurs sombres, chacune dans son emballage de Cellophane. Quant au dernier carton de la pile, le plus lourd de tous, il était bourré de toutes sortes de papiers : vieilles revues, journaux, enveloppes paraissant encore contenir des lettres, cartes postales, factures, et autres documents à la destination incertaine qu'il ne pouvait déchiffrer dans la pénombre. Il était exclu d'emporter un tel lot, et Brunetti n'avait pas d'autre choix que de les trier sur place pour prendre ce qui lui paraissait intéressant.

La chaleur l'étouffait, poissait sa peau et, chargée de poussière, envahissait ses narines. Il relaissa tomber les papiers dans le carton et enleva son veston, qui lui collait dessus en dépit de la chemise, complètement trempée. À ce moment précis, il entendit une porte se refermer dans l'immeuble et il se pétrifia sur place, la veste encore retenue par une épaule.

Des voix lui parvinrent alors, la première aiguë – celle d'une femme ou d'un enfant – l'autre avec les accents plus graves d'un homme. Elles noyaient les autres bruits, notamment de pas, que pouvaient faire les nouveaux venus. Il ne se rappelait plus s'il avait éteint la lumière et refermé la porte de l'appartement derrière lui. Elle avait une serrure qui se verrouillait automatiquement, sans donner de tour de clef. Il savait qu'il l'avait laissée ouverte lorsqu'il était monté la première fois au grenier et espérait l'avoir fermée la seconde.

Les voix se rapprochaient et se répondaient l'une l'autre de telle manière que la première avait toutes les chances d'être celle d'une femme et non d'un enfant. Il entendit une porte s'ouvrir et se refermer, et les voix disparurent. Il ferma les yeux pour mieux se concentrer sur son ouïe. Il ignorait dans quel appartement les visiteurs étaient entrés : celui situé directement sous lui, ou celui de la signora Battestini. Il n'avait pas prêté attention au bruit qu'il faisait en marchant, jusqu'ici, mais le plancher de bois émit une protestation dès qu'il voulut bouger pour voir ce qu'il en était ; il s'immobilisa de nouveau.

Il remit son veston et se pencha pour remettre les papiers dans le carton, puis consulta sa montre. Deux heures moins cinq. Au bout de dix minutes, il reprit les papiers et les présenta à la lumière pour tenter de les déchiffrer. Mais comprenant bien vite qu'il n'arriverait pas à se concentrer tant qu'il y aurait deux personnes dans l'appartement, en dessous, il les reposa une nouvelle fois. Il sentit son dos se raidir au bout d'un moment et fit des mouvements du torse pour se décontracter.

Un quart d'heure s'écoula ainsi. Puis il entendit de nouveau les voix, la porte n'ayant pas fait de bruit en s'ouvrant. Qu'est-ce qu'il allait leur raconter, si jamais ceux à qui elles appartenaient décidaient de monter au grenier et le découvraient ? Techniquement, l'endroit était encore une scène du crime et il pouvait donc arguer de son bon droit. Mais la serrure crochetée de l'appartement et le fermoir carrément démoli de la porte du grenier n'avaient rien d'une procédure policière normale et lui vaudraient à coup sûr des ennuis.

Les voix restèrent quelque temps au même niveau, puis se firent plus lointaines. Finalement, il entendit la porte cochère se refermer et, pendant que le silence retombait dans l'immeuble, Brunetti avança de quelques pas et s'étira les bras au-dessus de la tête, se prenant la main droite dans une toile d'araignée. Il la ramena bien vite à lui et l'essuya contre son veston. Il fit un aller et retour entre les cartons et la porte, s'ébrouant pour faire disparaître la tension accumulée.

Un détail lui revint à l'esprit et il reprit le carton contenant les torchons de cuisine, d'où il retira un sac-filet en plastique d'un modèle qui avait été à la mode dans sa jeunesse mais avait disparu depuis longtemps. Il glissa les larges poignées par-dessus son poignet gauche, puis s'essuya les mains à un torchon qu'il laissa retomber dans le carton.

C'était celui contenant les papiers qui l'intéressait ; il les tria rapidement, laissant revues et journaux de côté pour ne prendre que ce qui paraissait être des lettres ou des documents divers. Écartant l'ouverture du sac, il y jeta tout cela en désordre, soudain saisi d'une folle envie de fuir cet espace clos, cette chaleur et l'odeur entêtante de la poussière et de la crasse.

Une fois hors du grenier, il revissa la patte comme il put à l'aide du couteau de cuisine, puis glissa le couteau dans la poche de son veston. Sur le palier, il vérifia que la porte de l'appartement était bien fermée mais ne prit pas la peine d'utiliser ses rossignols pour voir si elle l'était à double tour.

Il gagna le rez-de-chaussée sans encombre et, lorsqu'il sortit dans l'impitoyable chaleur de l'après-midi, il éprouva avec soulagement l'impression que les rayons du soleil allaient brûler les odeurs de poussière et la crasse qu'il avait ramenées du grenier.

Quand il arriva à la questure, peu après trois heures, il tomba sur le lieutenant Scarpa qui débarquait de l'une des vedettes de la police. Comme il était impossible qu'ils n'entrent pas en même temps dans le bâtiment, Brunetti prépara quelque formule de politesse banale, gardant le sac du côté opposé à Scarpa.

« Vous vous êtes bagarré, commissaire ? demanda Scarpa avec un air inquiet bien imité, en voyant les salissures sur le veston et la chemise de Brunetti.

– Oh, non, j'ai trébuché en passant devant un immeuble en chantier et je suis tombé contre le mur, répondit-il avec tout autant de sincérité. Mais merci de poser la question. »

Tenant le sac de manière à ce qu'il reste autant que possible invisible pour le lieutenant, Brunetti adressa un signe de tête au planton qui leur ouvrait la porte ; le jeune policier lui rendit son salut et en adressa un autre, bien raide, au lieutenant Scarpa. Brunetti traversait le hall en direction de l'escalier lorsque la voix du lieutenant s'éleva derrière lui. « Ça doit faire une éternité que je n'ai pas vu un sac pareil, commissaire. On dirait ceux qu'avaient nos mères. » Puis après une longue pause, il ajouta : « Quand elles étaient encore capables de faire leurs courses. »

L'hésitation de Brunetti fut si discrète qu'elle dut passer inaperçue, comme avaient passé inaperçus les premiers signes de folie manifestés par sa mère, une dizaine d'années auparavant, folie qui la tenait encore aujourd'hui emmurée. Il ignorait comment Scarpa avait appris son existence ; en fait, il n'avait aucune preuve qu'il la connaissait, mais dans ce cas, pourquoi le lieutenant faisait-il si souvent allusion à leurs mères ? Et pourquoi traitait-il toujours, soi-disant pour rire, le trou de mémoire ou le manque d'efficacité de quelqu'un, à la questure, comme un signe de sénilité ?

Ne réagissant pas à la remarque, Brunetti continua jusqu'à son étage. Il referma la porte, posa le sac sur son bureau, enleva son veston et le tint devant lui de manière à l'examiner. En lin gris et l'un de ses préférés, il était strié de larges bandes noirâtres ; jamais un teinturier n'arriverait à le récupérer. Il le disposa sur le dossier de son fauteuil et desserra son nœud de cravate. Ce n'est qu'à ce moment qu'il remarqua la crasse de ses mains et il se rendit donc aux toilettes, à l'étage en dessous, où il se les lava, puis passa ses paumes mouillées sur son visage et sa nuque.

De retour dans son antre, il ouvrit le sac et en répandit le contenu sur le bureau. Renonçant à entamer un tri par catégories, il se mit à lire les documents tels qu'ils se présentaient. Factures d'eau, d'électricité, impôts locaux, tout était payé par un compte à l'Uni Credit au nom de la signora Battestini ; toutes étaient agrafées par fournisseur, en ordre chronologique. Il y avait ensuite une série de lettres, plaintes de ses voisins (et parmi elles, de la signora Gismondi) formulées à cause du bruit de la télévision. Les plus anciennes remontaient à sept ans et toutes avaient été envoyées en recommandé. Il trouva une photocopie du certificat de mariage de la signora Battestini et une lettre du ministère de l'Intérieur à son mari qui prenait acte de l'envoi de son rapport du 23 juin 1982.

Venait ensuite une pile de lettres toutes adressées à la signora Battestini ou à son mari, parfois aux deux. Il les ouvrit, lisant rapidement le premier paragraphe des trois ou quatre premières avant de parcourir rapidement les autres pour vérifier qu'elles ne présentaient rien d'important. Certaines contenaient les remerciements laborieux et formalistes d'une nièce du nom de Graziella, rédigés d'une main maladroite, pour quelque cadeau de Noël jamais spécifié. Au cours des années, l'écriture enfantine et la grammaire approximative de Graziella n'avaient pas changé.

L'une des enveloppes portant le nom et l'adresse de Graziella au dos ne contenait pas de lettre ; à la place, il trouva une feuille de papier avec un texte d'une écriture pointue toute différente. Le long de la marge gauche, il y avait quatre séries d'initiales avec des chiffres à leur droite, parfois précédant des lettres ou les encadrant. Comme une voix l'appelait par son nom depuis la porte, il leva la tête et vit Vianello. Au lieu de le saluer, Brunetti le prit par surprise en lui lançant : « Tu aimes faire des mots croisés, il me semble ? »

L'inspecteur hocha affirmativement la tête et vint s'asseoir sur l'une des chaises, devant le bureau. Le commissaire lui tendit la feuille qu'il venait de découvrir en lui demandant ce qu'il en pensait.

Vianello prit la feuille de papier, la posa à plat sur le bureau et, le menton dans les mains, se mit à l'étudier pendant que Brunetti reprenait le tri du reste des documents.

Au bout de quelques minutes qu'il passa sans lever un instant les yeux, Vianello demanda : « Je n'ai pas droit à un indice ?

– C'était dans le grenier de la vieille dame assassinée le mois dernier. »

Quelques minutes de plus s'écoulèrent et l'inspecteur demanda finalement à Brunetti s'il n'avait pas un annuaire. « Les pages jaunes », précisa-t-il.

Curieux, Brunetti se pencha aussitôt sur son dernier tiroir pour en sortir l'annuaire.

L'inspecteur l'ouvrit aux premières pages et commença à les feuilleter. Puis, prenant la feuille de papier, il la posa sur l'une des pages de l'annuaire, et se livra à des comparaisons, l'index pointé sur l'une ou l'autre des séries de chiffres et de lettres du document, recommençant le même jeu un peu plus bas. Ce processus, à chaque fois accompagné d'un grognement de satisfaction, se poursuivit jusqu'à ce que Vianello ait trouvé ce qu'il cherchait pour les quatre séries d'initiales. Sur quoi il leva les yeux et sourit à Brunetti.

« Eh bien ? » demanda le commissaire.

Vianello fit pivoter l'annuaire et le poussa vers son supérieur. Sur la page de droite, en caractères gras, figurait le mot BARS, suivi de la liste alphabétique des quelques centaines d'établissements de la ville. Mais le gros index de l'inspecteur passa dans le champ de vision de Brunetti pour aller se poser sur la page de gauche. Il comprit sur-le-champ : BANQUES. Oui, évidemment. La liste était donc une série d'abréviations de leur nom, suivie d'un numéro de compte.

« Je connais aussi une unité monétaire en trois lettres commençant par K, monsieur », dit Vianello.

## 8

Au bout de quelques minutes de discussion, Brunetti se rendit au rez-de-chaussée et fit quelques photocopies du document. À son retour, lui et Vianello écrivirent en toutes lettres les noms des banques à côté des initiales. Cela fait, Brunetti demanda : « Te sens-tu capable d'y pénétrer ? » sachant que Vianello comprendrait que c'était à l'aide d'un ordinateur et non d'une pince-monseigneur qu'il entendait le terme.

Avec regret, Vianello secoua la tête. « Non, pas encore, monsieur. Elle m'a permis de le faire une fois, avec une banque de Rome, mais j'ai laissé une piste tellement claire que le lendemain, l'un de ses amis lui a envoyé un courriel pour lui demander ce qui lui avait pris.

– Il savait que c'était elle ?

– Il aurait reconnu sa technique à la manière dont j'étais entré dans le système.

– C'est-à-dire ?

– Oh, vous ne pourriez pas comprendre, monsieur », répondit Vianello. On aurait dit un écho fantomatique du ton décontracté et objectif que prenait dans ces cas-là la signorina Elettra, que l'inspecteur tenait probablement d'elle. « Elle m'a aidé à démarrer en utilisant un code d'ouverture, puis m'a laissé essayer de retrouver une information précise.

– Et quelle information ? demanda Brunetti, ajoutant, si je peux me permettre.

– Elle voulait voir si j'étais capable de découvrir combien d'argent avait été transféré sur un compte donné à partir d'un compte à numéro à Kiev.

– Le compte de qui ? »

Vianello serra les lèvres, hésitant un instant, puis nomma le secrétaire d'État du département du Commerce qui avait joué un rôle déterminant dans un prêt du gouvernement à l'Ukraine.

« Et tu as trouvé ?

– Les alarmes se sont mises à sonner – au sens figuré, bien entendu –, je suis donc sorti aussi vite que j'ai pu, mais non sans laisser des traces évidentes de mon passage.

– Pourquoi voulait-elle savoir ça ? s'interrogea Brunetti.

– Je crois qu'elle le savait déjà, monsieur... J'en suis même certain. C'est pour ça qu'elle savait comment m'aider à entrer.

– Est-ce que c'est ce qu'elle a expliqué à son ami ?

– Oh, non, monsieur, ça n'aurait fait qu'envenimer les choses, s'il avait appris qu'elle aidait la police.

– Comment ? Tu veux dire qu'aucune de ces personnes à qui elle demande de l'aide ne sait où elle travaille ?

– Oh, non, aucune. Sinon, ce serait fini.

– Mais alors, où croient-ils qu'elle soit ? » Il lui semblait que les messages qu'elle envoyait devaient forcément permettre de remonter jusqu'à la questure. Tout le monde y avait son adresse de courriel : il s'était même servi à plusieurs reprises de la sienne et il savait que la référence à la questure de Venise était parfaitement claire.

« Je crois qu'elle a une sorte d'adresse-relais, monsieur », dit Vianello d'un ton prudent.

Bien que Brunetti ne vît pas très bien comment cela pouvait fonctionner, la réponse de l'inspecteur signifiait qu'elle l'avait fait. « Une adresse-relais ? Mais où ?

— Probablement à son dernier emploi.

— La Banca d'Italia ? » Brunetti était stupéfait. Comme Vianello acquiesçait, il demanda : « Tu es en train de me dire qu'elle envoie et reçoit des informations via une adresse qui se trouve dans un endroit où elle ne travaille plus depuis des années ? » Nouvel acquiescement de Vianello. Brunetti ne put s'empêcher d'élever la voix : « Mais pour l'amour du ciel, c'est la banque de l'État ! Comment peut-on autoriser une personne qui n'y travaille plus depuis des années à se servir de cette adresse ?

— Je ne pense pas qu'elle ait cette autorisation, monsieur, en effet. Ou qu'elle l'aurait, si quelqu'un était au courant. »

Poursuivre cette conversation, comprit soudain Brunetti, risquait de le rendre fou ou pire encore, de le mettre au fait d'un comportement délictueux et qu'il pouvait être obligé, un jour ou l'autre, de nier sous serment en avoir eu connaissance. Incapable de contrôler sa curiosité, il demanda néanmoins : « Et tu as trouvé ?

— Quoi donc ?

— Le montant du dépôt.

— Non.

— Et elle ?

— Je suppose.

— Pourquoi ? Elle ne te l'a pas dit ?

— Non. Elle m'a répondu que c'était une information privilégiée, que je ne pouvais l'avoir que si je la trouvais moi-même. »

En entendant cela, il lui vint à l'esprit que les gangsters avaient aussi un code d'honneur, mais son admiration et son respect lui firent chasser cette pensée et revenir à leur affaire. « Autrement dit, il faut lui demander de le faire ?

– J'en ai bien peur, monsieur. »

Ils se levèrent ensemble et, Vianello portant la feuille de papier aux initiales décryptées, ils descendirent voir si la signorina Elettra se trouvait dans son bureau.

Elle y était bien mais aussi, malheureusement, leur supérieur à tous, le vice-questeur Patta, habillé aujourd'hui d'un costume en lin couleur crème et d'une chemise noire, également en lin. Sa cravate, en soie ardoise, avait des filets en diagonale de la même nuance que le costume. Ce n'est qu'alors que Brunetti remarqua le costume en lin noir et la blouse en soie crème de la signorina Elettra. Il se dit que, si l'un ou l'autre l'avait fait exprès, Patta aurait probablement été motivé par l'émulation, elle par la parodie.

Voyant la feuille de papier que Vianello tenait à la main, Patta demanda, d'un ton autoritaire : « De quoi s'agit-il, inspecteur ? C'est en rapport avec l'absurde idée que le commissaire s'est mise dans la tête, que ce ne serait pas la Roumaine ?

– Non, monsieur le vice-questeur, répondit un Vianello intimidé. C'est la martingale que j'utilise pour parier sur les matchs du Totocalcio. » Il exhiba la feuille sous le nez de Patta. « Vous voyez, la première colonne est le code des équipes, puis les numéros des joueurs qui vont…

– Ça suffit, Vianello », le coupa Patta sans cacher son irritation. Puis il se tourna vers Brunetti. « À moins que vous ne soyez occupé à choisir vous aussi des équipes, commissaire, j'aimerais avoir un mot d'entretien avec vous.

– Bien entendu, monsieur », répondit Brunetti en lui emboîtant le pas, laissant à Vianello le soin de parler avec la signorina Elettra.

Patta alla à son bureau mais n'invita pas Brunetti à s'asseoir, ce qui était cependant bon signe : le vice-questeur était pressé. Il était presque cinq heures et il aurait tout juste le temps de sauter dans la vedette qui l'amènerait à Cipriani pour se baigner avant de le ramener chez lui pour le dîner.

« Je ne vais pas vous retenir longtemps, commissaire. Je veux simplement vous rappeler que cette affaire est terminée, quels que soient les doutes ridicules que vous nourrissez, dit Patta sans préciser quels étaient ces doutes ridicules, laissant ainsi ouverte la possibilité qu'ils le soient tous. Les faits parlent d'eux-mêmes. La Roumaine a tué cette pauvre malheureuse. Elle a ensuite essayé de quitter le pays et a donné une preuve supplémentaire de sa culpabilité en tentant d'échapper à une inspection de routine de la police des frontières. » Il joignit les doigts en clocher, cachant un instant sa bouche, puis les écarta et ajouta : « Je ne veux pas qu'une presse soupçonneuse et irresponsable vienne remettre en question le travail de ce département de la police. »

Il redressa le menton et regarda Brunetti dans les yeux, lui consacrant toute son attention. « Me suis-je bien fait comprendre, commissaire ?

– Parfaitement, monsieur.

– Bien, répondit Patta, prenant pour acquis que non seulement Brunetti avait compris l'ordre, mais qu'il le respecterait. Alors je ne vous garderai pas plus longtemps. Je dois me rendre à une réunion. »

Brunetti marmonna une formule de politesse et sortit. Dans le petit bureau, la signorina Elettra était toujours à sa place et parcourait une revue ; aucun signe de Vianello. Lorsqu'elle leva les yeux, Brunetti porta un doigt à son nez puis le pointa en l'air, vers son bureau. Il entendit alors la porte de Patta qui s'ouvrait derrière lui. La secrétaire reprit la lecture de sa revue, ignorant Brunetti, et tourna paresseusement une page. Il sortit et monta l'attendre chez lui.

En fait, Vianello regardait par la fenêtre lorsque Brunetti entra dans son bureau ; il y était même penché de tout le buste, sur la pointe des pieds, tourné vers le quai de la questure. Brunetti entendit démarrer le moteur de l'une des vedettes puis le bruit qui s'éloignait en direction du Bacino et sans doute, pouvait-on penser, de Cipriani. Sans rien dire, Vianello se redressa et alla s'asseoir sur l'une des chaises.

Quelques instants plus tard, la signorina Elettra entrait à son tour chez Brunetti, prenant soin de refermer la porte derrière elle, et alla s'asseoir à côté de Vianello. Brunetti se pencha sur son bureau.

Il ne jugea pas utile de demander à la jeune femme si Vianello lui avait demandé un coup de main. « Croyez-vous pouvoir tout vérifier ?

– Il n'y en aura qu'une seule qui présentera des difficultés, dit-elle en pointant un nom en milieu de liste. La Deutsche Bank. Ils ont repris deux autres banques, mais ils sont dans de nouveaux bureaux, et je n'ai jamais eu l'occasion de leur rendre visite ; ça risque de me prendre quelque temps. En revanche, je peux m'occuper des autres dès cet après-midi. On devrait avoir les réponses demain matin. » À la manière dont elle expliquait cela, personne n'aurait douté, ignorant sa tactique habituelle, qu'elle allait suivre les procédures officielles dans ce cas de figure : des informations transmises à la police sur commission rogatoire d'un juge, commission établie à la demande de la police via les voies hiérarchiques habituelles. Étant donné que c'était une procédure qui prenait en général des mois et que des lois récentes rendaient encore plus aléatoire, sinon impossible, la réalité était que les informations recherchées seraient aussi délicatement subtilisées des dossiers de la banque que le portefeuille de la poche revolver d'un touriste belge insouciant, sur le vaporetto de la ligne 1.

« Qu'est-ce que tu en penses ? » demanda Brunetti à Vianello.

Avec un signe de tête courtois en direction de la signorina Elettra, pour faire comprendre qu'il lui avait parlé de la conversation que le commissaire avait eue avec la signora Gismondi, Vianello répondit : « Si cette femme a dit la vérité, il est dans ce cas peu probable que la signora Ghiorghiu ait tué la vieille dame. Ce qui signifie que quelqu'un d'autre l'a fait, et que ces mystérieux comptes en banque me paraissent un bon point de départ pour commencer à chercher qui.

– Pensez-vous qu'il y ait la moindre chance pour que la Roumaine soit la meurtrière ? » intervint alors la signorina Elettra.

Vianello, curieux lui aussi de connaître la réponse, se tourna vers le commissaire.

« Si vous avez regardé les photos du corps de la signora Battestini, dit Brunetti, vous avez vu les dégâts causés par les coups qu'on lui a portés à la tête. » Prenant leur silence pour un acquiescement, il continua. « Je trouve absurde l'idée que la signora Ghiorghiu soit revenue de la gare pour commettre ce crime de sang-froid. Elle avait beaucoup d'argent et son billet de train pour retourner chez elle. D'après ce que m'a dit la signora Gismondi, elle avait eu le temps de se calmer. Non, je ne vois vraiment pas pourquoi elle serait revenue tuer la vieille dame ; sans compter qu'il aurait fallu, de plus, que celle-ci la laisse entrer. Je vois enfin encore moins pourquoi elle s'y serait prise ainsi. C'était de la rage, pas un froid calcul.

– Ou un froid calcul déguisé en rage », suggéra Vianello.

Voilà qui ouvrait des perspectives que Brunetti n'avait pas envie d'envisager, mais il hocha néanmoins la tête à contrecœur. Plutôt que de discuter de ces possibilités, il voulait aborder la question de la méthode à adopter, et commença par se tourner vers la jeune secrétaire. « J'ai l'intention d'aller m'entretenir demain avec son avocate et ses parents », dit-il avant d'ajouter pour Vianello : « Et toi, je voudrais que tu ailles voir si les gens du voisinage ne se souviendraient pas de quelque chose de particulier concernant cette journée.

– Officiellement ? » demanda l'inspecteur.

Brunetti soupira. « Évidemment, si tu pouvais t'y prendre l'air de rien, ça nous arrangerait bien. Mais je doute que ce soit possible.

– Je vais demander à Nadia si elle ne connaîtrait pas quelqu'un qui habiterait dans le quartier, proposa Vianello. On pourrait peut-être aussi aller prendre un verre ou déjeuner dans le restaurant qui vient d'ouvrir au coin du Campo dei Mori. »

Brunetti salua cette idée d'un grand sourire puis se tourna vers la jeune femme. « J'aimerais aussi vérifier si elle a déjà eu affaire à nous.

– Qui ? La Roumaine ?

– Non, la signora Battestini.

– Une grande criminelle de quatre-vingts ans, pouffa-t-elle, j'aimerais bien voir ça ! »

Brunetti répliqua par le nom d'un ancien Premier ministre et lui suggéra de commencer à éplucher les dossiers pour lui.

Vianello éclata de rire, et elle eut l'amabilité de sourire.

« Cherchez donc aussi avec les noms de son mari et de son fils, tant que vous y êtes, dit Brunetti sans se laisser davantage distraire.

– Et l'avocate ? Je jette un coup d'œil ?

– Oui.

– J'adore faire la traque des avocats, ne put s'empêcher de dire la signorina Elettra. Ils se croient plus forts que tout le monde, mais débusquer leurs petits secrets est un jeu d'enfant. C'est presque trop facile.

– Vous préféreriez leur donner une longueur d'avance, peut-être ?» demanda Vianello.

La question de l'inspecteur la ramena sur terre. «Donner une longueur d'avance à un avocat ? Il faudrait être folle. »

# 9

Ayant encore à éplucher les dépositions dans l'affaire du pillage de bagages, et comme il n'avait guère envie de parler par téléphone à un représentant du barreau, Brunetti décida d'appeler le bureau de l'avvocatessa Marieschi et de prendre rendez-vous avec elle pour le lendemain matin. Quand la secrétaire lui demanda à quel sujet, il se contenta de répondre que c'était un problème d'héritage et il donna son nom, mais sans dire qu'il voulait la voir en qualité de fonctionnaire de police.

Il passa une heure à lire des dépositions qui se contredisaient les unes les autres ; heureusement, chacune était accompagnée d'une petite photo où l'on pouvait identifier l'auteur de la déposition ou celui qui répondait aux questions du personnel chargé de la surveillance vidéo cachée, dans l'aéroport. Seulement douze des soixante-seize personnes interpellées, d'après ce qu'il comprenait, disaient toute la vérité – les seules à avoir leur témoignage recoupé par les enregistrements vidéo qu'il avait regardés la semaine passée et sur lesquels ils étaient surpris en flagrant délit de vol.

Brunetti n'était guère motivé pour investir beaucoup de temps dans cette enquête, en particulier depuis que la défense n'avait rien trouvé de mieux que d'avancer comme argument que, les caméras ayant été placées sans que le personnel en ait eu connaissance, il s'agissait d'une intrusion dans leur vie privée, employant d'ailleurs le terme anglais *privacy* dont le sens ratissait assez large pour remplir l'office d'un mot manquant à l'italien. Si cet argument était reçu, et la chose n'avait rien d'impossible, la plainte de l'État s'effondrerait pour vice de forme et tous ceux qui avaient tout d'abord reconnu leur culpabilité se rétracteraient avec la disparition de cette preuve accablante.

De plus, les prévenus étaient encore en poste, au nom du principe du droit au travail doublé de la présomption d'innocence ; n'ayant pas été jugés, il aurait été inconstitutionnel de les congédier. « L'asile de fous, l'asile de fous », marmonna-t-il dans sa barbe – décidant qu'il était l'heure de rentrer chez lui.

Une fois à la maison, il constata que Paola avait tenu parole, car le fumet qui l'accueillit à son arrivée était un subtil mélange de produits de la mer, d'ail et de quelque chose qu'il ne put identifier avec certitude, peut-être des épinards. Il posa dans l'entrée le sac-poubelle dans lequel il avait fourré son veston sale et se rendit directement à la cuisine. Paola était déjà à table, un verre de vin blanc posé devant elle, un livre à la main.

« Très bien, dit-il, qu'est-ce que tu lis ? »

Elle le regarda par-dessus le bord de ses lunettes de lecture. « Un ouvrage qui devrait être d'un grand intérêt aussi bien pour toi que pour moi, Guido : le manuel de Chiara sur la doctrine religieuse. »

Rien de bon ne pouvait sortir d'un tel sujet de conversation, comprit sur-le-champ Brunetti, mais il posa tout de même la question qu'on attendait de lui. « Pourquoi autant pour moi que pour toi ?

– À cause de ce qu'il nous dit sur le monde dans lequel nous vivons. » Elle posa le livre et prit une gorgée de vin.

« Par exemple ? » demanda-t-il en allant au réfrigérateur pour y prendre la bouteille ouverte. C'était l'excellent ribolla gialla qu'ils avaient acheté à un ami, à Crono di Rosazzo.

Elle eut un geste vers le livre. « Par exemple, le chapitre sur les sept péchés capitaux. »

Brunetti avait toujours trouvé pratique qu'il y en ait eu un pour chacun des jours de la semaine, mais il garda sa réflexion pour lui. « Et alors ?

– Alors, j'ai pensé à quel point notre société avait cessé de les considérer comme des péchés ou, en tout cas pour plusieurs, comment elle avait réussi à faire en partie évaporer l'odeur de péché qui y était jadis attachée. »

Il tira une chaise et s'assit en face d'elle, médiocrement intéressé par cette dernière remarque mais voulant bien écouter la suite. Il leva son verre dans la direction de Paola et prit une gorgée. Aussi bon que dans son souvenir. Grâce à Dieu, existaient les bons vins et les bons amis ; et grâce à Dieu, il avait une épouse qui trouvait prétexte à polémique dans un manuel de doctrine religieuse pour classes du secondaire.

« Pense à la luxure, par exemple.

– Ça m'arrive souvent », répliqua-t-il avec un petit rire salace.

Elle l'ignora et poursuivit. « Quand nous étions ados, toi et moi, c'était sinon un péché, du moins un demi-péché, en tout cas un sujet qu'on n'abordait pas en public. Aujourd'hui, pas une émission de télé ou un film qui n'en parle.

– Et tu trouves que c'est critiquable ?

– Pas forcément. Mais différent. La gourmandise est peut-être un meilleur exemple. »

Ah, le tir de barrage se rapprochait, pensa Brunetti en rentrant un peu le ventre.

« Nous y sommes constamment encouragés. Il suffit d'ouvrir une revue ou un journal.

– La gourmandise ?

– Pas seulement pour la nourriture, à vrai dire. Mais nous sommes constamment poussés à consommer au-delà de nos besoins. Après tout, est-ce que posséder plusieurs télés, plusieurs voitures ou plusieurs maisons n'est pas une forme de gloutonnerie ?

– Je n'y avais jamais pensé sous cet angle, admit-il pour temporiser, pendant qu'il retournait chercher la bouteille au réfrigérateur.

– Moi non plus. Il a fallu que je me mette à lire ce bouquin. On y définit la gourmandise comme le fait de trop manger et on n'en parle plus. Et c'est là que je me suis mise à penser comment on pouvait le traduire en termes plus généraux.

– Et crois-tu que tu ne pourrais pas penser au dîner en termes plus particuliers ? »

Elle le regarda, puis consulta sa montre et constata qu'il était plus de vingt heures. « Ah, dit-elle, comme surprise par ce rappel des nécessités bassement maté-rielles, bien sûr. J'ai entendu les enfants rentrer. » Puis elle eut l'air de le regarder vraiment pour la première fois. « Qu'est-ce qui est arrivé à ta chemise ? Tu t'es essuyé les mains dessus ?

– Oui... Je te raconterai ça après le dîner », ajouta-t-il à sa propre surprise.

Raffi et Chiara étaient là tous les deux, événement de plus en plus rare, pendant l'été ; ils mangeaient souvent, lui chez un copain, elle chez une amie, et y passaient parfois même la nuit. Raffi avait maintenant un âge où sa passion enfantine pour la ravissante Sara Paganuzzi pre-nait un tour nettement plus adulte, si bien que Brunetti l'avait pris un jour à part pour lui parler sexe – et se faire rétorquer qu'ils avaient appris tout ce qu'il fallait savoir en classe. C'est Paola qui avait mis les points sur les *i*, le lendemain soir, en déclarant que quels que soient les comportements et les opinions de leurs amis sur la ques-tion, après en avoir parlé avec les parents de Sara, ils étaient tombés d'accord pour dire qu'il ne serait jamais autorisé, JAMAIS, à passer la nuit au domicile de Sara, ou Sara à la passer chez eux.

« Mais c'est le Moyen Âge, c'est inacceptable ! avait protesté Raffi.

– Et aussi irrévocable », avait répliqué Paola, mettant ainsi fin à la discussion.

Les dispositions prises par les deux jeunes gens semblaient cependant les satisfaire, car, chaque fois qu'elle venait dîner, Sara se montrait polie et amicale avec tout le monde ; même Raffi ne paraissait pas en vouloir à ses parents pour le diktat auquel il était soumis et que tous ses amis, comme lui, auraient considéré comme médiéval.

Raffi et Chiara avaient tous les deux passé la journée à nager et à jouer sur la plage de l'Alberoni (mais dans des groupes d'amis différents), et ils étaient affamés. On aurait dit, à voir la taille du plat où débordaient poisson et crevettes, que Paola avait acheté un espadon entier. « Tu vas en reprendre encore ? demanda Brunetti à son fils lorsqu'il le vit couver d'un œil avide le peu qui restait dans le plat.

– Il est en pleine croissance, papa », le défendit Chiara. Brunetti fut surpris, puis comprit qu'elle n'avait plus faim.

Il jeta un coup d'œil à Paola, mais elle reprenait des épinards et manqua l'occasion d'admirer sa grandeur d'âme pour ne pas lui avoir demandé si leur fils ne succombait pas au péché de gourmandise. « Tu n'as qu'à le finir, Raffi. Personne n'aime le poisson froid, dit Paola.

– En anglais, ça ferait un jeu de mots, n'est-ce pas, maman ?[1] » demanda Chiara. Outre le nez et la stature élancée de sa mère, Chiara avait hérité sa passion des

1. *Cold fish* : pisse-froid. *(N.d.T.)*

langues, comme le savait Brunetti, mais c'était la première fois qu'il l'entendait plaisanter en anglais.

Le temps de finir sa glace, Chiara dormait presque ; si bien que Paola envoya les adolescents se coucher et commença à débarrasser. Brunetti porta le bol ayant contenu la crème glacée dans la cuisine et resta debout au comptoir, léchant la cuillère puis raclant le fond du récipient pour récupérer les ultimes fragments de pêche. Quand il l'eut proprement nettoyé, il posa le bol sur le côté de l'évier et retourna chercher les verres.

Une fois les couverts mis à sécher, Paola lui proposa de rester sur le thème des fruits en continuant avec une goutte de poire Williams. « On n'a qu'à s'installer sur la terrasse.

– Je mourrais d'inanition si tu n'étais pas là pour me protéger.

– Guido, ma colombe, je m'inquiète beaucoup pour tout ce qui pourrait t'arriver à cause de ton métier, mais la mort par inanition n'en fait pas partie », répliqua-t-elle en se dirigeant vers la terrasse.

Il décida de remplir deux verres mais de ne pas emporter la bouteille. De toute façon, il pouvait toujours revenir la chercher, si jamais il changeait d'avis. Il trouva Paola dans un fauteuil, les pieds posés sur le dernier barreau du garde-fou, les yeux fermés. Elle tendit une main en l'entendant approcher et il y déposa l'un des verres. Elle prit une petite gorgée, soupira, en prit une deuxième. « Dieu est en son domaine céleste et pour le reste tout va bien, murmura-t-elle.

– Tu as peut-être déjà assez bu comme ça…

– Raconte-moi, pour ta chemise. »

Il lui fit le récit de ce qu'il avait appris et fait.

« Et tu as foi en ce que t'a raconté cette signora Gismondi ? demanda-t-elle quand il eut terminé.

– Je la crois, oui. Elle n'aurait aucune raison d'inventer une histoire pareille si ce n'était pas la vérité. Rien, dans ce qu'elle a dit, n'a pu laisser supposer qu'elle était autre chose que la voisine de la vieille dame.

– Elle avait tout de même une dent contre elle.

– À cause de la télé ?

– Oui.

– On ne tue pas les gens parce que leur télé fait trop de bruit. »

Elle tendit la main et la posa sur le bras de son mari. « Voilà des dizaines d'années que je t'entends parler de ton travail de policier, Guido ; j'en ai retiré l'impression que beaucoup de gens sont prêts à tuer pour encore moins que ça.

– Par exemple ?

– Rappelle-toi cet homme de Mestre, sorti de chez lui pour dire à un type en voiture garé devant sa maison de bien vouloir baisser sa radio ? Ça remonte à quand ? À quatre ans ? L'autre l'a descendu, non ?

– Oui, mais c'était un homme. Avec tout un casier d'histoires de violences.

– Et pas ta signora Gismondi ? »

Du coup, il se rendit compte qu'il n'avait pas demandé à la signorina Elettra de vérifier s'il n'y avait rien sur la signora Gismondi. « Ce n'est guère vraisemblable.

– Tu ne trouverais probablement rien, de toute façon.

– Dans ce cas, pourquoi jeter le doute sur elle ? »

Elle soupira, mais en silence. « C'est tout de même un peu décevant que, au bout de tant d'années, tu ne saches pas comment travaille mon cerveau, Guido.

– Je doute d'y arriver un jour, répondit-il sans la moindre ironie. Et qu'est-ce que je n'ai pas compris, à l'instant ?

– Que je crois que tu as raison en ce qui concerne la signora Gismondi. Jamais une affabulatrice n'aurait été te raconter qu'elle était gênée qu'on veuille lui embrasser la main en public.» C'était peut-être une description inexacte des propos de la signora Gismondi, ainsi qu'une analyse qu'il n'aurait guère l'occasion d'utiliser, mais en tant que règle sur la manière d'apprécier le comportement humain…

«Cela dit, j'aimerais bien que tu puisses apporter des preuves solides à des gens comme Patta et Scarpa, et aux sceptiques dans leur genre.»

Paola se tenait toujours les yeux fermés et il étudia son profil : le nez droit, peut-être un peu long, un délicat réseau en patte-d'oie autour des yeux – les rides du sens de l'humour – et un léger début d'affaissement des chairs sous le menton.

Il pensa aux enfants, à leur fatigue après le dîner, pendant qu'il parcourait des yeux toute la longueur du corps de sa femme. Il posa son verre et se pencha vers elle. «Pourrions-nous revenir à notre examen des sept péchés capitaux ?»

# 10

Le rendez-vous avec l'avvocatessa Marieschi avait été fixé à dix heures du matin. Son cabinet se trouvant à Castello, Brunetti prit la ligne 1 du vaporetto et descendit à Giardini. Les arbres du jardin public, par manque de pluie, avaient un aspect poussiéreux et épuisé. À vrai dire, on aurait pu appliquer cette remarque à la plupart des Vénitiens. Il trouva le cabinet sans difficulté, tout à côté de ce qui avait été autrefois une excellente pizzeria, transformée en boutique à touristes pour vendre du verre de Murano. Il sonna, entra dans l'immeuble et monta jusqu'au premier étage.

La secrétaire qui lui avait répondu la veille au téléphone leva les yeux et lui sourit quand il entra, lui demandant s'il était bien le signor Brunetti, puis, quand il l'eut confirmé, s'il voulait bien patienter quelques instants, la dottoressa étant encore avec un client. Il alla s'installer sur un confortable canapé gris et étudia la couverture des magazines placés sur la table basse. Il choisit *Oggi* parce qu'il le lisait rarement, refusant d'acheter cette revue à potins et gêné à l'idée d'être vu avec. Il était plongé dans le compte rendu du mariage de quelque prince scandinave mineur lorsque la porte, à la gauche de la secrétaire, s'ouvrit sur un homme âgé qui s'avança dans la salle d'attente. Il tenait un porte-documents en cuir noir d'une main et s'appuyait de l'autre sur une canne à pommeau d'argent.

La secrétaire se leva et sourit. « Souhaitez-vous prendre tout de suite votre prochain rendez-vous, cavaliere ?

– Je vous remercie, signorina, répondit-il courtoisement, mais je vais commencer par lire ces papiers. Je vous téléphonerai. »

Ils échangèrent des salutations polies et la secrétaire s'approcha de Brunetti, qui se leva. « Je vous conduis, signore », dit-elle en s'approchant de la porte refermée par le vieux monsieur. Elle frappa une fois et entra, Brunetti à deux pas derrière elle.

Le bureau était à l'autre bout de la pièce, entre deux fenêtres. Personne n'y était assis, mais son œil fut tout d'un coup attiré par un mouvement soudain, sur le plancher. Quelque chose jaillit de dessous le meuble, puis disparut tout aussi vite : de couleur brun clair, il aurait pu s'agir d'une souris, ou peut-être d'un loir, même si ces derniers étaient plus campagnards que citadins, lui semblait-il. Il fit semblant de n'avoir rien vu et se tourna vers la voix qui venait de l'appeler par son nom.

Grande, se tenant bien droite, Roberta Marieschi était une très jolie femme d'environ trente-cinq ans. Elle replaçait un gros volume au milieu de la bibliothèque qui couvrait tout un mur de son bureau. « Veuillez m'excuser de vous avoir fait attendre, signor Brunetti. » Elle se dirigea vers lui, main tendue. Sa poignée de main était ferme. Puis elle se tourna vers le bureau. « Je vous en prie, asseyez-vous. » La secrétaire sortit.

Il étudia l'avocate pendant qu'elle faisait le tour de son bureau et y prenait place. Un peu plus petite que lui, sa minceur athlétique la faisait paraître plus grande qu'elle ne l'était en réalité. Elle portait un ensemble gris foncé en soie sauvage dont la jupe lui tombait juste au-dessous du genou. Ses chaussures en cuir noir étaient simples, le talon bas : des chaussures pour le bureau ou pour marcher. Elle avait un léger bronzage, juste ce qu'il fallait pour lui donner l'air de respirer la santé, mais pas au point de faire craindre la transformation de sa peau en cuir. Aucun de ses traits n'attirait particulièrement l'attention, mais l'ensemble frappait : des yeux bruns, des cils épais et des lèvres pleines et douces.

« Vous avez dit avoir un problème d'héritage, je crois, signor Brunetti ? » Mais avant qu'il ait pu confirmer, elle le prit par surprise en disant d'une voix au ton d'agacement patient : « Oh ! arrête ça, tu veux. »

Il regardait à ce moment-là les papiers posés sur le bureau ; quand il releva les yeux, elle avait disparu, ou du moins sa tête avait disparu. Au même instant, la chose de poils brun clair apparut de dessous le bureau – mi-palme, mi-éventail – et se mit à s'agiter.

« Je t'ai dit d'arrêter ça, Poppi », fit la voix de l'avocate, montant de sous le bureau.

Ne sachant trop que faire, Brunetti se contenta de rester assis et de regarder remuer la queue du chien. Au bout d'un temps relativement long, la tête de l'avvocatessa Marieschi resurgit, ses cheveux noirs un peu ébouriffés. « Je suis désolée. Je ne la prends pas avec moi au bureau, d'habitude, mais je reviens tout juste de vacances et elle est furieuse contre moi parce que je l'ai laissée seule. » Elle repoussa son fauteuil et s'adressa à la chienne. « Ce n'est pas vrai, Poppi ? Tu boudes et tu essaies de me punir en rongeant mes chaussures, hein ? »

La chienne changea de place sous le bureau et, lorsqu'elle finit par se coucher, Brunetti vit apparaître une longueur de queue beaucoup plus considérable. L'avocate leva les yeux vers lui, sourit, rougit même peut-être un peu. « J'espère que vous n'avez rien contre les chiens.

« Non, non, pas du tout. Je les aime même beaucoup. »

Un grondement bas lui répondit et l'avocate se pencha à nouveau. « Allons, sors d'ici, sale bête. Sors d'ici et viens voir que tu n'as aucune raison d'être jalouse. » Elle passa une main sous le meuble, puis s'enfonça dans son fauteuil. C'est alors qu'émergea lentement de sa cachette la tête, puis le corps du plus beau chien que Brunetti ait jamais vu. Poppi était un golden retriever, et il avait beau savoir que c'était l'animal à la mode, son admiration n'en était pas pour autant diminuée. La langue pendante, Poppi n'eut qu'à tourner ses yeux largement espacés vers lui pour faire sa conquête. Elle arrivait à la hauteur du fauteuil ; posant la tête sur la cuisse de sa propriétaire, elle tourna vers elle un regard plein d'adoration.

« J'espère que vous aimez vraiment les chiens, signor Brunetti, car sinon, la situation deviendrait très gênante. » Incapable de résister à une réaction automatique, l'avocate posa la main sur la tête de la chienne et lui tira doucement l'oreille.

« Elle est superbe, commenta Brunetti.

— Oui, c'est vrai. Et d'un caractère aussi facile qu'elle est belle. » Toujours tripotant l'oreille de la chienne, elle reprit : « Mais vous n'êtes pas venu ici pour m'entendre divaguer sur ma chienne. Pouvez-vous me dire en quoi je puis vous être utile ?

— En réalité, je me demande si votre secrétaire a bien compris ce que je lui ai dit, hier, avvocatessa. Je ne suis pas un client, bien que vous puissiez m'aider sur un point.

— Je crains de ne pas très bien comprendre, dit-elle, tout en continuant à caresser Poppi.

— Je suis commissaire de police et je voudrais simplement vous poser quelques questions à propos d'une de vos clientes, la signora Battestini. »

Les babines de Poppi se retroussèrent et, se tournant vers Brunetti, elle émit un grondement grave, mais la voix de sa propriétaire s'imposa : « Je t'ai tiré trop fort sur l'oreille, mon bijou ? » Elle repoussa vivement la tête de la chienne et ajouta : « Ça suffit maintenant. Couche-toi. J'ai du travail. »

Sans offrir de résistance, la chienne disparut sous le bureau, tourna un peu en rond et se laissa tomber, offrant à Brunetti une vue différente de sa queue.

« Maria Battestini. Ça a été terrible, oui, terrible. C'est moi qui avais trouvé cette femme pour son compte. J'ai fait l'entretien et je l'ai présentée à Maria. Depuis que j'ai appris ce qui s'est passé, je me sens responsable. » Elle pinça les lèvres, les faisant complètement disparaître, attitude qui précédait les larmes, comme l'avait souvent observé Brunetti.

Espérant éviter cette manifestation, il dit aussitôt : « Vous n'êtes responsable de rien, avvocatessa. La police l'avait autorisée à entrer en Italie et le Bureau des étrangers lui avait accordé son permis de séjour. S'il faut à tout prix trouver des responsables, ce serait plutôt du côté de l'administration qu'il faut les chercher, il me semble.

– Mais je connaissais Maria depuis si longtemps ! Je l'ai connue presque toute ma vie.

– Comment cela se fait-il, dottoressa ?

– Mon père était son avocat – l'avocat de son mari, aussi –, si bien que je les connaissais depuis mon enfance, et le jour où, mes études finies, je suis venue travailler avec mon père, elle m'a demandé si je voulais servir ses intérêts. Je crois qu'elle a été ma première cliente, ou du moins la première à m'avoir fait confiance comme avocate.

– Ce qui veut dire, dottoressa ? demanda Brunetti.

– Je crains de ne pas comprendre », répondit-elle. Au moins n'était-elle plus au bord des larmes.

« Pour quel genre d'affaires vous faisait-elle confiance ?

– Oh, bien peu de choses à l'époque, vraiment. Le signor Battestini avait hérité un appartement au Lido, d'un cousin, et quelques années après la mort de son mari, elle a voulu le vendre, mais il y avait une contestation sur la propriété du jardin, et l'affaire ne s'est pas faite.

– Ah, les querelles de bornage, dit-il en levant les yeux au ciel, comme s'il n'y avait rien de pire. Était-ce son seul problème ? »

Elle fut sur le point de dire quelque chose mais se reprit. « Avant de répondre à vos questions, commissaire, pouvez-vous me dire pourquoi vous me les posez ?

– Bien volontiers, dit-il avec un sourire charmant, se souvenant que c'était à une avocate qu'il avait affaire. Il semblerait que le crime ait été résolu et nous voudrions clore le dossier officiellement, mais il faut auparavant exclure toute autre possibilité.

– Que voulez-vous dire par *toute autre possibilité* ?

– Que l'auteur du crime soit quelqu'un d'autre.

– Mais je croyais que la Roumaine… (elle poussa un soupir). Honnêtement, je ne sais pas si je dois me réjouir ou non à cette idée, reconnut-elle finalement. Si ce n'est pas elle, je peux arrêter de me sentir coupable. » Elle essaya de sourire, n'y parvint pas. « Mais y a-t-il une raison qui vous ferait penser – vous, la police – qu'il pourrait s'agir de quelqu'un d'autre ?

– Non, répondit-il avec l'aisance du menteur accompli, pas vraiment. » Puis, utilisant l'argument favori de Patta, il ajouta : « Voyez-vous, dans le climat de suspicion qui pèse actuellement sur la police, entretenu par la presse, nous devons être aussi sûrs de nous qu'il est possible avant de clore un dossier. Plus les preuves seront convaincantes, moins les journaux pourront remettre nos décisions en question. »

Elle acquiesça ; voilà un discours qu'elle comprenait. « Oui, je vois. Certes, je ne demande qu'à vous aider, mais je ne vois vraiment pas comment.

– Vous m'avez dit que vous régliez d'autres problèmes pour elle. Pouvez-vous me dire lesquels ? » Comme elle hésitait, il ajouta : « Je crois que sa mort et les circonstances qui ont entouré celle-ci, dottoressa, vous autorisent à parler sans vous inquiéter de vos responsabilités envers votre ancienne cliente. »

Elle accepta cet argument. « Elle avait un fils, Paolo. Il est mort il y a cinq ans, après une longue maladie. Maria a été… elle en est presque morte de chagrin, je crois, et elle est restée longtemps incapable de s'occuper de quoi que ce soit. C'est moi qui ai réglé la question des funérailles, puis de la succession, même si elle ne posait aucun problème : tout lui revenait. »

À l'entendre parler de *longue maladie*, Brunetti songea combien rarement on entendait quelqu'un dire qu'une personne était morte du cancer. On parlait de *longue maladie*, de *tumeur*, de *terrible maladie*, ou de *cette maladie*.

« Quel âge avait-il quand il est mort ?

– Quarante ans, je crois. »

Que sa mère en ait hérité signifiait sans doute qu'il n'était pas marié et n'avait pas d'enfants. « Vivait-il avec elle ? se contenta donc de demander Brunetti.

– Oui. Il lui était profondément dévoué. »

La boîte à clichés de Brunetti plaça celui-ci à côté de *longue maladie*, mais il ne fit pas de commentaire.

« Vous pensez-vous autorisée à révéler le contenu de son testament ? demanda-t-il, changeant de sujet.

– Oh, il était parfaitement banal. Sa seule autre parente vivante était une nièce, Graziella Simionato. Elle a tout hérité.

– Les biens étaient importants ?

– Pas spécialement. En dehors de la maison de Cannaregio, il y avait l'appartement du Lido et un peu d'argent. Maria avait des placements à l'Uni Credit.

– Avez-vous une idée de leur montant ?

– Je ne me souviens plus de la somme exacte, mais ils devaient s'élever à une dizaine de millions de lires – en ancienne monnaie, évidemment, se corrigea-t-elle tout de suite. Je pense encore en lires et je dois faire le calcul.

– Comme tout le monde, j'ai l'impression, avoua Brunetti. Une dernière chose, à propos de cette histoire de télévision. Avez-vous des détails là-dessus ? »

Elle sourit et secoua la tête. « Je sais, je sais. J'ai reçu je ne sais combien de lettres des gens du voisinage qui se plaignaient du bruit. Chaque fois, j'allais voir Maria et lui faisais promettre de régler le son plus bas. Mais elle était vieille et oubliait, ou bien s'endormait sans le baisser. » Elle haussa les épaules, l'air résigné. « Je crois qu'il n'y avait pas de solution, pas vraiment.

– On m'a dit que la Roumaine baissait le son, depuis qu'elle était là.

– Mais elle l'a aussi tuée », répliqua l'avocate avec une colère non feinte.

Brunetti hocha la tête, acceptant cette réprimande fondée. « Je suis désolé, ma remarque était déplacée. Pourriez-vous me donner l'adresse de la nièce ?

– Ma secrétaire l'a, dit Marieschi d'une voix devenue soudain plus froide. Je vais vous raccompagner et lui demander de vous la donner. »

Apparemment, il ne restait plus au policier qu'à prendre congé et il se leva, se penchant vers le bureau. « Merci de m'avoir accordé de votre temps, dottoressa. J'espère que mes questions ne vous ont pas trop perturbée. »

Elle essaya de sourire et dit, d'un ton plus léger : « Poppi s'en serait aperçue et ne serait pas tranquillement en train de dormir là-dessous. » Un battement de queue parut contredire cette affirmation et Brunetti se prit à imaginer Chiara lui sortant quelque jeu de mots en anglais – le diable est trahi par sa queue, par exemple.

Il tint la porte ouverte à l'avocate, attendit que la secrétaire ait griffonné l'adresse de la nièce de la signora Battestini, remercia les deux femmes, serra la main de l'avvocatessa Marieschi et sortit.

# 11

Il aurait été tout de suite en nage s'il était retourné à pied à la questure en empruntant la Riva degli Schiavoni à une heure pareille, et il coupa donc par les ruelles étroites de Castello en direction de l'Arsenal. En passant devant l'endroit, il se demanda une fois de plus si les sculpteurs responsables des statues qui y montaient la garde avaient jamais vu un vrai lion. L'un d'eux ressemblait beaucoup plus à Poppi qu'à un lion, à vrai dire.

Les eaux étaient particulièrement basses, devant l'église San Martino, et Brunetti s'arrêta pour jeter un coup d'œil dans le canal. La boue visqueuse qui collait à ses bords brillait au soleil tandis que la puanteur de la putréfaction montait à ses narines. Quand ce canal avait-il été dragué et curé pour la dernière fois ?

Arrivé à son bureau, son premier geste fut d'ouvrir la fenêtre, mais l'air qui entra dans la pièce n'apporta que de l'humidité, sans changer la température. Il la laissa néanmoins ouverte dans l'espoir d'y attirer quelque zéphyr qui passerait par là. Il accrocha son veston et jeta un coup d'œil aux papiers empilés sur son bureau, sachant que jamais la signorina Elettra n'y aurait laissé autre chose que des documents parfaitement inoffensifs que tout le monde aurait pu lire. Les autres étaient rangés dans les tiroirs de la secrétaire ou dans un endroit encore plus sûr, son ordinateur.

Sur le vaporetto qui l'avait conduit à Castello, le matin, le *Gazzettino* l'avait informé que le juge d'instruction, dans l'affaire de l'aéroport, avait suivi les avocats de la défense : la présence de caméras cachées dans les locaux était effectivement, à ses yeux, une intrusion dans la vie privée des prévenus, si bien que les enregistrements ne pouvaient être produits comme preuves contre eux. À lire l'article, il avait été pris du besoin délirant de retourner à la questure récupérer toutes les dépositions si soigneusement accumulées au cours des mois passés et d'aller les jeter dans la poubelle à papiers qui se trouvait devant la Scuola Barbarigo. Ou, plus spectaculaire encore, d'en faire un autodafé sur le quai de la questure, pour voir les débris de papier carbonisé emportés par ces mêmes zéphyrs indolents dont il espérait la venue.

Il connaissait d'avance la suite des événements : il y aurait appel de cette décision, et tout le bazar repartirait de zéro pour se traîner pendant des mois, à coups de contre-décisions successives jusqu'au moment où il y aurait prescription et où on confierait le dossier aux archives. Il avait passé sa carrière à voir danser cette même pesante gavotte, coupée de pauses fréquentes et interminables pendant lesquelles changeaient les membres de l'orchestre, jusqu'à ce que les gens, lassés d'entendre le même sempiternel refrain, n'arrivent même pas à s'offusquer que, pour des questions de délais, tout s'arrête.

C'était le genre de réflexions, se rendit-il compte, qui lui rendait parfois difficile d'écouter les critiques que Paola adressait à la police. Il comprenait que le système judiciaire dans le cadre duquel il exerçait avait besoin de ce processus d'appels sans fin pour éviter les mises en examen abusives et les erreurs judiciaires ; mais au fur et à mesure que passaient les années et que ces garanties prenaient de l'ampleur, il commençait à se demander la sécurité de qui la loi garantissait aujourd'hui.

Il chassa ces pensées et descendit à la recherche de Vianello. L'inspecteur téléphonait, assis à son bureau. Quand il vit Brunetti, il tendit sa main paume ouverte, pour lui faire comprendre qu'il en aurait pour cinq minutes, puis pointa l'index en l'air : *Je vous rejoins dans votre bureau.*

De retour chez lui, Brunetti eut l'impression que la pièce était un peu plus fraîche. Pour passer le temps en attendant Vianello, il tira quelques papiers de la corbeille *instance* et se mit à les lire.

Ce ne fut pas au bout de cinq minutes mais d'un quart d'heure que l'inspecteur se présenta. Il s'assit et, sans autre préambule, annonça : « C'était une vieille garce, méchante comme la peste, et je n'en ai pas trouvé un seul pour avoir le moindre regret qu'elle soit morte. » Il se tut un instant, comme s'il écoutait l'écho de ce qu'il venait de dire. « Je me demande ce qu'on a gravé sur sa pierre tombale… *À mon épouse chérie* ? *À ma mère chérie* ?

– Les inscriptions sont plus longues, en général. Les graveurs sont payés à la lettre. À qui as-tu parlé et qu'est-ce que tu as appris d'autre ? demanda-t-il, mettant un terme à cette digression.

– On a été prendre un verre dans deux des bars du quartier. Nadia a dit qu'elle y avait vécu autrefois. Ce n'est pas vrai, mais une de ses cousines y habitait et elles se voyaient souvent quand elles étaient enfants ; elle connaissait donc quelques noms et a pu parler des magasins qui avaient disparu. Les gens l'ont crue sans peine.

« En fait, elle n'a même pas eu besoin de poser des questions sur le meurtre ; ils ne demandaient qu'à lui raconter. C'est le plus grand événement du quartier depuis les inondations de soixante-six. » Voyant l'expression de Brunetti, il en vint au fait. « Tout le monde était d'accord pour dire qu'elle était avare, casse-pieds et stupide, mais il y avait invariablement quelqu'un pour observer qu'elle était veuve et que son fils unique était mort, si bien que cela les arrêtait, et ils disaient que, dans le fond, elle n'était sans doute pas si mauvaise. Tout indique le contraire, pourtant. Nous avons non seulement parlé avec les clients des bars mais avec la serveuse du restaurant qui habite tout à côté de chez elle. Pas une personne n'a eu un mot gentil pour elle. Assez de temps a passé, même, pour qu'on sente un début de sympathie pour la Roumaine : une femme a dit qu'elle était étonnée qu'il n'y ait pas eu une de ces employées pour l'assassiner plus tôt, et ce n'était pas tout à fait une plaisanterie. » Vianello songea à ce qu'il venait de dire avant de reprendre. « C'est presque comme si le peu de sympathie que lui avait valu la mort de son fils, ou en tout cas une partie, était passé à la signora Ghiorghiu.

– Et le fils ? Qu'est-ce qu'on raconte sur lui ?

– Personne n'avait apparemment grand-chose à en dire. Il était tranquille, il habitait chez sa mère, il allait travailler, ne s'occupait pas des affaires des autres et ne faisait jamais d'histoires. À croire qu'il n'avait pas de véritable existence et qu'il n'était là que pour permettre aux gens de se sentir peiné pour elle. Par sa mort, je veux dire.

– Et le mari ?

– Le truc habituel : *un brave homme*. Mais, ajouta Vianello, ce n'est peut-être que de l'amnésie sélective.

– T'a-t-on parlé des autres femmes de ménage qui ont travaillé pour elle, avant la signora Ghiorghiu ?

– Non, pratiquement pas. Elles venaient faire le ménage et lui préparer ses repas ou lui faire ses courses, mais la Roumaine est la première à avoir habité sur place... À mon avis, les précédentes n'avaient pas de papiers et ne voulaient pas être trop connues dans le quartier de peur d'être dénoncées.

– Avait-elle beaucoup de contacts avec ses voisins – la vieille dame, je veux dire ? demanda Brunetti.

– Pas au cours des dernières années, et en particulier pas depuis la mort de son fils. Elle était encore capable de descendre son escalier, il y a trois ans. Mais elle a fait une chute et s'est blessée au genou. Depuis, il semble qu'elle ne soit plus jamais sortie. Et à ce moment-là, les quelques amis qu'elle avait pu avoir dans le quartier étaient morts ou partis et elle était une telle source de problèmes que personne ne voulait avoir affaire à elle.

– Quelle sorte de problèmes ?

– Elle quittait le bar sans payer, se plaignait que les fruits n'étaient pas bons ou n'étaient pas frais, achetait quelque chose, s'en servait et le ramenait au magasin pour le rendre : bref tout ce qu'il fallait pour se faire détester. On m'a raconté que pendant un certain temps elle a jeté ses poubelles par la fenêtre et qu'il a fallu appeler la police et que nous allions la voir pour qu'elle arrête. Mais c'est avant tout du boucan de la télé que les gens se plaignaient.

– Quelqu'un t'a-t-il dit qu'il avait rencontré son avocate ? »

Vianello réfléchit quelques instants, puis secoua la tête. « Non, personne. Deux ou trois m'ont dit lui avoir écrit, en particulier pour la télé.

– Et alors ?

– Personne n'a jamais reçu de réponse. »

Voilà qui n'étonna pas Brunetti : tant qu'une plainte formelle n'est pas déposée, un avocat ne peut légalement être impliqué dans ce qui relève du comportement privé de son client. Cependant, cette absence de réaction semblait en contradiction avec les déclarations de l'avvocatessa Marieschi sur la manière dont elle s'occupait de la signora Battestini. Par ailleurs, s'il écrit une lettre, un avocat se fait payer.

– Et le jour où elle a été tuée ?

– Rien. Un homme croyait se souvenir avoir vu la Roumaine sortir de l'immeuble, mais il ne l'aurait pas juré.

– De quoi était-il incertain ? Que ce soit la Roumaine, ou qu'elle sorte de l'immeuble ?

– Je ne sais pas. Dès que j'ai montré un peu d'intérêt pour ce qu'il racontait, il s'est refermé comme une huître. » Vianello leva les mains en l'air. « Je sais, ce n'est pas grand-chose, mais je ne crois pas qu'on obtiendrait beaucoup plus en interrogeant tout le monde.

– Ce qui n'a rien de nouveau, pas vrai ? » demanda rhétoriquement Brunetti, sans toutefois pouvoir s'empêcher de se sentir déçu.

Vianello haussa les épaules. « Vous savez comment c'est. Personne n'a rien à raconter sur le fils ; tout le monde détestait la mère, et comme le père est mort il y a dix ans, son souvenir s'est réduit à celui d'un brave homme qui aimait boire un coup avec ses amis, qui ne comprenaient pas qu'il puisse rester marié à une femme comme ça. »

Dirait-on la même chose de lui après sa mort ? se demanda Brunetti.

« Et vous ? » demanda l'inspecteur.

Brunetti lui rapporta l'entretien qu'il avait eu avec l'avocate, sans oublier le golden retriever.

« Lui avez-vous parlé des comptes bancaires ?

– Non. Elle m'a dit que la signora Battestini avait environ cinq mille euros à l'Uni Credit. J'ai préféré ne rien lui demander pour les autres tant que nous n'en saurions pas davantage. »

Comme si ses paroles avaient eu un pouvoir d'évocation, la signorina Elettra choisit ce moment-là pour faire son entrée. Elle portait une jupe verte et une blouse blanche avec, autour du cou, un collier fait de grosses perles cylindriques d'ambre. Lorsqu'elle se dirigea vers eux, un rayon de soleil vint toucher l'ambre et le fit flamboyer, parant la jeune femme des couleurs nationales ; un instant, elle fut l'incarnation vivante de la République. Puis elle sortit du rayon de soleil et redevint elle-même. Elle posa sur le bureau le dossier qu'elle tenait à la main.

Le montrant du doigt, elle dit avec une touchante modestie : « C'était assez facile, en fin de compte, monsieur.

– Avec la Deutsche Bank aussi ? » demanda Vianello.

Elle eut une expression consternée. « Oui. Vous auriez pu y arriver tout seul, ispettore », répondit-elle en guise d'explication, avant d'ajouter, d'un ton encore plus sarcastique : « Je pense que c'est l'effet de l'européanisation. Avant, on pouvait se fier aux banques allemandes ; aujourd'hui, on dirait qu'ils rentrent chez eux le soir en laissant la porte ouverte. Je tremble à l'idée de ce qui va arriver à la Suisse le jour où elle rejoindra l'Europe. »

Brunetti, peu impressionné par les inquiétudes pour la sécurité financière du continent manifestées par la secrétaire, y coupa court.

« Oui, et alors ?

– Tous ces comptes ont été ouverts l'année ayant précédé la mort du mari, sur une période de trois jours, chacun avec un premier dépôt d'un demi-million de lires. Depuis, des versements mensuels de cent mille lires y ont été effectués régulièrement, sur tous, sauf pendant la période qui a suivi la mort de son fils, où aucun n'a été fait. » Elle sourit devant leur réaction étonnée et continua : « Mais ils ont repris au bout de deux mois. Les derniers versements – disons, les versements normaux – ont eu lieu début juillet, pour un

132

total global de presque trente mille euros. Il n'y a eu aucun versement le mois dernier ».

Tous les trois réfléchirent à ce que cela signifiait, mais c'est Brunetti qui en tira la conclusion. « La nécessité des versements s'est donc éteinte avec elle.

– On dirait bien, confirma la signorina Elettra. Mais le plus bizarre est que personne n'a jamais touché à cet argent. Il est resté où il était, à faire tout doucement des petits. » Elle ouvrit le dossier et, tenant le document tourné vers les deux hommes, ajouta : « Ce sont les totaux des comptes. Tous étaient à son nom.

– Qu'est-ce qui s'est passé après son décès ? demanda Brunetti.

– Elle est morte un vendredi ; le lundi suivant, tout était transféré vers les îles de la Manche. Et… » Elle se tut un instant, ménageant avec succès le suspense. « … bien qu'on ne sache pas sur l'ordre de qui ont été effectués ces transferts, toutes les banques disposent d'une procuration en bonne et due forme aux noms de Roberta Marieschi et de Graziella Simionato.

– J'ai demandé ce matin même à Marieschi combien la signora Battestini avait laissé d'argent mais elle n'a mentionné que les dix millions de lires de l'Uni Credit.

– Évasion fiscale ? » proposa Vianello, le point d'interrogation étant là uniquement pour la forme.

En sortant tout de suite cet argent du pays – et en se fondant sur l'incompétence générale de l'administration –, ce transfert avait très bien pu passer inaperçu sous le nez des autorités fiscales, en particulier parce qu'il avait été fait par plusieurs banques différentes.

« Et la nièce ? voulut savoir Brunetti.

– J'ai commencé à m'en occuper, répondit la secrétaire.

– Cela fait plus de soixante millions, observa Vianello qui, comme la plupart des gens, calculait encore en lires.

– Une jolie somme, pour une veuve qui vivait dans trois pièces, commenta un peu inutilement la signorina Elettra.

– D'autant plus jolie qu'elle est nette d'impôts, ajouta Vianello, non sans une pointe d'admiration. Mais comment s'y prend-on ? »

Brunetti ne put s'empêcher, en observant le visage incliné et l'expression concentrée de la jeune femme, de se demander s'il y avait des limites dans sa connaissance des techniques permettant de contourner les lois. Le passage par la banque nationale avait certainement constitué une préparation superbe, mais il craignait que son savoir-faire n'ait fait que croître et embellir depuis qu'elle travaillait à la questure.

Telle sainte Catherine sortant de la contemplation de la divine Présence, Elettra quitta l'univers des malversations théoriques pour revenir vers Brunetti et Vianello. « Oui, dit-elle, en tablant sur l'incompétence du fisc et en faisant le pari que les transferts passeraient inaperçus, on avait toutes les chances de réussir le coup. » Elle interrompit la rêverie dans laquelle cette remarque avait plongé les deux hommes en ajoutant : « Non, le plus bizarre, c'est pourquoi elle n'a jamais touché à cet argent. »

Brunetti, qui avait lu les descriptions de l'avarice paysanne dans Balzac, se sentait capable de répondre à cette question. « Pour le regarder s'accumuler. »

Vianello, lui, n'avait pas lu le romancier français mais il avait vécu à la campagne, et il comprit tout de suite la véracité de la remarque.

« Je suis monté dans le grenier, et j'ai vu les choses qu'elle avait gardées », reprit Brunetti. Il se souvenait notamment d'une paire de mules que même une organisation charitable n'aurait pas voulu donner au plus pauvre des pauvres, et de torchons déchirés et tachés.

« Son plaisir était de regarder les chiffres s'arrondir, croyez-moi.

– Mais où sont passés les relevés originaux ? demanda Vianello.

– Qui a vidé l'appartement ?

– La nièce a hérité de tout ; c'est donc elle, sans doute, dit la signorina Elettra. Mais rien n'aurait été plus facile pour l'avocate que de passer avant les prendre sur place… Pour l'avocate, ou pour le tueur.

– C'était peut-être ça que cherchait le tueur », proposa Vianello. Puis son visage s'éclaira en pensant au document que la secrétaire venait d'apporter. « Mais nous avons la preuve que les transferts ont eu lieu. »

Tels Lachésis et Atropos faisant les gros yeux à une Clotho divagante, Brunetti et la signorina Elettra foudroyèrent l'inspecteur du regard. « Le gouvernement a pris toutes les précautions, ispettore », lui fit observer la jeune femme d'un ton qui frisait le reproche, comme s'il était responsable de la loi qui prévoyait que seuls les relevés authentiques et non des photocopies ou des sorties d'imprimante pouvaient être produits comme preuves.

Brunetti vit-il l'inspecteur rougir ? « Je n'y avais pas pensé, avoua Vianello, se rendant compte que l'information n'aurait de valeur légale que lorsque les responsables des banques accepteraient (à condition qu'ils veuillent bien) de produire des relevés originaux pour des comptes qui avaient doucement grossi dans leur coin pendant plus de dix ans, jusqu'à leur envol mystérieux pour un paradis fiscal tellement célèbre que même les avocats d'une ville provinciale endormie comme Venise en connaissaient l'existence.

Brunetti les arracha à leur méditation sur les arcanes de la finance. « Et le mari ? Trouvé quelque chose sur lui ?

– Rien d'intéressant. Il est né ici en 1925 et il est mort à l'Ospedale Civile en janvier 1993. Cancer du poumon. Il a occupé pendant quarante-trois ans divers postes dans l'administration de la ville – notamment au service du personnel de la Commission scolaire, sans doute ce qui se fait de plus barbant dans le genre. Son fils était lui aussi rentré dans ce même bureau, où il est resté jusqu'à sa mort. Ils s'y sont trouvés ensemble pendant quelques années.

– Et rien d'autre ? demanda Brunetti, n'en revenant pas qu'il y ait aussi peu à dire d'un homme qui avait été plus de trente ans fonctionnaire de la ville.

– C'est tout ce que j'ai pu trouver, monsieur. Il est très difficile de remonter au-delà de dix ans ; les archives ne sont pas numérisées.

– Le seront-elles un jour ? » voulut savoir Vianello.

La signorina Elettra haussa les épaules avec une telle vigueur que les perles d'ambre tintèrent comme si elles aussi s'offusquaient d'une telle idée.

## 12

Brunetti refusa l'idée qu'ils se trouvaient dans une impasse. S'adressant à Vianello, il fit remarquer qu'il devait se trouver des personnes, dans les services où ils avaient été employés, qui se souvenaient encore d'eux et il lui demanda d'aller les interroger.

L'expression de l'inspecteur trahit son scepticisme, mais il garda ce sentiment pour lui.

La signorina Elettra déclara que du travail l'attendait dans son bureau et repartit avec Vianello.

Le commissaire, trouvant injuste de leur demander de s'échiner sur cette affaire sans lui-même y prendre part, commença par chercher le numéro de téléphone du médecin de la signora Battestini. Le transfert d'appel le répercuta sur le portable de Carlotti, qui accepta de recevoir le policier à son cabinet soit avant, soit après ses consultations de l'après-midi. Convaincu qu'il serait plus sage d'avoir cet entretien avant que le médecin ait passé deux ou trois heures à s'occuper de malades et à écouter leurs doléances, Brunetti répondit que quinze heures trente serait parfait, demanda l'adresse et raccrocha. Il composa ensuite le numéro de la nièce de la signora Battestini, mais personne ne répondit.

Pas de conférence du personnel, cette semaine, pour cause de beau temps. Ces réunions, inaugurées quelques années auparavant par Patta, étaient souvent soit annu-

137

lées, soit repoussées puis annulées : un beau soleil était une cause d'annulation instantanée, ce qui permettait au vice-questeur d'aller se baigner avant le déjeuner en plus de la fin d'après-midi. S'il pleuvait, les réunions avaient lieu, à moins qu'une brusque amélioration du temps ne provoque un report ; on voyait alors la vedette de la police emporter le vice-questeur vers une séance de relaxation sans aucun doute amplement méritée. La conférence du personnel devint ainsi l'un des secrets de la questure, telle une porte récalcitrante qui ne s'ouvre qu'avec un bon coup de pied. Brunetti se voyait, lui et ses collègues, comme des sortes d'augures dont le premier geste, avant d'accepter ou de prévoir un rendez-vous, était de consulter le ciel. On ne pouvait que porter à leur crédit le talent dont ils faisaient tous preuve pour s'ajuster aussi impeccablement aux errements du vice-questeur.

Il arriva chez lui au moment même où toute la famille passait à table. Paola, remarqua-t-il, avait cet air de fauve affamé qui était souvent le sien après une mauvaise matinée à l'université, mais les enfants étaient trop pressés de satisfaire leur appétit pour y prêter beaucoup attention.

La disposition du couvert suggérait qu'il n'y aurait pas d'entrée ; mais avant qu'il ait pu protester (ce qu'il aurait fait d'un ton conciliant) contre cette omission, Paola apparut avec dans les mains un immense plat de service d'où s'élevaient des arômes si puissants que l'âme de Guido en fut sur-le-champ apaisée. Son nez venait à peine de déterminer ce qu'était le plat que Chiara s'écriait, avec une joie non dissimulée, le prenant de vitesse :

« Oh, maman, tu as fait ton ragoût de mouton !

– Y a de la polenta ? » demandant Raffi, une poignante note d'espoir dans la voix.

Quand il vit le sourire qui s'élargissait sur le visage de Paola devant ces manifestations d'avidité, Brunetti pensa aux oisillons dont les pépiements forcent les parents à se comporter selon un processus génétiquement déterminé. Paola n'offrit qu'un semblant de résistance à cet instinct : « Comme les six cents autres fois où j'ai préparé ce plat, Raffi, évidemment, dit-elle, mais son cœur était dans le ton, pas dans les mots.

– Maman ? S'il y a des figues fraîches pour le dessert, je veux bien faire la vaisselle, proposa Chiara.

– Tu as une âme mercantile, ma fille », répondit Paola en posant le plat avant de retourner à la cuisine chercher la polenta.

Non seulement il y avait des figues, mais aussi ces biscuits en forme de S – les *esse* – qu'un ami du père de Paola continuait à leur envoyer de Burano. Après ce festin, Brunetti n'eut pas d'autre choix que d'aller faire une heure de sieste.

À son réveil, la bouche sèche et en sueur dans cette chaleur étouffante, il eut conscience de la présence de Paola à côté de lui. Comme elle ne dormait jamais l'après-midi, il sut avant d'ouvrir les yeux qu'elle lisait, la tête contre l'oreiller. Il ne s'était pas trompé.

« Ne me dis pas que tu lis encore ce truc ! » s'écria-t-il en reconnaissant le catéchisme.

Elle ne leva pas les yeux du livre. « Si. Un chapitre par jour. Mais on ne l'appelle plus un catéchisme. »

Sans s'enquérir du nouveau titre, Brunetti lui demanda où elle en était.

« Aux sacrements. »

Les mots appris par cœur remontèrent de sa jeunesse : « Baptême, communion, confirmation, mariage, ordination, confession… Il y en a sept, non ?

– Oui.

– C'est quoi, le septième ? Je n'arrive pas à me le rappeler. » Comme à chaque fois qu'il ne parvenait pas à se souvenir de quelque chose d'aussi simple, il eut un moment de panique, se disant que c'était le premier signe de la maladie que personne n'avait voulu voir venir chez sa mère.

« L'extrême-onction, répondit Paola en lui adressant un coup d'œil de côté. Peut-être le plus subtil de tous. »

Brunetti, ne comprenant pas ce qu'elle avait voulu dire, demanda pourquoi *subtil*.

« Réfléchis un peu, Guido. Au moment où approche la mort, quand à peu près tout le monde est d'accord pour dire qu'il n'y a pratiquement plus d'espoir, le prêtre arrive.

– Oui. Exactement. Mais je ne comprends toujours pas pourquoi *subtil*.

– Je t'ai dit, réfléchis. Autrefois, les seuls qui savaient lire et écrire étaient les prêtres. »

Comme il avait chaud et soif et qu'il se réveillait en général de mauvaise humeur d'une sieste, il objecta qu'elle exagérait.

« Bon, un peu, peut-être. Mais les prêtres savaient lire et écrire, là où la grande majorité des gens ne le savaient pas, au moins jusqu'au XIXe siècle.

– Je ne vois toujours pas où tu veux en venir.

– Pense sur un mode eschatologique, Guido, dit-elle, ne faisant qu'ajouter à sa confusion.

– Je m'efforce de ne faire que ça tous les jours que le bon Dieu fait, répliqua-t-il, ayant oublié le sens du terme mais regrettant tout de suite sa réaction un peu vive.

– La mort, le jugement, le ciel et l'enfer – les quatre dernières choses. Et à l'instant où on s'apprête à rencontrer la première, sachant qu'on ne pourra échapper à la deuxième, on commence à penser sérieusement à la troisième et à la quatrième. Et le prêtre est là, qui ne demande qu'à te parler des feux de l'enfer et des joies du paradis, même si quelque chose me fait penser que les gens sont plus soucieux d'éviter les premiers que de connaître les secondes. »

Il ne pipa mot, commençant à se douter où elle voulait en venir.

« Et donc, voilà que le prêtre du coin rapplique – le prêtre qui était aussi souvent, comme par hasard, le notaire du même coin – et tu peux être tranquille qu'il commence par évoquer les feux de l'enfer, des souffrances sans nom devant durer l'éternité. »

Elle aurait pu être actrice, se dit-il, tant elle mettait de force et de conviction dans chacun de ses mots.

« Mais il existe un moyen pour un bon chrétien d'obtenir son pardon, reprit-elle au présent, adoptant une intonation douce et mièvre, et d'échapper aux feux de l'enfer. Oui, mon fils, tu n'as qu'à ouvrir ton cœur à l'amour de Jésus, et ta bourse à l'Église pour répondre aux besoins des pauvres. Tu n'as qu'à écrire ton nom au bas de ce parchemin, ou y faire une croix si tu ne sais pas écrire et, en échange de ta générosité pour notre sainte mère l'Église, les portes célestes s'ouvriront en grand pour t'accueillir. »

Elle laissa retomber le livre ouvert contre sa poitrine et se tourna vers lui. « Et ce testament de dernière minute était signé, laissant ceci ou cela, sinon tout, à l'Église. » Elle prit un ton féroce. « Évidemment, qu'ils tenaient à être là quand les malades et les mourants perdaient la tête. Quel meilleur moment pour leur faire les poches ? »

Reprenant le livre, elle tourna une page et c'est du ton le plus normal qu'elle ajouta : « C'est pour cette raison qu'il est le plus subtil.

– Et tu racontes ça à Chiara ? » demanda un Brunetti soudain inquiet.

Elle se tourna de nouveau vers lui. « Bien sûr que non. Soit elle en prendra plus tard conscience par elle-même, soit elle ne le fera pas. N'oublie pas que j'ai promis de ne pas intervenir dans l'éducation religieuse des enfants.

– Et si elle n'en prend pas conscience ? demanda-t-il, reprenant l'expression de Paola et s'attendant à ce qu'elle dise qu'elle serait déçue.

– Dans ce cas, elle aura une vie beaucoup plus paisible », répondit-elle en retournant au livre.

Le cabinet médical du dottor Carlotti était au rez-de-chaussée d'une maison de la Calle Stella, non loin de Fondamente Nuove. Brunetti avait trouvé l'adresse dans son *Calli, Canali e Campielli* et sut qu'il ne s'était pas trompé lorsqu'il vit, à l'extérieur du bâtiment, deux femmes portant chacune un enfant en bas âge dans les bras. Brunetti sourit aux mamans, sonna et fut accueilli par un homme d'âge moyen, aux cheveux grisonnants, qui lui demanda s'il était bien le commissaire Brunetti.

Celui-ci ayant acquiescé, le médecin lui tendit la main, en exerçant une traction comme s'il l'entraînait aussi à l'intérieur du bâtiment. D'un geste, il indiqua alors la porte de la pièce de consultation, puis se tourna vers les femmes, qu'il invita à venir se mettre à l'abri de la chaleur dans la salle d'attente, disant qu'il n'en aurait que pour quelques minutes. Il fit traverser si rapidement la salle en question à son visiteur que tout ce que Brunetti en retint fut la vision d'une pile de revues sur papier glacé et un mobilier qui aurait pu être le salon hérité d'une vieille tante.

La salle de consultation était la copie conforme de toutes celles par lesquelles Brunetti était passé au cours de sa vie : couchette d'examen recouverte de papier jetable, meuble à dessus de verre avec des paquets de bandages prêts à l'emploi, bureau disparaissant sous les papiers, les dossiers et les échantillons de médicaments. La seule différence avec les cabinets de sa jeunesse était la présence de l'ordinateur, sur la droite du bureau.

L'homme invisible en personne, ce dottor Carlotti : qu'on le regarde une fois, deux ou cinq, on ne gardait que le souvenir d'yeux bruns derrière des lunettes à monture sombre, de cheveux secs d'une couleur indéterminée en voie de déserter son front, et d'une bouche de taille moyenne.

Il commença par s'appuyer à son bureau, bras croisés, faisant signe à son visiteur de prendre une chaise. Puis, comme s'il se rendait soudain compte que son attitude était un peu cavalière, il fit le tour de son bureau et s'assit. Il déplaça quelques papiers, un tube d'un produit quelconque et croisa les mains devant lui. « En quoi puis-je vous aider, commissaire ?

– En me parlant de Maria Battestini, dit d'emblée Brunetti. C'est vous qui l'avez trouvée, n'est-ce pas ? »

Carlotti regarda son bureau puis leva les yeux sur Brunetti. « Oui. Je lui rendais visite une fois par semaine, en temps normal. »

Comme le médecin ne paraissait pas vouloir ajouter autre chose, Brunetti demanda : « La traitiez-vous pour une maladie précise, dottore ?

– Non, pas du tout. Elle était en aussi bonne santé que moi, sinon meilleure. Sauf ses genoux. » Puis il surprit Brunetti en ajoutant : « Mais vous le savez probablement déjà, vu que c'est Rizzardi qui a pratiqué l'autopsie. Il y a des chances qu'il en sache plus là-dessus que moi-même.

– Vous le connaissez ?

– Pas vraiment. Nous appartenons à la même société médicale, et j'ai donc eu l'occasion de lui parler à des réunions ou des repas. Mais je connais sa réputation. C'est pourquoi je vous ai dit qu'il en savait probablement plus que moi sur la santé de Maria Battestini au moment de sa mort. » Il avait un sourire timide, pour un homme qui ne devait pas être très loin de la cinquantaine.

« En effet, c'est lui qui a fait l'autopsie et il m'a dit exactement la même chose, qu'elle était dans un état de santé extraordinaire pour une femme de son âge. »

Le médecin acquiesça, comme s'il était satisfait de voir confirmée sa bonne opinion de Rizzardi. « A-t-il déterminé les causes exactes du décès ?

– Les traumatismes provoqués par les coups sur la tête. »

Nouvel acquiescement, nouveau diagnostic confirmé.

Brunetti tira son calepin de sa poche et l'ouvrit à la page où il avait pris en notes ce que lui avait dit la signora Gismondi.

« Depuis combien de temps était-elle votre patiente, dottore ? »

Carlotti répondit tout de suite. « Cinq ans. Depuis la mort de son fils. Elle tenait le médecin qui les soignait alors, elle et son fils, pour responsable de la mort de celui-ci et elle n'a donc plus voulu le consulter. C'est à ce moment-là qu'elle a fait appel à moi. » Il y avait une nuance de regret dans sa voix.

« Est-ce qu'il y avait le moindre fondement dans l'assertion que votre collègue aurait été responsable ?

– C'était absurde. Il est mort du sida. »

Brunetti réussit à ne pas laisser voir sa surprise. « Est-ce qu'elle le savait ?

– Il vaudrait mieux demander si elle le croyait, commissaire. Elle refusait cette idée. Mais elle le savait certainement. » Ni l'un ni l'autre ne trouvaient cette contradiction paradoxale.

« Était-il homosexuel ?

– Ce n'était pas de notoriété publique et mon collègue l'ignorait. Ce qui ne veut pas dire qu'il ne l'était pas. Il n'était pas hémophile, il ne se droguait pas et il n'avait jamais eu de transfusion, pour autant qu'il s'en souvenait et pour autant qu'on peut se fier aux archives de l'hôpital.

– Vous avez tenté de vérifier ?

– Pas moi, mon collègue. La signora Battestini l'accusait de négligence criminelle, vous comprenez, et il voulait se protéger en déterminant l'origine de l'infection. Il aurait aussi voulu savoir si Paolo avait pu le transmettre à quelqu'un d'autre, mais elle a refusé de répondre à toute question sur lui, y compris à un représentant de la Santé publique venu spécialement lui parler. La première fois que je l'ai vue au cabinet, elle m'a simplement dit qu'il avait été tué par les *docteurs*. Je lui ai clairement fait comprendre que je refusais de prêter l'oreille à de telles allégations et je lui ai dit d'aller chez un collègue. Du coup, elle a arrêté d'en parler – au moins à moi.

– Et vous n'aviez jamais rien entendu dire qui aurait pu laisser entendre qu'il était homosexuel ? »

Carlotti haussa les épaules. « Les gens bavardent. Ils bavardent tout le temps. J'ai appris à ne pas y faire attention. Certains semblaient le croire, d'autres non. Ça ne m'intéressait pas et on a donc arrêté de m'en parler. » Il jeta un coup d'œil à Brunetti. « Si bien que je l'ignore. Mon collègue pense qu'il l'était, mais uniquement parce que cela permettrait d'expliquer qu'il ait contracté cette maladie. Mais je vous le répète : je ne l'ai jamais rencontré, et je ne le sais pas. »

Brunetti n'insista pas. « Et maintenant à propos de la signora Battestini, dottore. Pensez-vous à quelque chose qui pourrait expliquer qu'on ait pu vouloir l'assassiner ? »

Le médecin repoussa le fauteuil et étendit des jambes anormalement longues pour quelqu'un qui était pourtant plus petit que Brunetti. Il croisa les pieds, se gratta la nuque. « Non, pas vraiment. J'y ai repensé depuis votre appel – et même depuis que je l'ai trouvée, en fait. Mais je ne vois rien. Certes, elle avait un caractère un peu particulier… » Brunetti l'interrompit avant qu'il s'enfonce plus avant dans des platitudes.

« Je vous en prie, dottore. J'ai passé ma vie à écouter des gens me dire tout le bien qu'ils pensaient des morts ou tout faire pour ne pas en dire du mal. Alors les formules comme *un caractère un peu particulier*, ou *difficile*, ou encore *spécial*, je connais. Je voudrais vous rappeler qu'il s'agit d'une enquête pour meurtre et que de ce fait la signora Battestini, quels que soient les mots que vous employiez, ne risque rien. Pourriez-vous oublier un instant les règles de la politesse et me dire honnêtement pourquoi quelqu'un aurait pu vouloir la tuer ? »

Carlotti sourit, puis jeta un coup d'œil vers la porte de la salle d'attente, d'où leur parvenaient les voix assourdies et nerveuses des deux femmes. « C'est sans doute une habitude que nous avons tous, en particulier les médecins, de craindre de dire quelque chose qu'il vaut mieux ne pas dire à un patient, d'être pris en train de dire la vérité. »

Comme Brunetti acquiesçait, il continua : « C'était une vieille garce odieuse et je n'en ai jamais entendu dire que du mal.

– Odieuse en quel sens, dottore ? »

Carlotti réfléchit avant de répondre, comme s'il ne s'était jamais posé la question des raisons de ce caractère odieux ni de la manière dont il se manifestait. Il porta de nouveau la main à sa nuque pour gratter le même endroit. Finalement, il regarda Brunetti. « Le mieux est sans doute de vous donner des exemples. Tenez, ses femmes de ménage : elle se plaignait constamment d'elles en me prenant au besoin à témoin. Rien n'était jamais bien fait. Elles utilisaient trop de café quand elles le préparaient, elles oubliaient d'éteindre les lumières, elles devaient faire la vaisselle à l'eau froide pour ne pas gaspiller l'eau chaude. Si elles essayaient de se défendre, elle leur criait après et leur disait qu'elles n'avaient qu'à retourner dans le ruisseau d'où elles sortaient.

– Charmant. Vous en avez connu, dottore ?

– Comment, connu ?

– Leur avez-vous parlé ? Leur avez-vous demandé d'où elles venaient, ce qu'elles faisaient avant ?

– Non. La Battestini ne m'aurait pas laissé faire. Elle n'aurait sans doute laissé faire personne. Quand le téléphone sonnait, elle exigeait de savoir qui c'était et qu'elles lui passent l'appareil. Si c'était le portable de ces femmes qui sonnait, elle voulait aussi le savoir. Et elle leur disait qu'elle ne les payait pas pour raconter leur vie au téléphone.

– Et la dernière ?

– Flori ?

– Oui.

– Croyez-vous que c'est elle qui l'a tuée ? demanda le médecin.

– Et vous, dottore ?

– Je ne sais pas. Quand je l'ai trouvée, ma première impulsion a été de chercher Flori... ou plutôt, son corps. L'idée qu'elle aurait pu le faire ne m'a pas effleuré un instant. Tout au contraire, j'ai pensé qu'elle aussi avait été victime d'un tueur.

– Et aujourd'hui, dottore ? »

Le médecin parut sincèrement peiné. « J'ai lu les journaux, et j'ai parlé à votre collègue... Tout le monde a l'air d'être certain que c'est elle. » Brunetti attendit. « Mais je n'arrive pas à y croire.

– Pourquoi ? »

Carlotti hésita longtemps, étudia un instant le visage du commissaire comme s'il se demandait si cet homme qui passait aussi son temps à être le témoin des faiblesses humaines pourrait le comprendre. « Cela fait plus de vingt ans que j'exerce, commissaire, et remarquer le caractère des gens relève de la déformation professionnelle chez moi. On pourrait croire que je ne m'occupe que de leurs problèmes physiques, mais j'ai assez vu de malades pour savoir que quand le corps ne va pas, l'âme ne va pas non plus. Et je dirais que l'âme de Flori allait bien. » Il détourna un instant les yeux, puis revint sur Brunetti. « Je crains de ne pouvoir être plus précis ou technique que ça, commissaire.

– Et la signora Battestini ? Quelque chose n'allait pas dans son âme ?

– Ce n'était rien de plus que de la cupidité, commissaire, répondit Carlotti sans hésiter. L'ignorance et la stupidité ne sont pas des maladies de l'âme, mais la cupidité, si.

– Beaucoup de personnes âgées sont obligées de faire attention à l'argent, avança Brunetti, se faisant l'avocat du diable.

– Ce n'était pas de ça qu'il s'agissait, commissaire. Chez elle, c'était obsessionnel. » Puis il surprit Brunetti en passant au latin. « *Radix malorum cupiditas est.* Non, ce n'était pas l'argent ; l'argent n'est pas la racine du mal. C'est *l'amour* de l'argent. *Cupiditas.*

– Avait-elle beaucoup d'argent pour alimenter sa cupidité ?

– Je n'en ai aucune idée. » Dans la salle d'attente, l'un des enfants se mit à pleurer – poussant ces cris stridents qui ne peuvent être simulés. Carlotti consulta sa montre. « Si vous n'avez pas d'autres questions, commissaire, j'aimerais commencer mes consultations.

– Certainement, dit Brunetti qui se leva aussitôt et remit le carnet de notes dans sa poche. Vous avez été plus que généreux de votre temps. »

En se dirigeant vers la porte, Brunetti posa une dernière question. « Est-il arrivé que la signora Battestini ait des visiteurs pendant que vous étiez chez elle ?

– Non, personne n'est jamais venu la voir, pour autant que je me souviens… (Il réfléchit.) Il est arrivé deux ou trois fois qu'elle reçoive un coup de téléphone, comme je vous l'ai dit, mais elle répondait toujours qu'elle était occupée et demandait qu'on la rappelle.

– S'exprimait-elle alors en vénitien, si vous vous en souvenez, dottore ?

– Non, je ne sais plus. En vénitien, probablement. Elle avait presque fini par oublier l'italien. Ça arrive, des fois. En tout cas, je ne l'ai jamais entendue le parler », ajouta-t-il pour être plus précis. Il repassa la main derrière sa tête. « Une fois, il y a trois ans, elle était au téléphone quand je suis arrivé. J'avais la clef depuis peu, ce qui me permettait d'entrer quand elle n'entendait pas la sonnette. La télévision était branchée – on l'entendait depuis la rue – et je n'avais même pas pris la peine de sonner, en fait. Quand j'ai ouvert, le son avait été baissé. Sans doute le téléphone avait-il sonné pendant que je montais et elle parlait à quelqu'un. » Il se tut un instant, puis ajouta : « Je suppose que c'était son correspondant qui avait appelé. Elle se plaignait du prix des appels téléphoniques. Bref, elle avait baissé la télévision et parlait à quelqu'un. »

Brunetti attendit en silence, lui laissant le temps d'évoquer ce souvenir.

« Elle a dit quelque chose comme *j'espérais bien que vous finiriez par appeler*, mais d'un ton qui était… comment dire ? cruel, ou sarcastique, ou peut-être entre les deux. Puis elle l'a salué en lui donnant un titre, *dottore*, ou *professore*, dans ce genre, mais pas du tout respectueusement, au contraire. » Brunetti, qui l'observait, vit le souvenir se préciser dans la mémoire de Carlotti. « Oui, c'était *dottore*, et elle parlait en vénitien. J'en suis sûr. »

Quand il fut clair que le médecin avait terminé, Brunetti lui demanda s'il avait parlé de cette conversation avec la signora Battestini.

« Non, pas du tout. En fait, il y avait quelque chose de tellement bizarre, peut-être à cause de son ton, ou de l'impression que ça me faisait de l'entendre parler ainsi, que je suis resté sur le palier sans entrer ; j'ai même refermé la porte et fait exprès beaucoup de bruit avec la serrure quand je l'ai rouverte. Je l'ai appelée, à ce moment-là, en lui demandant si je pouvais entrer.

– Comment expliquez-vous le comportement que vous avez eu, ce jour-là ? » demanda Brunetti, intrigué que cet homme apparemment pondéré ait eu une telle réaction.

Le médecin secoua la tête. « Je ne sais pas. C'était juste une impression qui tenait à la manière dont elle parlait. L'impression d'être en présence de quelque chose de mal. »

Le bébé criait de plus belle, dans la salle d'attente, et le médecin ouvrit la porte. « Vous pouvez m'amener Piero, signora Ciapparelli », dit-il.

Il s'effaça pour laisser passer Brunetti, qui lui serra la main et partit. Le temps d'atteindre la sortie, la porte du cabinet de consultation s'était refermée et le bébé avait arrêté de pleurer.

# 13

De retour dans son bureau, Brunetti composa le numéro de la signorina Simionato, sans davantage obtenir de résultat que la première fois. Ce qui l'intriguait était ces sommes déposées sur quatre comptes différents. Non pas leur total : il arrivait que des pauvres accumulent des fortunes cachées pendant toute une vie faite de privations quotidiennes, des fortunes constituées sou après sou, renoncement après renoncement. Et c'étaient des proches qui en héritaient, ou l'Église. Ils devaient passer le plus clair de leur temps à compter, se rendit compte Brunetti, à compter et à dire non à tout ce qui n'était pas strictement nécessaire à leur survie matérielle. Ils ne goûtaient aucun plaisir, ne satisfaisaient aucune envie tandis que passait la vie. Ou pis encore, ils ne trouvaient leur plaisir que dans sa négation et l'accumulation qui en était la conséquence, et leur seul désir était de voir grossir leur tas.

Il avait observé ce phénomène suffisamment de fois pour ne plus en être étonné : sa surprise, ici, était l'habileté avec laquelle on avait fait s'évanouir l'argent vers des comptes à l'étranger. L'habileté et la rapidité. Les transferts avaient eu lieu le lundi suivant la mort de la signora Battestini, bien longtemps avant qu'on puisse prendre des mesures légales vis-à-vis du testament. Ce qui laissait supposer que l'une des femmes, ou les deux, n'avait eu qu'à attendre la mort de la signora Battestini pour agir, mais aussi que celle-ci surveillait les comptes de près et aurait remarqué le moindre retrait dans ses relevés mensuels.

Il fit une note : demander au facteur si ces relevés lui étaient envoyés par la poste. Brunetti n'en avait trouvé aucune trace dans le grenier, mais quatre relevés émanant de quatre banques différentes – cinq, si on incluait son compte « officiel » à Uni Credit –, voilà qui ne devait pas passer inaperçu, même aux yeux du plus négligent des préposés.

Dans sa jeunesse, Brunetti s'était considéré comme très fortement politisé. Il s'était inscrit dans un parti et réjoui de ses succès, convaincu que son accession au pouvoir se traduirait par davantage de justice sociale pour son pays. Il avait mis du temps à perdre ses illusions, même si cette perte avait été hâtée par Paola, laquelle avait atteint le stade du désespoir politique et du cynisme le plus noir bien avant qu'il ne s'autorise à la suivre sur ce chemin. C'était en toute sincérité qu'il avait nié les premières accusations de malversation et de corruption contre les hommes qui, il en était certain, devaient conduire le pays vers un avenir plus juste et radieux. Puis il avait examiné les preuves qui s'accumulaient, non pas avec l'aveuglement du croyant, mais avec les yeux du policier, et il avait aussitôt acquis la certitude de leur culpabilité.

Depuis lors il s'était soigneusement tenu à l'écart de la politique, n'allant voter que pour donner l'exemple à ses enfants, et non pas parce qu'il pensait que cela changerait quelque chose. Au cours des années où son cynisme s'était renforcé, les liens d'amitié qu'il avait pu avoir avec des politiques s'étaient distendus et ses rapports avec eux, de cordiaux, étaient devenus purement formels.

En qui, essaya-t-il de déterminer, pourrait-il avoir confiance dans la haute administration actuelle ? Aucun nom ne lui vint à l'esprit. Et dans la magistrature ? Là, il y en eut un, celui du juge chargé de l'enquête dans les dégâts pour l'environnement liés aux activités pétrochimiques du complexe de Marghera. Le juge Galvani, qui n'était plus un jeune homme, faisait l'objet d'une campagne bien orchestrée en suspicion légitime pour l'obliger à prendre sa retraite.

Brunetti trouva son numéro dans l'annuaire des fonctionnaires de la ville qui avait été publié quelques années auparavant. La voix d'un secrétaire l'accueillit et commença par dire que le juge n'était pas disponible, puis il se corrigea pour admettre qu'il le serait peut-être lorsque Brunetti lui dit que c'était une affaire de police. Et lorsque le commissaire ajouta qu'il appelait sur mandat du vice-questeur Patta, le secrétaire avoua que le juge était là et fit passer l'appel.

« Galvani, répondit une voix grave.

– Dottore, le commissaire Guido Brunetti à l'appareil. Je voudrais savoir si vous pourriez me consacrer un peu de temps pour un entretien.

– Brunetti ?

– Oui, monsieur.

– Je connais votre supérieur.

– Le vice-questeur Patta ? demanda Brunetti, un peu étonné.

– Oui. Il ne paraît pas avoir une très haute opinion de vous, commissaire.

– C'est regrettable, monsieur, mais je crains de ne pouvoir rien y faire.

– En effet. De quoi aimeriez-vous m'entretenir ? demanda Galvani.

– J'aime autant ne pas vous le dire par téléphone, monsieur. »

Brunetti connaissait l'expression *un silence lourd de sens*, pour l'avoir souvent lue dans les romans. Apparemment, elle s'appliquait à celui du juge. « Quand aimeriez-vous me voir ? demanda finalement celui-ci.

– Dès que possible.

– Il est presque six heures. Je vais quitter mon bureau dans environ une demi-heure. Je vous propose de nous retrouver sur la place, près du Ponte delle Becarie, dit-il, donnant le nom d'un bar à vins situé non loin du marché aux poissons. Six heures et demie ?

– C'est très aimable de votre part, monsieur. Je porte…

– Je vous connais », le coupa le juge en reposant le combiné.

Brunetti reconnut sur-le-champ le juge Galvani en entrant dans le bar. Le vieux monsieur était au comptoir devant un verre de vin blanc. Petit, trapu, habillé d'un costume au col et aux poignets graisseux, arborant le nez épaissi des gros buveurs, il faisait davantage penser à un boucher ou à un docker qu'à un juge. Brunetti savait cependant que l'homme n'avait qu'à ouvrir la bouche et qu'il en sortirait un italien admirablement modulé et articulé, une prononciation à faire pâlir d'envie les meilleurs acteurs ; on voyait alors le vrai Galvani. Brunetti alla se placer à côté de lui. « Bonsoir, dottore. »

La poignée de main du juge était ferme, chaleureuse, vive. « On essaie de s'asseoir ? » dit-il en se tournant vers les tables du fond de la salle, dont la plupart étaient occupées à cette heure. Trois hommes se levèrent de l'une d'elles à ce moment-là et Galvani fonça sans hésiter, Brunetti restant un instant de plus au bar pour commander un verre de chardonnay.

Galvani était déjà assis lorsque Brunetti arriva à la table, mais il se releva à moitié pour l'accueillir. Brunetti aurait beaucoup aimé le questionner sur l'affaire de Marghera – deux de ses oncles y avaient travaillé et tous deux étaient morts d'un cancer – mais il n'y fit pas allusion, sachant que le juge ne pouvait ni ne voudrait lui en parler.

Galvani tendit son verre à Brunetti, prit une gorgée, le reposa et demanda :

« Alors ?

– C'est en relation avec la femme qui a été assassinée le mois dernier, Maria Battestini. Il semble qu'elle ait été en possession, au moment de sa mort, de plusieurs comptes bancaires pour un total de plus de trente mille euros. Comptes ouverts il y a environ dix ans, à l'époque où son mari et son fils travaillaient tous les deux à la Commission scolaire, et sur lesquels des virements réguliers ont été effectués jusqu'à sa mort. » Brunetti se tut, prit son verre et se contenta de faire nerveusement tourner le vin dedans. Galvani ne dit rien.

« Mon opinion est que la femme accusée du meurtre de la signora Battestini ne l'a pas tuée, poursuivit Brunetti, bien que je n'aie aucune preuve matérielle à apporter pour soutenir cette thèse. Mais si elle ne l'a pas tuée, quelqu'un d'autre l'a fait. Jusqu'ici, la seule anomalie, dans ce que nous savons sur la signora Battestini, est l'existence de ces comptes bancaires. » Il marqua encore une pause, mais ne toucha toujours pas son verre.

« Et où est-ce que j'interviens dans tout ça, si je puis me permettre ? demanda Galvani.

– La première chose que nous devons établir, continua Brunetti après avoir jeté un coup d'œil au juge, est l'origine de ces versements. Étant donné que les deux hommes travaillaient à la Commission scolaire, c'est par là que j'aimerais commencer. »

Galvani acquiesça et Brunetti poursuivit. « Vous siégez depuis des dizaines d'années, monsieur, et je sais

que vous avez eu plusieurs fois l'occasion de vous intéresser aux dysfonctionnements de l'administration de
notre ville. » Brunetti n'était pas peu fier de la manière
délicate dont il avait décrit ce que la presse conservatrice
traitait souvent de « croisade démente » contre les fonctionnaires. « J'ai donc pensé que vous auriez quelque
idée sur le fonctionnement de la Commission scolaire. »
Galvani accueillit cela d'un coup d'œil évaluateur froid.
« Sur la vraie manière dont elle fonctionne, je veux
dire. »

Le hochement de tête du juge fut à peine perceptible,
mais suffit à encourager Brunetti. « Peut-être pourriez-
vous aussi penser à une raison, ou à une personne, qui
pourrait expliquer le versement de ces sommes. Ou
encore à l'existence d'une irrégularité qu'on préfère
laisser sous le boisseau.

– Une irrégularité ? » demanda Galvani. Brunetti
acquiesça et le juge sourit. « Comme c'est élégamment
dit.

– Faute d'un meilleur terme.

– Bien sûr », dit le juge, s'enfonçant dans son siège
et souriant à nouveau. Un sourire étrangement doux,
sur ce visage si laid. « En fait, je ne sais que fort peu de
choses sur la Commission scolaire, commissaire. Ou,
pour être plus précis, je sais sans savoir, ce qui semble
être la façon dont la plupart de nous traversons la vie :
on croit à certaines choses parce que quelqu'un y a fait
allusion ou les a suggérées, ou parce que l'explication
est la seule qui n'entre pas en contradiction avec les
autres choses que nous savons. » Il prit une petite gorgée de vin et reposa le verre sur la table.

« Voyez-vous, la Commission scolaire est l'équi-
valent du service du courrier non distribué dans les
postes, ou, si vous préférez, le cimetière des éléphants.
Le placard. Là où on place les fonctionnaires les plus
incompétents, où ceux en attente d'un poste plus lucra-

tif. C'était du moins ainsi, il y a quatre ou cinq ans, lorsque même l'administration de la ville a fini par admettre qu'il fallait y nommer quelques fonctionnaires ayant un minimum de connaissances en éducation. Avant cela, ces postes étaient des fromages, mais des fromages plutôt à zéro pour cent qu'à cinquante… Cela reflétait – ah, comment exprimer cela sans le dire ? – la rareté des occasions que les titulaires y avaient de compléter leur salaire. » Voilà qui était dit d'une manière non moins élégante que la sienne, songea Brunetti.

Le juge prit son verre et le reposa. « Si vous avez fait l'hypothèse que ces comptes en banque ont été créés pour recevoir les pots-de-vin payés au mari et au fils de la signora Battestini dans le cadre de leurs fonctions à la Commission, je crains que vous ne fassiez fausse route. » Il prit une gorgée, cette fois, et reposa son verre. « Voyez-vous, commissaire, l'accumulation d'une somme aussi médiocre, toutes proportions gardées, sur une aussi longue période, est loin de correspondre au niveau des commissions occultes que j'ai l'habitude de rencontrer dans cette ville. » Sans laisser à Brunetti le temps de prendre toute la mesure de cette remarque, le juge continua : « Mais, comme je l'ai dit, c'est un service dont je ne me suis jamais occupé, si bien que les choses s'y font peut-être aussi à une plus petite échelle. » De nouveau, il sourit. « Et il ne faut jamais perdre de vue que la corruption, comme l'eau, finira toujours pas trouver une place, aussi insignifiante soit-elle, où se nicher. »

Un instant, Brunetti se demanda si ses propres et impitoyables observations sur l'administration locale paraîtraient aussi profondément sinistres à quelqu'un de moins versé dans leurs mécanismes que lui. Renonçant à épiloguer là-dessus comme à commenter la remarque du juge, Brunetti se contenta de lui demander s'il connaissait le nom des responsables de la Commission scolaire pendant toutes ces années.

Galvani ferma les yeux, mit les coudes sur la table et le menton dans ses mains, restant au moins une minute dans cette position. Puis il releva la tête et regarda Brunetti. « Piero De Pra est mort ; aujourd'hui, Renato Fedi dirige une entreprise de travaux publics – à Mestre, je crois ; quant à Luca Sardelli, il a un poste à l'Assessorato dello Sport. Pour autant que je m'en souviens, c'était eux les principaux responsables du service avant qu'on y mette des professionnels. » Brunetti pensait qu'il avait fini, mais le juge enchaîna. « C'étaient des postes où, apparemment, on ne restait jamais plus de quelques années. Comme je l'ai dit, c'était soit un placard, soit une plate-forme de lancement, même si, dans le cas de Sardelli, il n'a pas été lancé bien loin. De toute façon, des postes dont il ne fallait pas attendre grand-chose. »

Brunetti prit note des noms. Deux d'entre eux lui étaient familiers : celui de De Pra parce qu'il avait un neveu qui avait été en classe avec son frère, et celui de Fedi parce qu'il venait d'être élu député au Parlement européen.

Brunetti résista à la tentation de poser des questions sur d'autres services et se contenta de remercier le juge pour le temps qu'il lui avait accordé.

Le sourire enfantin vint à nouveau transformer le visage de Galvani. « Ce fut un plaisir. Voilà quelque temps que je souhaitais moi-même vous rencontrer, commissaire. Je considère en effet que quiconque peut mettre le vice-questeur aussi mal à l'aise est une personne digne d'être connue. » Disant à Brunetti que les consommations étaient déjà payées et qu'il était l'heure de rentrer dîner chez lui, le juge s'excusa, le salua et partit.

# 14

Brunetti débarqua au bureau de poste à sept heures et demie le lendemain matin, identifia le responsable de la distribution du courrier, montra sa carte de police et expliqua qu'il voulait parler au facteur chargé du secteur du Palazzo del Cammello, dans Cannaregio. On lui dit de se rendre au premier étage, deuxième salle à gauche, où les facteurs de ce secteur effectuaient leur tri. Haute de plafond, la salle était pleine de comptoirs tout en longueur et de séries de casiers ; dix ou douze personnes s'y activaient, mettant des plis dans des cases ou les plaçant dans des sacoches de cuir.

Il interrogea la première personne qu'il vit, une femme à cheveux longs et au teint particulièrement rubicond. Où se trouvait le préposé du secteur Canale della Misericordia ? Elle le regarda avec une curiosité non déguisée, puis lui indiqua un homme qui s'activait un peu plus loin sur la même table de tri. « Mario ? Quelqu'un veut te parler ! » lui lança-t-elle.

L'homme se tourna vers sa collègue, puis regarda le courrier qu'il tenait à la main. Consultant les adresses d'un coup d'œil rapide, il mit vivement les lettres une par une dans les casiers en face de lui, puis se dirigea vers Brunetti. Il approchait la quarantaine, jugea Brunetti, faisait à peu près sa taille mais était plus mince,

159

avec des cheveux châtains qui lui retombaient en boucles épaisses sur le front.

Brunetti lui dit qui il était et voulut sortir à nouveau sa carte, mais le *postino* l'arrêta d'un geste et lui proposa d'aller parler autour d'un café. Ils descendirent à la cafétéria, Mario commanda deux cafés et demanda alors à Brunetti ce qu'il pouvait faire pour lui.

« Est-ce vous qui livrez le courrier de Maria Battestini, à Cannaregio ? »

L'homme l'arrêta tout de suite d'un geste et lui récita le nom de la *calle* et le numéro de la maison, puis il fit semblant de se rendre en levant les mains et ajouta : « Je l'aurais fait volontiers, mais je n'en ai jamais eu le courage. Parole d'honneur. »

Les cafés arrivèrent et chacun mit du sucre dans le sien. Tout en le remuant, Brunetti demanda : « Elle était si redoutable que ça ? »

Mario prit une gorgée, reposa sa tasse et y ajouta une demi-cuillerée de sucre. « Oui… (il vida sa tasse d'un trait et la reposa). J'ai été chargé de son courrier pendant trois ans. J'ai bien dû lui porter entre trente et quarante recommandés pendant tout ce temps, au bas mot, et j'étais obligé de me taper cet escalier d'un étage qui en fait deux à chaque fois pour la faire signer. »

Brunetti était sûr que le *postino* allait manifester sa mauvaise humeur de ne jamais avoir eu de pourboire, mais il se contenta de dire : « Je ne m'attends pas à recevoir de pourboire, en particulier des personnes âgées, mais elle ne me disait même pas merci. Jamais.

– Est-ce que cela représentait beaucoup de courrier recommandé ? demanda Brunetti.

– Une fois par mois, réglé comme une horloge. Ce n'étaient pas des lettres, mais des enveloppes doublées, vous savez, comme celles dans lesquelles on envoie les photos et les CD. »

Ou de l'argent, pensa Brunetti. « Vous souvenez-vous de qui elles émanaient ?

– Il y avait au moins deux adresses, je crois. On aurait dit des organisations charitables, des ONG. Quelque chose comme ça.

– Vous ne vous souviendriez pas de l'une d'elles en particulier ?

– Je livre le courrier à presque quatre cents personnes, vous savez, dit-il en guise de réponse.

– Vous rappelez-vous quand elle a commencé à en recevoir ?

– Elle en recevait déjà lorsque j'ai repris cet itinéraire.

– Qui était votre prédécesseur ?

– Nicolò Matucci, les mois précédents, mais il est retourné en Sicile quand il a pris sa retraite. »

Délaissant les recommandés, Brunetti lui demanda si elle ne recevait pas aussi des relevés bancaires.

– Oui, tous les mois, dit-il en récitant le nom des banques. D'ailleurs c'était son seul courrier, en plus de ses factures et d'autres recommandés que les gros plis.

– Et ceux-là, vous souvenez-vous de qui ils venaient ?

– Des gens du voisinage, pour la plupart, pour se plaindre de la télévision. » Avant que Brunetti ait eu le temps de lui poser la question, il expliqua comment il le savait : « Ils m'en parlaient tous, ils voulaient être bien sûrs qu'elle recevait leur lettre. Tout le monde y avait droit, à son boucan, mais ils ne pouvaient rien y faire. Elle était vieille et la police ne voulait pas intervenir. On ne peut pas compter sur eux. » Il regarda brusquement Brunetti et ajouta : « Excusez-moi. »

Brunetti sourit et eut un geste désinvolte de la main. « Non, non, vous avez raison. C'est vrai que nous sommes impuissants, dans ce genre de situation. On peut toujours déposer plainte mais cela signifie que quelqu'un d'un service – je ne sais même pas lequel, mais c'est celui qui est chargé des questions de tapage nocturne ou diurne – doit aller sur place mesurer les décibels pour vérifier s'il s'agit bien d'une agression sonore ; sauf qu'ils ne travaillent pas de nuit et que, si on les appelle, ils arrivent le lendemain matin, quand c'est fini. » Comme tous les policiers de la ville, il connaissait cette situation ubuesque et, comme eux, savait qu'elle était sans solution.

« Lui avez-vous déjà porté autre chose ? reprit Brunetti.

– Des cartes de vœux pour Noël ; et une lettre normale, de temps en temps – peut-être une ou deux fois par an – en plus de celles à cause du bruit. Mais sinon, rien que des factures et des relevés bancaires. » Une fois de plus, Mario ne laissa pas à Brunetti le temps de faire de commentaires. « C'est comme ça la plupart du temps, avec les vieux. Leurs amis sont morts, et comme ils ont toujours vécu dans le même coin, leurs proches y sont aussi et ils n'ont donc aucune raison de s'écrire. Je suis prêt à parier que certains sont même illettrés, et que ce sont leurs enfants qui s'occupent des factures à leur place. Non, elle n'était pas spécialement différente des autres vieilles personnes.

– Vous avez fait semblant de croire que j'allais vous accuser de l'avoir tuée, dit Brunetti tandis qu'ils se dirigeaient vers la porte de la cafétéria.

– Oh, j'ai fait ça comme ça, dit le *postino* en réponse à la question qui n'avait pas été posée, sans vraie raison, sinon que personne ne pouvait la supporter.

– C'est tout de même une réaction un peu forte, pour un *merci* simplement omis.

– Je n'aimais pas la manière dont elle se comportait avec les femmes qui travaillaient pour elle, en particulier celle qui l'a tuée. Elle les traitait comme des esclaves, vraiment. Elle bichait quand elle arrivait à les faire pleurer. Je l'ai vue réussir le coup plus d'une fois. » Mario fit halte à l'entrée de la salle de tri et tendit la main à Brunetti. Celui-ci la lui serra, le remercia pour son aide et descendit l'escalier pour prendre la direction du Rialto. Il était sur le point de sortir dans la rue lorsqu'une voix l'appela derrière lui ; il se tourna et vit Mario qui se dirigeait vers lui, le lourd sac de cuir tirant sur son épaule gauche, la jeune femme au visage rougeaud juste derrière lui.

« Commissaire ? dit-il une fois à la hauteur de Brunetti, tirant la jeune femme par le bras comme pour la présenter. Cinzia Foresti a été chargée de mon secteur, à un moment donné, jusqu'à il y a environ cinq ans, avant Matucci. Je crois qu'elle a quelque chose à vous dire. »

La jeune femme esquissa un sourire nerveux et devint, si c'est possible, encore plus rouge.

« Vous portiez son courrier à Maria Battestini ?

– Oui, et à son fils, répondit pour elle Mario en tapotant l'épaule de sa collègue. Bon, j'ai du travail, ajouta-t-il, prenant la direction de la sortie.

– Comme Mario a dû vous le dire, signorina, je m'intéresse au courrier livré à la signora Battestini. » Voyant qu'elle répugnait à parler, par timidité ou par peur, il ajouta : « En particulier aux relevés bancaires qu'elle recevait tous les mois.

– Ah, les relevés », dit-elle avec quelque chose qui ressemblait à du soulagement.

Brunetti sourit. « Oui, les relevés, et les lettres recommandées que lui envoyaient ses voisins. »

Elle eut soudain une expression inquiète. « Est-ce que j'ai le droit de vous en parler ? En principe, le courrier est privé, je crois. »

Il sortit sa carte professionnelle et la lui montra. « C'est exact, signorina, mais dans un cas comme celui-ci, où la personne est décédée, vous pouvez parler. » Il préférait garder profil bas, ne pas lui faire sentir qu'elle était obligée de lui répondre, sans compter qu'il n'était pas sûr qu'il aurait pu la contraindre sans un mandat en bonne et due forme.

Elle décida de lui faire confiance. « Oui, je lui apportais le courrier des banques, tous les mois. Et j'ai fait ce circuit pendant trois ans.

– Lui avez-vous apporté autre chose ?

– À elle ? Non, pas vraiment. Une lettre ou une carte postale, de temps en temps. Et les factures. »

Sa question le poussa à demander : « Et au fils ? »

Elle se tut et lui adressa un coup d'œil nerveux. Brunetti attendit. Finalement, elle répondit. « Des factures, surtout. Et parfois des lettres. » Puis, après un nouveau et long silence : « Et des revues. »

La voyant de plus en plus mal à l'aise, il demanda : « Ces revues présentaient-elles quelque chose d'inhabituel ? Ou étaient-ce les lettres ? »

Elle jeta un regard autour d'elle dans le grand hall ouvert et se déplaça vers la gauche, pour s'éloigner d'un homme qui passait un coup de fil dans la cabine, à côté de l'entrée. « Je crois que c'étaient des revues de garçons. »

Cette fois, on ne pouvait se méprendre sur sa nervosité ; elle avait le visage en feu.

« Des garçons ? Vous voulez dire… des petits garçons ? »

Elle ouvrit la bouche, la referma et se mit à étudier ses pieds. Plus grand qu'elle, il ne voyait plus que la masse de ses cheveux, que ses mouvements de dénégation faisaient onduler. Il voulut attendre qu'elle s'explique, puis il comprit qu'il lui serait plus facile de répondre les yeux détournés.

« De jeunes garçons, disons, signorina ? »

Cette fois, elle hocha la tête.

« Des adolescents ? demanda Brunetti pour être bien sûr qu'elle avait compris.

– Oui.

– Puis-je me permettre de vous demander comment vous le savez, signorina ? »

Elle commença par ne pas vouloir répondre, puis changea d'avis. « Un jour qu'il pleuvait… mon sac dépassait un peu de mon imperméable… quand je suis arrivée chez eux, le courrier était mouillé… enfin, celui qui était dessus. Quand j'ai voulu le prendre, l'enveloppe de la revue s'est déchirée et elle est tombée par terre. Je l'ai ramassée, mais à ce moment-là elle s'est ouverte et j'ai vu la photo d'un garçon. » Elle regardait directement entre ses pieds, refusant fermement de regarder le policier pendant qu'elle s'expliquait. « Mon petit frère avait quatorze ans, à l'époque. Ça aurait pu être lui. » Elle se tut, et il comprit l'inutilité de lui demander davantage de détails.

« Qu'avez-vous fait, signorina ?

– Je l'ai jetée à la poubelle. Il ne m'a jamais rien demandé.

– Et le mois suivant ?

– Pareil, à la poubelle, et le mois après aussi. Après quoi elles ne sont plus arrivées, et je crois qu'il avait deviné.

– Il n'y avait que ce seul magazine, signorina ?

– Oui, mais aussi les enveloppes matelassées, celles qui ont *Photos ne pas plier* écrit dessus.

– Qu'avez-vous fait ?

– Après l'histoire de la revue, je les pliais toujours avant de les mettre dans la boîte aux lettres », dit-elle avec un mélange de colère et d'orgueil dans le ton.

Il était à court de questions, mais elle ajouta : « Et puis il est mort et au bout d'un moment, tout ce genre de courrier s'est arrêté. »

Brunetti lui tendit la main et elle la serra. « Merci de m'avoir parlé, signorina », dit-il en prenant le ton du policier. Mais il ne put s'empêcher d'ajouter : « Je comprends, vous savez. »

Elle sourit nerveusement et rougit une fois de plus.

À la questure, il laissa, sur le bureau de Vianello, un mot lui demandant de monter dès qu'il serait là. On était mercredi, et la signorina Elettra faisait rarement son apparition avant midi ces jours-là, l'été, fait que toute la questure avait fini par accepter sans exprimer de curiosité ou de désapprobation. Sa peau ne prenant pas la couleur du miel, elle n'allait donc pas à la plage ; quittait-elle la ville pour une demi-journée ? Mais personne ne l'avait croisée dans la rue un mercredi matin – si la chose était arrivée, toute la questure en aurait entendu parler. Qui sait si elle ne restait tout simplement pas chez elle à repasser ses chemisiers de lin ? avait songé une fois Brunetti.

Ses pensées allaient plutôt au fils de la signora Battestini, cependant. L'homme avait un prénom – Paolo –, mais il continuait à y penser comme le fils de la signora Battestini. Âgé d'un peu plus de quarante ans au moment de sa mort, il avait travaillé pendant plus de dix ans dans un service de la ville et cependant tous ceux à qui Brunetti en avait parlé le désignaient de la même façon que lui, comme s'il n'avait eu d'existence qu'au travers de sa mère. Brunetti se méfiait du jargon psy et des solutions rapides et faciles qu'on essayait trop souvent d'en tirer pour expliquer les comportements humains si complexes, mais il avait l'impression d'avoir affaire à quelque chose d'un peu trop évident : une mère dominatrice, un père qui préférait passer son temps dans les bars avec ses copains pour boire un coup, et l'homosexualité du fils unique ne paraissait pas la plus improbable des conséquences. Mais Brunetti pensa aussitôt à un de leurs amis homosexuel dont la mère était passive jusqu'au point de l'invisibilité, mariée à un homme qui paraissait bouffer du lion à chaque repas… Et c'est tout juste s'il ne rougit pas aussi fort que la jeune postière.

Souhaitant confirmer que Paolo Battestini avait été homosexuel, Brunetti composa le numéro de Domenico Lalli – propriétaire de l'une des industries chimiques de Mestre faisant l'objet de l'enquête du juge Galvani. Il donna son nom, et lorsque la secrétaire de Lalli parut renâcler à l'idée de passer l'appel, il lui dit que c'était une question de police et lui suggéra de demander à Lalli s'il voulait ou non lui parler.

Il l'eut en ligne moins d'une minute plus tard. « Et quoi encore, Guido ? » demanda l'homme, ayant déjà plusieurs fois servi de source d'informations à Brunetti sur la population gay de Mestre et de Venise. Il n'y avait pas de colère dans sa voix, simplement l'impatience de celui qui dirige une grande entreprise.

« Paolo Battestini a travaillé à la Commission scolaire jusqu'à il y a cinq ans, date à laquelle il est mort du sida.

– Très bien. Et qu'est-ce que tu cherches à savoir, exactement ?

– S'il était homosexuel, s'il aimait les adolescents, et s'il y avait quelqu'un avec qui il aurait partagé ses goûts. »

Lalli émit un bruit de désapprobation, puis demanda : « Ce ne serait pas le type dont la mère a été assassinée il y a quelques semaines ?

– Si.

– Il y a un rapport ?

– Possible. C'est pourquoi je te demande de voir ce que tu pourrais trouver.

– Il y a cinq ans ?

– Oui. Il était apparemment abonné à une revue avec des photos de garçons.

– Répugnant, fit le commentaire non sollicité de

Lalli. Et stupide. On trouve tout ce qu'on veut sur Internet, de nos jours. Il faudrait interdire tout ça. »

Lalli s'était marié, autrefois, et avait aujourd'hui trois petits-enfants dont il était immensément fier. Redoutant d'avoir droit au récit détaillé de leurs dernières prouesses, Brunetti dit sans attendre : « Je te serais reconnaissant pour tout ce que tu pourras trouver.

– Hummm. Je vais faire ma petite enquête. La Commission scolaire, hein ?

– Oui. Tu dois bien y connaître quelqu'un.

– Je connais quelqu'un partout, Guido, répondit Lalli le plus sérieusement du monde, sans trace de vantardise. Je t'appelle si j'apprends quoi que ce soit. » Et sans prendre la peine de dire au revoir, l'homme raccrocha.

Brunetti essaya de penser à qui il aurait pu demander le même genre de service, mais il savait que les deux personnes dont les noms lui vinrent à l'esprit étaient en vacances. Il décida de voir ce qu'allait lui ramener Lalli avant d'essayer d'entrer en contact avec elles. Cette décision prise, il descendit voir ce que fabriquait Vianello.

# 15

L'inspecteur n'était pas encore arrivé. Et au moment où Brunetti quittait la salle commune des officiers, Brunetti se trouva nez à nez avec le lieutenant Scarpa. Marquant un temps d'arrêt légèrement trop prolongé pendant lequel il bloquait effectivement le passage, le lieutenant recula finalement d'un pas. « Je me demandais si vous n'auriez pas quelques minutes, commissaire.

– Volontiers, dit Brunetti.

– Dans mon bureau, peut-être ?

– Il faut que je retourne dans le mien, j'en ai peur, répondit Brunetti, ne voulant pas concéder l'avantage territorial.

– Je crois que c'est important. Ça concerne l'affaire Battestini. »

Brunetti adopta une expression neutre parfaitement bien imitée. « Vraiment ? Pourriez-vous être plus précis ?

– La femme Gismondi », répondit le lieutenant, refusant d'en dire davantage.

La mention de ce nom attisa la curiosité du commissaire, mais il n'en laissa rien paraître. Au bout d'un moment, son silence l'emporta, et Scarpa ajouta : « J'ai vérifié les appels téléphoniques qu'elle a faits à la police. Il y en a deux dans lesquels elle la menace.

« – Attendez… Qui menace qui, lieutenant ?

– La signora Gismondi menace la signora Battestini.

– Dans un appel à la police, lieutenant ? Ne trouvez-vous pas que c'est quelque peu inconsidéré de sa part ? »

Il vit Scarpa faire un effort pour se contrôler ; les commissures de ses lèvres se raidirent et il se redressa imperceptiblement. Il ne devait pas faire bon être dans un rapport d'infériorité ou de faiblesse face à un tel individu, songea Brunetti.

« Si vous vouliez bien prendre une minute pour écouter les enregistrements, commissaire, vous comprendriez ce que je veux dire.

– Cela ne peut pas attendre ? » demanda Brunetti sans dissimuler son irritation.

Comme si la vue de cette irritation suffisait à le satisfaire, Scarpa se détendit un peu. « Libre à vous de ne pas vouloir écouter la personne qui admet qu'elle est probablement la dernière à avoir vu la victime vivante, monsieur. Il me semble cependant que cela mérite qu'on s'y intéresse.

– Où sont-ils ? » demanda Brunetti.

Scarpa fit semblant de ne pas comprendre. « Quoi donc, monsieur ? »

Résistant à l'impulsion de frapper le lieutenant, Brunetti se rendit compte que ce n'était pas la première fois qu'il en éprouvait le désir. Il considérait Patta comme un opportuniste complaisant, capable de presque tout pour protéger sa situation. Mais c'était la présence d'une faiblesse humaine implicite dans ce *presque* qui empêchait Brunetti de le détester autrement que d'une manière superficielle. En revanche, il n'avait que haine pour Scarpa et s'en tenait à l'écart comme il se serait tenu à l'écart d'une pièce sans lumière d'où serait sortie une odeur étrange. La plupart des pièces, même les plus secrètes, ont un peu de lumière, mais il craignait que rien ne puisse illuminer l'intérieur de Scarpa et il n'avait aucune certitude sur ce qui pouvait être tapi dans ces ténèbres, sinon que la chose inspirerait la terreur, si elle pouvait être vue.

Il était tellement évident que Brunetti ne voulait pas répondre que Scarpa se tourna et marmonna « Au labo », puis prit la direction de l'escalier.

Bocchese n'était pas dans son domaine, mais l'odeur de tabac qui dominait laissait à penser qu'il n'était pas parti depuis longtemps. Scarpa s'approcha de la table du fond, sur laquelle était posé un gros lecteur de cassettes, avec à côté deux bandes d'enregistrement de quatre-vingt-dix minutes portant des dates et des signatures.

Scarpa prit l'une d'elles, vérifia ce qui était écrit dessus et la glissa dans l'appareil. Il mit les écouteurs, appuya sur MARCHE, écouta quelques secondes, appuya sur ARRÊT puis passa en défilement rapide. Au bout de deux ou trois tentatives similaires il trouva le bon endroit, rembobina la bande de quelques tours et tendit les écouteurs à Brunetti.

Il lui répugnait, bizarrement, d'enfiler quelque chose qui avait été en contact aussi intime avec le corps de Scarpa. « On ne peut pas l'écouter normalement ? »

Le lieutenant tira sèchement la fiche des écouteurs et appuya sur MARCHE.

« Signora Gismondi à l'appareil, de Cannaregio. J'ai déjà appelé. » Brunetti reconnut la voix mais pas le ton, vibrant de colère.

– Oui, signora. Que se passe-t-il, cette fois ?

– Je vous l'ai dit, il y a une heure et demie de ça. Elle a tellement monté le son de sa télé que vous devez pouvoir l'entendre. Écoutez. » On entendit deux voix qui avaient l'air de se disputer, puis le son s'éloigna. « Vous avez entendu ? Sa fenêtre est à dix mètres, et je l'entends comme si c'était chez moi.

171

– Je ne peux rien faire, signora. La patrouille a été appelée ailleurs.

– Ah oui ? Depuis une heure et demie ? rétorqua-t-elle avec colère.

– Je ne peux pas vous donner cette information, signora.

– Il est quatre heures du matin, s'écria-t-elle, proche de l'hystérie ou des larmes. Et ce truc-là fonctionne depuis une heure. Je voudrais pouvoir dormir !

– Je vous l'ai dit la première fois, signora. On a donné votre adresse à la patrouille et ils viendront dès qu'ils pourront.

– C'est la troisième nuit de suite que ça recommence et je ne l'ai toujours pas vue, votre patrouille ! s'égosilla-t-elle.

– Je ne suis pas au courant de ça, signora.

– Qu'est-ce que vous attendez que je fasse, que j'aille la tuer ? hurla la signora Gismondi dans le téléphone.

– Je vous l'ai dit, signora, fit la voix toujours aussi dépourvue de passion du policier de garde, la patrouille viendra dès qu'elle pourra. » L'un des deux raccrocha et la bande continua à défiler dans un léger chuintement.

C'est un Scarpa à la voix tout aussi dépourvue de passion qui dit : « Dans le suivant, elle menace vraiment d'aller la tuer.

– Qu'est-ce qu'elle dit ?

– Si vous n'y allez pas, je vais y aller, moi, et la tuer.

– Écoutons ça », dit Brunetti.

Scarpa renouvela la manœuvre avec la deuxième cassette, retrouva l'emplacement au bout de deux ou trois tentatives et fit écouter l'enregistrement à Brunetti. Il avait cité les paroles de la signora Gismondi mot pour mot et Brunetti ne put retenir un frisson en l'entendant cracher, hystérique, s'étranglant de rage : « Si vous n'y allez pas, je vais y aller, moi, et la tuer ! »

172

Le fait que l'appel ait eu lieu à trois heures et demie du matin et qu'il soit le quatrième de la nuit prouvait à l'évidence, aux yeux de Brunetti, que c'était la rage et non le calcul qui lui avait fait prononcer ces paroles, mais un juge ne le verrait pas forcément ainsi.

« Elle a aussi été auteur de violences, ajouta Scarpa d'un ton détaché. Quand on les ajoute à ces menaces, il me semble qu'on a là de bonnes raisons de l'interroger à nouveau sur ses déplacements, ce matin-là.

– Quelles violences ? demanda Brunetti.

– Il y a huit ans, alors qu'elle était encore mariée, elle a agressé son mari et menacé de le tuer.

– Agressé comment ?

– D'après le rapport de police, elle lui a lancé de l'eau bouillante à la figure.

– Et que dit d'autre ce rapport ?

– Il est dans mon bureau si vous voulez le lire, monsieur.

– Que dit-il d'autre, Scarpa ? »

Une expression manifeste de surprise dans les yeux, Scarpa recula instinctivement d'un pas. « Ils étaient dans la cuisine et ils se disputaient, et elle lui a lancé l'eau dessus.

– A-t-il été blessé ?

– Pas grièvement. L'eau est tombée sur son pantalon et ses chaussures.

– Une plainte a-t-elle été déposée ?

– Non, monsieur. Mais il y a eu un rapport dans la main courante. »

Soudain soupçonneux, Brunetti demanda : « Qui a décidé de ne pas porter plainte ?

– Ce n'est pas vraiment important, monsieur.

– Qui ? lança Brunetti d'une voix si tendue qu'on aurait presque dit un aboiement.

– Elle, répondit Scarpa après un silence qu'il prolongea autant qu'il osa.

« – Et sur quoi portait la plainte, exactement ? »

Brunetti vit le lieutenant hésiter à le renvoyer au rapport, puis y renoncer. « Agression physique, dit-il finalement.

– Et plus précisément ?

– Il lui a cassé le poignet. Ou lui aurait cassé. »

Brunetti attendit que Scarpa donne plus de détails, mais l'homme garda le silence. « Elle a réussi à lui envoyer une casserole d'eau bouillante avec un poignet cassé ? » demanda finalement Brunetti.

Ce fut comme s'il n'avait pas parlé. « Quelle que soit la raison, cela prouve qu'elle a un passé de violence. »

Brunetti fit demi-tour et quitta le laboratoire.

Son cœur battait d'une rage qu'il n'arrivait pas à contenir tandis qu'il grimpait jusqu'à son bureau. Il avait compris ce que Scarpa cherchait à faire : présenter les choses pour que la signora Gismondi puisse être accusée du meurtre, et même s'il s'y prenait d'une manière maladroite, tel était bien son objectif. Mais s'il comprenait le *comment*, il ne comprenait pas le *pourquoi*. Scarpa n'avait rien à gagner dans ce retournement.

La lumière se fit si brusquement dans son esprit qu'il rata la marche suivante et que son embardée l'envoya contre le mur. Scarpa ne tenait pas spécifiquement à faire passer la signora Gismondi pour la meurtrière. Mais cherchait à ce que quelqu'un d'autre ne soit pas accusé. Cependant, tandis qu'il continuait à monter les marches, il retrouva son bon sens et une explication moins scandaleuse lui vint à l'esprit : Scarpa ne cherchait qu'une chose, faire obstruction à son enquête, et il n'avait rien trouvé de mieux que de créer la fausse piste menant à la signora Gismondi.

Cette idée était tellement dérangeante qu'il n'arriva pas à rester tranquillement assis à son bureau. Il attendit quelques minutes, le temps que Scarpa ait quitté le secteur de l'escalier, puis il se rendit jusqu'au bureau de la signorina Elettra ; mais elle n'était toujours pas arrivée. Aurait-elle fait son entrée à ce moment-là qu'il aurait exigé de savoir, d'un ton débordant d'acrimonie, de quel droit elle s'absentait toute une demi-journée en pleine semaine alors que du travail l'attendait. Il revint à son bureau sans cesser de fulminer (intérieurement) ses imprécations contre elle, les assaisonnant de reproches d'incidents passés, d'oublis divers et d'initiatives abusives.

Une fois dans son repaire, il se débarrassa sans ménagement de son veston et le jeta en travers du bureau, mais avec une telle violence qu'il glissa dessus et tomba par terre, emportant avec lui une pile de documents qu'il avait pris soin de ranger chronologiquement la veille. Obnubilé par sa colère, il émit alors à voix haute de sérieux doutes sur les vertus de la Madone.

Ce fut le moment que choisit Vianello pour faire son entrée. Brunetti l'entendit arriver, se tourna vers lui et lui lança un « Entre ! » bougon.

L'inspecteur regarda le veston, les papiers éparpillés et passa en silence devant Brunetti pour aller s'asseoir.

Brunetti resta un instant à contempler la tête et les épaules de Vianello, sa posture raide involontaire, et sentit sa mauvaise humeur s'atténuer. « C'est Scarpa », dit-il en gagnant sa place. Il ramassa le veston et l'accrocha au dos du siège, puis rassembla les feuilles éparses et les posa sur le bureau. « Il est en train d'essayer d'arranger les choses à sa manière pour prouver que c'est la signora Gismondi qui l'a tuée.

– Comment ça ?

– Il a trouvé les enregistrements de deux appels dans lesquels elle se plaint de la télévision. Dans les deux, elle menace de tuer la vieille dame.

– Elle menace ? Comment ? Sérieusement, ou sous le coup de la colère ?

– Tu penses qu'il y a une différence ?

– Vous n'avez jamais crié après vos enfants, commissaire ? Ça, c'est de la colère. Quand vous les frappez, là c'est sérieux.

– Je ne l'ai jamais fait, se défendit sur-le-champ Brunetti, comme s'il avait été accusé.

– Moi, si. Une fois. Il y a environ cinq ans. » Brunetti attendit que l'inspecteur lui en dise un peu plus, mais celui-ci revint au premier sujet. « Tant que vous ne faites qu'en parler, ce sont des paroles en l'air. D'autant que… comment serait-elle entrée dans l'immeuble ? » s'interrogea Vianello, laissant la théorie pour la pratique. Brunetti le regarda pendant qu'il envisageait et excluait toutes les façons par lesquelles elle aurait pu s'y prendre. « Non, ça ne tient pas debout, dit-il finalement.

– Dans ce cas, qu'est-ce qu'il cherche ? demanda Brunetti, curieux de voir si Vianello arriverait à la même explication que lui.

– Puis-je vous parler franchement, monsieur ?

– Bien sûr. »

L'inspecteur examina ses genoux et en chassa une poussière invisible avant de répondre. « Parce qu'il vous hait. Je ne suis pas assez important à ses yeux pour qu'il me haïsse, mais il me haïrait dans ce cas. Et il a peur de la signorina Elettra. »

Sur le coup, Brunetti eut envie d'élever des objections à ces interprétations, mais il s'obligea à y réfléchir. Il se rendit compte qu'elles ne le satisfaisaient pas parce qu'elles faisaient de Scarpa un personnage moins sinistre qu'il ne se le représentait : il était coupable de malveillance, pas de conspiration. Il tira les papiers à lui et se mit machinalement à les remettre dans l'ordre chronologique.

« Dois-je partir, monsieur ?

– Non, Vianello. Je suis en train de réfléchir à ce que tu viens de me dire. »

L'explication la plus simple avait des chances d'être la plus probable : combien de fois avait-il lui-même invoqué cette règle ? La méchanceté, bien plus que le calcul. Bien que dans le fond d'accord avec Vianello, il regrettait presque le plaisir qu'il aurait éprouvé si l'inspecteur avait aussi cru Scarpa capable d'agir pour des raisons encore plus ignobles.

Il regarda son adjoint. « Très bien, dit-il finalement. C'est possible, en effet. » Un instant, il envisagea les conséquences : Scarpa allait fourrer l'idée de la culpabilité de la signora Gismondi dans la tête de Patta ; cela signifiait que Brunetti devrait faire semblant d'y donner lui aussi crédit, s'il ne voulait pas inquiéter Patta et risquer d'être dessaisi de l'affaire. On perdrait encore du temps à examiner la vie de la signora Gismondi avec tout ce qu'il fallait de grossièreté, n'en doutons pas, pour faire d'elle un témoin récalcitrant ; et une fois qu'elle aurait été harcelée jusqu'au point de modifier sa version, sinon de se rétracter, Patta pourrait retourner à sa première conviction : l'auteur du meurtre était la Roumaine. Affaire classée.

« J'ai mesuré ma vie au compte-gouttes[1] », marmonna Brunetti en anglais. Vianello lui adressa un regard tellement intrigué qu'il ajouta aussitôt : « C'est un truc que dit ma femme.

– La mienne dit qu'on devrait s'intéresser au fils. »

Brunetti décida d'écouter ce que Vianello avait à dire au sujet de Paolo Battestini avant de lui parler de ses deux conversations au bureau de poste. « Pourquoi ? se contenta-t-il de demander.

– Nadia n'a pas aimé la manière dont les gens parlaient de lui. Ça lui a laissé une impression pas nette.

---

1. Citation de T.S. Eliot. *(N.d.T.)*

Elle trouve bizarre que tant de gens le connaissant depuis si longtemps, des gens qui habitaient à côté de chez lui, qui l'avaient vu naître et grandir, n'aient pratiquement rien à dire de lui. »

Brunetti, qui partageait ce sentiment, voulut savoir si Nadia avait une interprétation à proposer.

Vianello secoua la tête. « Non. Elle ne trouve simplement pas normal que personne ne veuille parler de lui. »

Brunetti crut déceler une pointe de satisfaction dans l'expression de l'inspecteur et en déduisit qu'il avait appris quelque chose confirmant l'analyse de sa femme. Afin de lui laisser le plaisir de la révélation, Brunetti demanda : « Et dans les bureaux de la Commission scolaire ?

– Toujours la même histoire.

– C'est-à-dire ?

– La bureaucratie de la ville dans toute sa splendeur. Je les ai appelés en demandant à parler avec le directeur dans le cadre d'une enquête criminelle. J'ai pensé qu'il valait mieux ne pas dire laquelle. Mais il était en réunion à Trévise, ainsi que son adjoint, et le type à qui j'ai parlé, finalement, n'était là que depuis trois semaines et m'a dit qu'il ne pouvait pas m'aider (il grimaça). Trois semaines ou trois ans, de toute façon… »

Brunetti attendit, ayant l'habitude du style de l'inspecteur. Celui-ci chassa encore une invisibilité de son pantalon et reprit : « J'ai donc finalement accepté d'avoir un entretien avec la chef du personnel et je me suis rendu sur place. Ils ont tout modernisé, avec des ordinateurs et de nouveaux bureaux.

« Le service du personnel s'appelle maintenant Département des ressources humaines », continua Vianello. Brunetti songea à quel point la formule était cannibale, mais ne dit rien. « Je lui ai demandé si elle pouvait me donner le dossier de Paolo Battestini, et elle a voulu savoir quand il avait travaillé à la Commission. Elle a alors objecté que ce serait difficile d'accéder à la documentation de certaines périodes, car ils étaient en train de numériser les archives papier. » Voyant l'expression de Brunetti, Vianello ajouta aussitôt : « Non, je n'ai même pas demandé combien ça leur prendrait de temps, seulement quelles étaient les années qui posaient problème. » Il chercha du regard l'approbation de Brunetti, l'eut, et reprit : « Elle a donc fouillé dans son ordinateur ; les cinq dernières années étaient dans le système et elle en a imprimé une copie pour moi.

– De quel genre d'informations s'agissait-il ?

– Des rapports de ses supérieurs sur la qualité de son travail, ses dates de vacances, ses congés maladie, des choses comme ça.

– Et on t'a donné tout ça ?

– Oui. Je l'ai laissé à la signorina Elettra avant de venir ici. » Elle était donc arrivée, se dit Brunetti. « Il y avait de longues périodes où il était en arrêt maladie, vers la fin, et elle est en train de vérifier dans les hôpitaux pour voir s'il y était et pourquoi.

– On peut lui épargner ce travail, dit Brunetti. Il est mort du sida. » Devant la surprise de Vianello, il résuma la conversation qu'il avait eue avec le dottor Carlotti, la veille, s'excusant vaguement de ne pas lui en avoir fait part avant qu'il aille à la Commission scolaire. Il ne parlait cependant toujours pas de sa conversation avec les postiers.

« Autant que ce soit confirmé par deux sources », observa Vianello.

Brunetti réfréna la pointe d'agacement qu'il ressentit – comme si ce qu'il avait découvert avait besoin d'être confirmé. « Est-ce que tu as pu parler avec quelqu'un qui a été son collègue ?

– Oui. Je me suis promené dans les couloirs, le dossier sous le bras, jusque vers dix heures. Deux employés

– vu leur âge, j'ai pensé qu'ils l'avaient connu – ont dit qu'ils allaient prendre un café au bar d'en face. J'avais plié les documents de manière à ce que l'en-tête du service apparaisse et je les ai suivis. »

Brunetti s'émerveilla à l'idée que cet homme plus grand que lui, les épaules encore plus larges, sache si facilement se rendre invisible une fois qu'il avait commencé à parler avec les gens. « Et alors ? l'encouragea-t-il.

– Je leur ai dit que j'étais du bureau de Mestre et ils m'ont cru – ça n'avait rien d'extraordinaire. Ils m'avaient vu dans leurs bureaux, ils avaient vu la directrice des ressources humaines me donner le dossier, et ils pensaient donc que j'étais là pour des raisons de service.

« J'avais regardé par-dessus l'épaule de la femme pendant qu'elle affichait la liste du personnel à l'écran, et j'avais vu les noms de quelques personnes qui y travaillaient encore, et j'ai demandé des nouvelles de l'un d'eux à mes deux nouveaux copains. Puis j'en ai demandé de Battestini, si c'était bien sa mère qui avait été tuée et comment il avait pris ça, lui qui lui était complètement dévoué. »

Pas étonnant que Vianello ait été si fier de sa stratégie. « La ruse du serpent, Vianello, commenta Brunetti, sincèrement admiratif.

– Mais là, tout a changé, pourtant. Ça a été très étrange, monsieur. À croire que je venais de jeter votre serpent rusé à leurs pieds. L'un d'eux a reculé d'un pas, a posé de l'argent sur le comptoir et est parti. Il y a eu un long silence, puis le second a dit que oui, il lui était dévoué, mais que Battestini ne travaillait plus à la Commission. Il n'a même pas mentionné qu'il était mort. Et il a carrément disparu. Je m'étais tourné pour payer pour les cafés, et quand j'ai voulu lui reparler, il

n'était plus là. Ni à côté de moi, ni même dans le bar. »
Il secoua la tête à ce souvenir.

« As-tu eu l'impression que c'était à propos de lui,
de Battestini ?

– Il y a vingt ans, ç'aurait pu être à cause de son
homosexualité, mais aujourd'hui, tout le monde s'en
fiche plus ou moins, répondit Vianello. Et la plupart
des gens éprouvent de la pitié pour ceux qui meurent
du sida ; si bien que je dirais qu'il s'agit d'autre chose,
et que cet autre chose est sans doute en rapport avec la
Commission scolaire. Toujours est-il que ça ne leur a
pas du tout plu que quelqu'un qu'ils ne connaissaient
pas pose des questions sur lui. C'est en tout cas mon
impression, ajouta-t-il avec un sourire.

– Il était abonné à une revue qui publiait des photos
de garçons », dit Brunetti, observant comment Vianello
absorbait cette information. Puis, pour lever toute ambi-
guïté, il précisa : « Des adolescents, pas des petits. »

Au bout d'un moment, Vianello dit simplement : « Je
ne suis pas sûr qu'ils l'aient su, au bureau. »

Brunetti dut admettre que c'était vrai. « Dans ce cas,
c'est plus probablement en rapport avec son poste à la
Commission scolaire.

– On dirait bien », dit Vianello.

# 16

Les deux hommes descendaient ensemble jusqu'au bureau de la signorina Elettra pour lui épargner d'avoir à… comment dire ? accéder ? faire intrusion ? se faufiler dans les dossiers des patients de l'hôpital, lorsque Brunetti se rendit compte qu'il ne se formalisait plus de la manière dont elle obtenait les informations qu'elle recueillait pour lui. Il ressentit du coup une bouffée de honte au souvenir de la rage qui l'avait saisi à cause de son absence. Tel Othello, il avait un lieutenant capable de corrompre ses sentiments les plus nobles.

Comme si quelque chose l'avait avertie qu'elle aurait aujourd'hui à jouer le rôle de Desdémone, la signorina Elettra portait une robe longue en lin blanc arachnéenne, les cheveux retombant librement sur ses épaules. Elle salua leur arrivée d'un sourire, mais Vianello ne lui laissa pas le temps de parler. « Trouvé quelque chose ?

– Non, s'excusa-t-elle. J'ai eu un coup de fil du vice-questeur. » Et comme si cette justification ne suffisait pas, elle ajouta : « Il m'a demandé de rédiger une lettre pour lui, et il s'est montré très pointilleux sur le choix des mots. » Elle se tut, attendant de voir lequel des deux ne résisterait pas à l'envie de poser la question.

Ce fut Vianello. « Et avez-vous la liberté de révéler la nature de cette lettre ?

– Grands dieux, non ! Sans quoi, tout le monde saurait qu'il postule pour un poste à Interpol. »

Brunetti fut le premier à se remettre. « Bien sûr, bien sûr. Il fallait s'y attendre. » Quant à Vianello, il ne trouva pas les mots qui auraient exprimé ce qu'il ressentait. « Et avez-vous la liberté, reprit Brunetti en empruntant la formule de l'inspecteur, de nous dire à qui cette lettre est adressée ?

– Ma loyauté vis-à-vis du vice-questeur m'interdit de vous répondre, monsieur », dit-elle de ce ton de pieuse sincérité qui évoquait automatiquement les prêtres et les politiciens dans l'esprit du commissaire. Puis, tendant l'index vers une feuille de papier posée devant elle, elle demanda – d'un ton négligent, cette fois : « Pensez-vous qu'une requête pour une lettre de recommandation du maire peut être confiée au courrier interne ?

– Un courriel serait plus rapide, signorina », suggéra Brunetti.

Vianello retrouva la parole à ce moment-là. « Le vice-questeur est un homme de tradition, monsieur. Je pense qu'il doit vouloir signer la lettre de sa main. »

D'un hochement de tête, la signorina Elettra montra qu'elle était d'accord et revint à la question originale de l'inspecteur. « Je crois que je vais pouvoir aller faire un tour dans les dossiers médicaux, maintenant.

– Ce n'est pas nécessaire, signorina, intervint Brunetti. Battestini est mort du sida.

– Ah, le pauvre homme, dit-elle.

– Il était aussi abonné à des revues avec des photos de jeunes garçons, intervint Vianello d'un ton féroce.

– Il est tout de même mort du sida, inspecteur, et personne ne mérite de mourir de cette façon. »

Après un très long silence, Vianello marmonna un « peut-être » contraint, ce qui leur rappela qu'il avait deux enfants qui entraient à peine dans l'adolescence.

Un silence inconfortable s'ensuivit et Brunetti reprit

la parole avant qu'il ne fasse trop de dégâts. « Vianello a pu parler à des gens du voisinage et à d'anciens collègues de travail, et tout le monde a réagi de la même façon : dès qu'on mentionnait son nom, personne ne savait plus rien. Tout le monde semble d'accord pour dire que sa mère était une vieille garce infernale, le père un brave homme qui aimait boire un coup, mais au seul nom de Paolo, mutisme général. » Il leur donna le temps de s'imprégner de cette idée, puis demanda : « Quelles conclusions en tirez-vous ? »

La jeune femme appuya sur une touche de son ordinateur, et l'écran devint sombre. Puis elle posa un coude sur le bureau et se tint le menton dans le creux de la main. Elle resta dans cette position quelque temps, ayant presque l'air d'avoir disparu de la pièce, n'y laissant que son corps vêtu de blanc pendant que son esprit vagabondait ailleurs.

Finalement elle se tourna vers Vianello. « Leur silence pourrait être du respect. Sa mère vient d'être victime d'un crime horrible et lui-même a probablement connu une mort horrible, si bien que personne n'ose dire du mal de lui. Personne n'osera jamais, probablement. » De son autre main, elle se gratta négligemment le front. « Quant à ses collègues de travail, si cela fait cinq ans qu'il est mort, ils l'ont sans doute complètement oublié.

– Non, dit Vianello. C'était beaucoup plus fort que ça. Ils refusaient complètement de parler de lui.

– De parler de lui, ou de répondre à des questions sur lui ? demanda Brunetti.

– Je ne leur ai pas collé mon pistolet sur la tempe, se défendit un Vianello un peu vexé. Ils ne voulaient absolument pas parler de lui.

– Combien de personnes travaillent là-bas ?

– Dans toute la Commission ?

– Oui.

– Aucune idée. Le service occupe deux étages ; trente personnes, peut-être ? Dans sa section, ils paraissaient être cinq ou six.

– Je pourrais le trouver facilement, monsieur », proposa la signorina Elettra. Mais Brunetti, qu'intriguait de plus en plus cette attitude des gens vis-à-vis du fils de la signora Battestini, se demanda s'il n'allait pas plutôt passer en personne à la Commission, l'après-midi même.

Il leur parla alors du coup de fil qu'il avait donné à Lalli, ajoutant qu'il les tiendrait au courant dès qu'il aurait une réponse. « En attendant, signorina, j'aimerais que vous vous renseigniez sur Luca Sardelli et Renato Fedi. Ce sont les seuls anciens patrons de la Commission encore vivants. » Il ne leur avoua pas qu'il n'avait rien d'autre, en fait, à leur mettre sous la dent.

« Souhaitez-vous les interroger, monsieur ? » demanda Vianello.

Brunetti se tourna vers la signorina Elettra. « Je préfère que vous commenciez par jeter un coup d'œil. Je suis à peu près sûr, reprit-il après qu'elle eut acquiescé, que Sardelli est aujourd'hui à l'Assessorato dello Sport et que Fedi dirige une entreprise de construction à Mestre. Il est aussi député européen, mais je ne sais pas pour quel parti. » Elle n'avait entendu parler ni de l'un ni de l'autre et prit donc ces détails en note, répondant qu'elle allait s'y mettre tout de suite et devrait avoir quelque chose pour eux après le déjeuner.

Aller manger chez lui prendrait trop de temps, s'il voulait passer à la Commission scolaire en début d'après-midi, si bien que Brunetti demanda à Vianello ce qu'il avait prévu – « *rien* », répondit l'inspecteur après une brève hésitation. Ils se donnèrent rendez-vous à l'entrée de la questure dix minutes plus tard. Brunetti décrocha le téléphone pour avertir Paola qu'il ne rentrerait pas déjeuner.

« C'est bien dommage, les enfants sont ici et j'ai prévu… commença-t-elle.

– Vas-y, dis toujours. Je suis un homme, je peux encaisser le coup.

– Des légumes grillés en entrée, et ensuite du veau au citron et au romarin. »

Brunetti laissa échapper un gémissement théâtral.

« Et un sorbet au citron avec un coulis de figue en dessert. Fait maison.

– C'est vrai ? demanda-t-il tout d'un coup, ou est-ce ta façon de me punir de ne pas rentrer ? »

Le silence de Paola se prolongea. « Tu préférerais peut-être que je les amène au McDo ?

– Ce serait de la maltraitance.

– Ce sont des ados, Guido.

– N'empêche », répliqua-t-il en raccrochant.

Les deux hommes décidèrent d'aller chez Remigio, mais une fois sur place, ils découvrirent que l'établissement était fermé jusqu'au dix septembre. Même échec dans les deux restaurants suivants, leur laissant comme choix un restaurant chinois ou la perspective du long trajet jusqu'à la Via Garibaldi, où ils auraient plus de chances de trouver quelque chose d'ouvert.

Par consentement mutuel et silencieux, ils retournèrent au bar du Ponte dei Greci, ou au moins le vin et les *tramezzini* étaient acceptables. Brunetti commanda un jambon-champignon, un jambon-tomate et un panini au salami ; Vianello, sans doute convaincu d'avance que, de toute façon, ce ne serait pas un repas convenable, prit la même chose.

L'inspecteur apporta une bouteille d'eau minérale et un demi-litre de vin blanc à leur table et s'assit en face de Brunetti. Il regarda l'assiette de sandwichs posée entre eux et dit sobrement : « Nadia avait fait des pâtes fraîches », puis tendit la main vers un *tramezzino*.

Il ne reprit la parole que lorsqu'il l'eut fini et bu deux verres d'eau minérale. Il fit alors le service du vin et demanda : « Qu'est-ce qu'on fait, pour Scarpa ? »

Ne pas utiliser le titre du lieutenant suffisait largement à faire savoir à son supérieur que la conversation était entièrement privée.

Brunetti prit une gorgée de vin. « Je crois que nous ne pouvons faire autrement que de le laisser poursuivre son enquête – si c'est le bon mot – sur la signora Gismondi.

– Mais c'est absurde ! » protesta Vianello avec humeur. Lui-même ne l'avait pas rencontrée ; il avait simplement lu le dossier et parlé avec Brunetti de la conversation que ce dernier avait eue avec elle – et cela avait suffi à le convaincre que sa seule participation au crime, et c'était un bien grand mot, avait été d'aider la Roumaine à quitter le pays. Les implications plus sinistres de cette idée lui apparaissant soudain, il demanda : « Le croyez-vous capable de l'accuser de complicité parce qu'elle lui a donné de l'argent et payé son billet ? »

Brunetti ne savait plus de quoi Scarpa était capable ou pas. Il regrettait qu'une femme apparemment aussi respectable que la signora Gismondi soit transformée en otage dans la guérilla scarpienne contre lui, mais il savait que tout ce qu'il ferait pour la tirer de là risquait de se solder par des représailles de la part du lieutenant.

« Je crois plus prudent de le laisser continuer. Si on essaie de l'arrêter, il nous accusera d'avoir des raisons cachées de le faire, et Dieu sait où cela pourrait nous mener. » Il avait du mal à anticiper les réactions de Scarpa parce qu'il avait du mal à comprendre ses motivations. Ou plutôt, il les comprenait, sur un plan intellectuel, mais les mécanismes qui lui auraient permis d'en suivre le cheminement à l'instinct lui manquaient. Paola était bien meilleure que lui à ce petit jeu, se rendit-il compte, tout comme la signorina Elettra. Les chattes passaient pour meilleures chasseuses et paraissaient prendre plus de plaisir à tourmenter leurs victimes avant de les tuer.

C'est la question de Vianello qui le tira de ses réflexions. «Est-ce que vous comprenez quelque chose à tout ça, monsieur?

– Quoi? Au meurtre, ou au comportement de Scarpa?

– Au meurtre. Scarpa, on n'a pas de mal à le comprendre.»

Brunetti aurait bien voulu que ce soit le cas. «Elle a été tuée par quelqu'un qui la haïssait ou voulait donner cette impression. Ce qui revient au même. Ce que je veux dire, ajouta Brunetti devant l'expression perplexe de l'inspecteur, c'est que l'auteur du crime, que ce soit de rage ou par calcul, est de toute façon *capable* de ce genre de violence. Je n'ai pas vu le corps, mais j'ai vu les photos.» Il était inutile de se répandre en regrets, maintenant, pour n'être pas rentré de vacances dès qu'il avait eu vent du crime. Il aurait dû se méfier des articles de journaux, et encore plus des réponses qu'on lui avait données quand il avait téléphoné à la questure et qu'on lui avait dit que l'affaire était résolue. Ils se trouvaient alors en famille sur la côte irlandaise, Raffi et Chiara passant la moitié de leur temps à faire de la voile et explorer les trous d'eau, l'autre moitié à dévorer, tandis que lui-même et Paola renouaient l'un avec l'histoire à travers Gibbon, l'autre avec la fiction via Trollope. Il n'avait pas eu le courage de seulement parler de retourner à Venise.

En attendant que son supérieur continue, Vianello s'attaqua au dernier sandwich et finit l'eau. Il fit alors signe au serveur, derrière le bar, agitant la bouteille vide.

«Ta femme comme la mienne diraient que ce sont des préjugés sexistes, mais ce n'est pas une femme qui a fait ça.» Vianello acquiesça à la non-validité de la notion de préjugé sexiste. « Nous devons donc trouver pour quelle raison un homme aurait voulu la tuer. Un homme qui aurait eu accès à son appartement ou qu'elle aurait laissé entrer dans l'appartement. » Le barman posa l'eau sur la table et Brunetti remplit les deux verres avant de poursuivre. « La seule chose que nous avons trouvée jusqu'ici et qui ne cadre pas est l'argent : les versements se sont interrompus à sa mort et l'avocate n'en a pas parlé. Nous ignorons de plus si la nièce était au courant. » Il vida l'eau et remplit son verre de vin, mais n'y toucha pas. « Marieschi n'avait pas de raisons particulières de m'en parler, si elle en connaissait l'existence.

– Elle aurait pu le prendre ?

– Bien sûr. »

Brunetti lui avait parlé de Poppi, et Vianello s'étonna : « Est-ce que ce n'est pas étrange ? J'ai du mal à me dire qu'une personne ayant un tel chien puisse être malhonnête. » Il prit une gorgée de vin, se tourna vers le barman en lui tendant l'assiette de sandwichs vide, la reposa et ajouta : « Très étrange, même. La plupart des gens que nous arrêtons ont des enfants, mais je n'y ai jamais vu une raison de penser qu'ils n'en étaient pas criminels pour autant. »

Brunetti ne faisant aucun commentaire sur cette remarque, l'inspecteur revint à l'ordre du jour. « C'est peut-être aussi bien la nièce. »

Brunetti était depuis longtemps sans illusions sur la classe sociale à laquelle, d'une certaine manière, il appartenait. « Ou quelqu'un de la banque, en apprenant qu'elle venait de mourir.

– Bien entendu. »

La nouvelle fournée de sandwichs arriva, mais Brunetti ne put venir à bout que de la moitié du sien et reposa le reste sur l'assiette.

N'ayant pas à préciser de qui il parlait, Brunetti demanda : « Crois-tu qu'elle va arriver à trouver qui a fait ces transferts d'argent ? »

L'inspecteur vida son verre mais ne le remplit pas à nouveau. Après quelques instants d'un silence contemplatif, il répondit : « S'il y a la moindre trace, il y a toutes les chances pour qu'elle la trouve.

– C'est terrifiant, non ?

– Seulement si vous êtes banquier », répliqua Vianello.

Ils retournèrent à la questure, l'un et l'autre oppressés par la chaleur de plus en plus étouffante et la méchante humeur dans laquelle les avait mis ce repas au rabais. Dans son bureau, l'air d'avoir passé l'heure du déjeuner à attendre dans une salle à l'air conditionné qu'on repasse ses voiles vaporeux, la signorina Elettra les accueillit en arborant une expression inhabituellement sombre.

Vianello, ayant tout de suite détecté ce changement d'humeur, demanda : « Les transferts ?

– Je n'arrive toujours pas à trouver », répondit-elle, laconique.

Brunetti fut tout d'un coup envahi de souvenirs disparates de l'avocate : grande, bâtie en sportive, la poignée de main ferme. Il essaya de se la représenter brandissant un objet contondant au-dessus de la tête de la vieille dame, mais la représentation fut interrompue par un autre souvenir, ceux des livres d'énigmes qu'il aidait Chiara à résoudre : quel élément ne devrait pas figurer dans cette image ? Il avait vu les mains de l'avvocatessa Marieschi sur la tête de Poppi. Il se traita d'idiot sentimental et reporta son attention sur la voix de la signorina Elettra.

« ... faits par l'une que par l'autre, concluait-elle avec un geste vers l'écran de son ordinateur.

– Quoi ? dit Brunetti.

– Les transferts, répéta la signorina Elettra, ont pu être aussi bien faits par l'une que par l'autre.

– L'avocate et la nièce ?» demanda Vianello.

Elle acquiesça. «Elles n'avaient besoin d'avoir que les numéros des comptes, une procuration et le code : le transfert était alors automatique. Il suffisait de remplir un formulaire et de le donner au caissier – non, la banque ne nous le montrera jamais sans un mandat signé par un juge», ajouta-t-elle avant que l'un ou l'autre ne pose la question.

Brunetti suivit cette piste jusqu'à son inévitable conclusion. «Et les banques des îles Anglo-Normandes ?»

Elle secoua la tête. «J'ai essayé de plusieurs façons, mais je n'ai jamais pu y faire la moindre incursion.» C'était à contrecœur mais avec respect qu'elle l'avait avoué.

Brunetti eut la tentation de lui demander si c'était là qu'elle plaçait ses économies, mais il y résista. «Aucun autre moyen de remonter jusqu'à ce formulaire ?

– Pas sans un ordre d'un juge», répéta-t-elle. Ils savaient tous les trois quelle était la probabilité d'en obtenir un.

«Avez-vous trouvé quelque chose concernant la nièce ? demanda Brunetti.

– Très peu de choses. Date de naissance, résultats scolaires, dossier médical, impôts. Les trucs habituels.» Brunetti se rendit compte que ce n'était pas de l'ironie : il lui était aussi facile de trouver ces renseignements sur une personne que de chercher un numéro dans l'annuaire.

«Et c'est tout ?

– C'est tout. Elle paraît aussi insignifiante que sa tante, répondit la signorina Elettra.

– Où travaille-t-elle ?

– Elle est aide-boulangère chez Romolo. » Il s'agissait d'une pâtisserie sise de l'autre côté de la ville, où Brunetti allait parfois acheter des gâteaux, le dimanche matin.

Il fut tiré des réflexions où tout cela le plongeait par l'arrivée intempestive d'Alvise, qui se serait catapulté contre Vianello s'il ne s'était pas retenu au chambranle en entrant dans le minuscule bureau. Il s'arrêta brusquement, la respiration haletante. « Monsieur, monsieur, dit-il entre deux inspirations, je viens d'avoir un appel pour vous, une femme !

– Oui ? dit Brunetti, soudain inquiet de voir une expression effarée sur ce visage habituellement placide.

– Elle a dit qu'il faut que vous veniez tout de suite.

– Que je vienne… mais *où*, Alvise ? »

Il fallut au policier un certain temps pour répondre. « Elle ne l'a pas dit, monsieur. Mais elle a dit qu'il fallait venir tout de suite.

– Et pourquoi ?

– Elle a dit qu'ils ont tué Poppi. »

# 17

Ce nom fit l'effet d'un coup de fouet à Brunetti. S'obligeant à parler calmement, il demanda à Alvise si la femme avait dit d'où elle appelait.

«Je ne m'en souviens plus, monsieur, répondit Alvise, l'air de ne pas comprendre pourquoi son supérieur s'embarrassait de tels détails devant un message aussi urgent.

– Qu'est-ce qu'elle t'a dit, exactement, Alvise?» demanda Brunetti.

Devant le ton légèrement plus tendu de Brunetti, le policier lâcha le chambranle et se tint plus droit. Avec un effort visible, il évoqua la conversation. «L'appel est revenu au standard, votre bureau ne répondant pas, monsieur. Russo a pensé que vous étiez peut-être avec Vianello, et il a transféré l'appel dans la salle, et c'est moi qui ai décroché.»

Pris une fois de plus de l'envie de frapper, Brunetti se contenta de serrer les dents. «Continue.

– C'était une femme et je crois qu'elle pleurait, monsieur. Elle n'arrêtait pas de demander à vous parler, et quand j'ai dit que j'allais vous chercher, elle m'a dit que vous deviez venir tout de suite parce qu'ils ont tué Poppi.

– Elle ne t'a rien dit d'autre, Alvise?» voulut savoir Brunetti, maîtrisant toujours sa voix.

Comme si on lui demandait de se souvenir d'une conversation vieille de plusieurs semaines, le policier ferma les yeux un instant, les rouvrit, étudia le plancher. « Seulement qu'elle venait juste d'arriver et qu'elle l'avait trouvé. Poppi, je suppose.

– Elle n'a pas dit où elle était ? répéta Brunetti, la voix de plus en plus tendue.

– Non, monsieur. Juste qu'elle revenait de déjeuner et qu'elle était là. »

Brunetti desserra ses mains, qui s'étaient refermées en poings le long de son corps. « Tu peux disposer maintenant, Alvise. » Puis, ne s'occupant plus du policier qui battait en retraite, il se tourna vers Vianello et la signorina Elettra. « Trouvez son domicile. Rends-toi là-bas, Vianello, voir si elle y est. Moi, je pars pour son bureau.

– Et si elle est chez elle, monsieur ?

– Tâche de trouver qui sont ces *ils* et pourquoi elle pense qu'ils ont tué son chien. »

Brunetti avait fait demi-tour et quitté le bureau avant même que la signorina Elettra ait eu le temps d'ouvrir son annuaire. Vérifiant la présence du portable dans la poche de son veston, il descendit l'escalier quatre à quatre et sortit de la questure. Une vedette attendait à quai, mais il ne voulait pas perdre de temps à retourner à l'intérieur pour trouver le pilote et il partit donc à pied pour Castello.

Le temps d'arriver à la Salizada San Lorenzo, sa chemise et son veston lui collaient au dos et son col était trempé de sueur. Et lorsqu'il quitta l'ombre protectrice des *calli* pour emprunter la Riva degli Schiavoni, le soleil de l'après-midi l'écrasa. Il pensa tout d'abord que la légère brise qui venait du large le soulagerait, mais elle ne fit que déclencher un frisson dans son dos quand elle vint caresser ses vêtements mouillés.

Il franchit le dernier grand pont et s'engouffra dans la Via Garibaldi. La chaleur avait chassé presque tout le monde des rues : en dépit des parasols, les terrasses des bars étaient vides. Les gens attendaient que le soleil ait tourné et plongé au moins un côté de la rue dans l'ombre.

La porte donnant sur la rue était ouverte et il grimpa vivement l'escalier jusqu'au bureau de l'avocate. Une flaque d'un liquide jaune et poisseux, devant l'entrée, faisait penser à du vomi. L'enjambant, il cogna du poing sur la porte et cria : « Signora ? C'est moi, Brunetti. » Puis il posa la main sur la poignée ; la porte était ouverte. Il entra, criant encore : « Je suis là, signora, Brunetti. » Il prit conscience d'une odeur âcre, pas très forte, et vit d'autres traces du liquide jaunâtre ; il y avait des éclaboussures sur le mur, à gauche du bureau de la secrétaire, et une flaque sur le plancher, en dessous.

Il crut entendre un léger bruit venant de derrière la porte donnant sur le bureau de Marieschi. Sans même une pensée pour son arme (laquelle gisait dans un tiroir fermé à clef, à la questure), Brunetti traversa la pièce et entra chez l'avocate.

Elle était assise derrière son bureau, la main gauche lui couvrant la bouche comme pour étouffer un cri de panique à la vue de la porte qui s'ouvrait. Il pensa qu'elle l'avait reconnu, ne serait-ce que parce que l'expression de terreur diminua, dans ses yeux, mais elle garda la main pressée contre sa bouche.

Sans rien dire, Brunetti regarda autour de lui. Et vit la chienne allongée sur le sol, un peu à gauche du bureau, au milieu d'une grande flaque du même magma jaunâtre et puant. Elle avait la gueule ouverte, la langue tendue au-delà ce qui paraissait possible. Ses mâchoires et sa langue étaient couvertes d'une écume blanchâtre épaisse ; un de ses yeux, ouvert, était tourné vers sa maîtresse, accusateur ou implorant.

La soudaine impression de froid que ressentit Brunetti devait autant à la prise de conscience de ce qui lui restait à faire qu'à l'air conditionné de la pièce. Des dizaines d'années auparavant, quand on lui avait appris qu'il fallait toujours cueillir un témoin au moment où il avait la garde baissée, il avait trouvé facile d'en faire une règle théorique ; c'était la pratique qui était difficile.

Il s'approcha du bureau, resta un instant immobile puis tendit la main à la femme, restée silencieuse. « Je pense qu'il vaudrait mieux que vous veniez avec moi, signora », dit-il sans s'approcher davantage et d'un ton volontairement apaisant.

La main toujours sur la bouche, elle fit *non* de la tête.

« Vous ne pouvez plus rien faire pour elle, maintenant, ajouta-t-il sans chercher à déguiser le chagrin qu'il éprouvait devant la fin de cette splendeur. Passons dans l'autre pièce. Je crois qu'il vaut mieux. »

Prenant soin de ne pas regarder le corps gisant sur le sol, elle répondit qu'elle ne voulait pas laisser la chienne toute seule.

« Mais si, vous pouvez, pas de problème », dit-il, ne sachant pas très bien ce qu'il voulait dire par là. Il fit un petit geste d'invite des doigts. « Venez. Pas de problème. »

Elle baissa la main gauche, la posa à plat sur le bureau, fit de même avec la droite et se leva en s'appuyant dessus, comme si elle avait eu le double de son âge. Refusant toujours de regarder la chienne, elle contourna le bureau par l'autre côté et vint vers Brunetti. Il la prit alors par le bras et l'entraîna hors de la pièce, prenant soin de refermer la porte derrière eux. Il écarta la chaise de la secrétaire du bureau et, la disposant de manière à ce qu'elle tourne le dos au vomi, aida l'avocate à s'asseoir. Puis il tira une autre chaise à lui et s'installa face à elle, à environ un mètre.

«Vous sentez-vous capable de m'en parler, signora ?»

Elle ne répondit pas.

«Racontez-moi ce qui s'est passé. »

La signora Marieschi fondit en larmes. Doucement, simplement trahie par ses lèvres serrées et ses yeux qui débordaient. Quand elle prit enfin la parole, ce fut d'une voix étonnamment calme, comme si elle parlait d'un événement ayant eu lieu ailleurs, ou concernant d'autres personnes. «Elle n'avait que deux ans. C'était encore un chiot, en réalité. Elle aimait tout le monde.

– C'est la race qui veut ça, je crois, dit Brunetti. Ce sont des chiens qui aiment tout le monde.

– Et elle faisait confiance à tout le monde, n'importe qui aurait pu lui donner ça.

– Vous voulez dire… l'empoisonner ? »

Elle acquiesça et reprit tout de suite la parole. «Il y a un jardin à l'arrière, et c'est là que je la laisse toute la journée, même quand je vais déjeuner. Tout le monde le sait.

– Tout le monde… vous voulez dire le voisinage, ou vos clients ? »

Elle ignora la question. «Quand je suis revenue, j'ai été la chercher pour la prendre ici avec moi. Mais j'ai tout de suite compris quand je l'ai vue. Il y avait du vomi partout sur l'herbe et elle n'arrivait pas à marcher. C'est moi qui l'ai portée ici. » Elle regarda autour d'elle, vit le mur constellé, mais parut ne pas remarquer les taches sur sa jupe et sur l'une de ses chaussures. «J'ai ensuite appelé le vétérinaire, mais il n'était pas là. Puis elle s'est remise à vomir. Et elle est morte. » Brunetti garda le silence, attendant la suite. «C'est à ce moment que je vous ai téléphoné, mais vous n'étiez pas là non plus. » Il y avait dans sa voix la même note de reproche futile que lorsqu'elle avait parlé du vétérinaire.

Brunetti n'y prêta pas attention et se pencha légèrement vers elle. « Le policier qui m'a transmis votre message m'a rapporté que vous auriez dit que quelqu'un l'avait tuée, signora. Pouvez-vous me dire à qui vous pensez ? »

Elle s'étreignit les mains et s'inclina, les tenant serrées entre ses genoux. Il ne voyait plus que le sommet de sa tête et ses épaules.

Ils restèrent longtemps dans cette position.

Quand sa voix s'éleva de nouveau, ce fut si doucement que Brunetti dut se pencher encore un peu pour entendre. « Sa nièce… Graziella. »

Brunetti prit un ton plus neutre. « Pourquoi aurait-elle fait ça ? »

Elle haussa les épaules avec une telle force que Brunetti eut l'impression d'être repoussé. Il attendit des explications, mais comme rien ne venait, il lui demanda si cela avait un rapport avec l'héritage, ne voulant pas, pour le moment, lui faire savoir qu'il était au courant des comptes bancaires.

« Peut-être », répondit la signora Marieschi ; l'oreille exercée du commissaire détecta dans cette brève réponse les premiers indices de calcul, comme si le choc de la mort de la chienne commençait à s'estomper.

« Que vous accuse-t-elle d'avoir fait, signora ? »

Il s'était attendu à un nouveau haussement d'épaules, pas à ce qu'elle le regarde droit dans les yeux et mente. « Je ne sais pas. »

C'était le moment crucial, comprit-il. S'il laissait passer ce mensonge, jamais il ne lui arracherait la vérité, aussi longtemps ou aussi souvent qu'il l'interroge. D'un ton dégagé, comme s'il était un vieil ami en qui elle avait confiance et à qui elle aurait demandé de venir parler de choses et d'autres au coin du feu, il dit alors : « Nous n'avons pas eu beaucoup de difficultés à prouver que vous aviez transféré ses fonds hors du pays, avvocatessa, et même si vous êtes protégée par votre statut de fondée de pouvoir, votre réputation de juriste risque d'en pâtir sérieusement. » Puis, comme si cela lui venait seulement à l'esprit, et parlant toujours en vieil ami la mettant en garde contre des conséquences fâcheuses, il ajouta : « Et quelque chose me dit que le fisc voudra aussi vous poser deux ou trois questions sur cet argent. »

Sa stupéfaction fut totale. Tout son vernis d'avocate disparut et elle ne put s'empêcher de lâcher : « Mais comment l'avez-vous su ?

– Il suffit que nous le sachions », dit-il, les dernières traces de compassion absentes de sa voix. Elle sentit le changement de ton, se redressa, et écarta même un peu sa chaise de lui. Il la vit se durcir, tout à fait comme il l'avait fait lui-même.

« J'estime qu'il serait souhaitable que nous parlions de cela honnêtement, reprit-il, la voyant ouvrir la bouche puis la refermer sans rien dire. Je me fiche complètement de cet argent et de ce que vous avez pu en faire. Tout ce que je veux savoir, c'est sa provenance. » Il la vit une fois de plus s'apprêter à parler et il comprit qu'elle allait lui mentir s'il ne lui faisait pas suffisamment peur. « Si je ne m'estime pas satisfait de votre réponse, je me verrai obligé de faire un rapport officiel sur les comptes en banque, votre procuration, et les dates et la destination des transferts.

– Mais comment l'avez-vous découvert ? demanda-t-elle d'un ton qui était nouveau pour lui.

– Comme je vous l'ai déjà dit, là n'est pas la question. La seule chose qui m'intéresse est la provenance de ces fonds.

– Elle a tué mon chien ! » dit-elle avec une brusque sauvagerie.

Brunetti perdit patience. « Si c'est vrai, vous feriez bien d'espérer qu'elle n'a pas aussi tué sa tante, parce que dans ce cas, vous êtes la suivante sur sa liste. »

Les yeux de l'avocate s'agrandirent lorsqu'elle saisit tout le sens de ces paroles. Elle secoua la tête une fois, puis deux, puis trois, comme pour faire disparaître cette possibilité. « Non, elle n'a pas pu, dit-elle. Jamais elle n'aurait fait ça.

– Pourquoi ?

– Je la connais. Elle n'en est pas capable. » Sa certitude paraissait absolue.

« Et Poppi ? Elle l'a bien tuée, elle, non ? » Était-ce ou non la vérité, il n'en avait aucune idée, mais il suffisait qu'elle le croie.

« Elle déteste les chiens, elle déteste tous les animaux.

– Vous la connaissez bien ?

– Assez pour savoir ça.

– C'est différent de savoir qu'elle n'aurait pas été capable de tuer sa tante. »

Provoquée par son scepticisme, elle rétorqua : « Si elle l'avait tuée, elle aurait pris l'argent avant. Ou dès le lendemain. »

Comprenant que la signora Marieschi devait être au courant de la procuration de la nièce, ayant peut-être préparé elle-même le document, il lança : « Sauf que vous avez été plus rapide. »

Se sentit-elle insultée ? Elle n'en laissa rien paraître, du moins, se contentant de répondre par un bref *oui*.

« Dans ce cas, c'est peut-être vous qui avez tué la signora Battestini. » Hypothèse qu'il jugeait improbable, mais qui lui permettrait de voir comment elle réagirait.

« Je n'irai jamais tuer quelqu'un pour une somme aussi ridicule. »

Il se sentit incapable de faire un commentaire et revint donc aux comptes bancaires. « D'où venait l'argent ? » Rien n'indiquant qu'elle voulait répondre, il poursuivit : « Vous étiez non seulement son avocate mais son fondé de pouvoir, vous étiez forcément au courant de quelque chose. »

Elle continuait à résister, mais Brunetti insista. « La personne qui l'a tuée était une personne en qui elle avait assez confiance pour la laisser entrer chez elle. Peut-être le ou les meurtriers étaient-ils au courant de l'argent ; peut-être était-ce la personne qui le lui avait donné pendant toutes ces années. » Il la voyait qui suivait sa pensée, la précédant presque, et qu'elle envisageait certaines possibilités. Sans faire allusion à la pire, il ajouta : « Il pourrait être de votre intérêt que nous trouvions cette personne, avvocatessa. »

D'une voix tendue, elle demanda : « Est-il possible que ce soit celui qui l'ait tuée ? Poppi ? » ajouta-t-elle quand elle vit qu'il ne répondait pas.

Il acquiesça, même s'il pensait que, après avoir fait preuve d'une telle sauvagerie contre la signora Battestini, l'assassin ne serait pas du genre à envoyer un avertissement en massacrant un chien.

Elle abandonna toute résistance et se tassa sur elle-même, comme pour échapper à la conscience de sa propre mortalité. « Je ne sais pas qui c'était, dit-elle. Vraiment pas. Je ne l'ai jamais su. Elle ne l'a jamais dit. »

Brunetti attendit presque une pleine minute qu'elle continue, mais c'est lui qui, finalement, reprit la parole : « Et qu'est-ce qu'elle vous a dit ?

– Rien. Simplement que l'argent était déposé tous les mois.

– Est-ce qu'elle a dit pourquoi elle voulait cet argent, ce qu'elle souhaitait en faire ? »

Elle secoua la tête. « Non, jamais. Elle se contentait de savoir qu'il était là. » Elle réfléchit quelques instants à ce qu'elle venait de répondre et c'est sans pouvoir dissimuler sa propre stupéfaction qu'elle ajouta : « Je crois que le dépenser ou pouvoir le dépenser n'était pas important pour elle. Ça lui plaisait de l'avoir là, de savoir qu'il était là. » Elle releva la tête et parcourut la pièce des yeux, comme si elle y cherchait l'explication de ce comportement des plus bizarres. Puis elle revint sur Brunetti. « Je n'ai appris son existence qu'il y a trois ans, lorsqu'elle a parlé de faire son testament.

– Et que vous a-t-elle dit exactement ?

– Seulement qu'elle l'avait.

– Elle n'a pas précisé à qui cet argent devait aller ? »

L'avocate fit semblant de ne pas comprendre et il répéta sa question. « Elle n'a pas précisé à qui cet argent devait aller ? Vous étiez là pour parler de son testament, elle a bien dû dire quelque chose sur la destination de cet argent ?

– Non, répondit-elle, mentant de manière évidente.

– Pour quelle raison a-t-elle fait de vous son fondé de pouvoir ? »

Son silence prolongé n'avait sans doute que pour but d'élaborer une réponse crédible. « Elle voulait que je m'occupe des choses à sa place. » C'était bien vague, mais elle paraissait vouloir s'en tenir là.

« Comme par exemple ?

– Lui trouver des aides ménagères. Les payer. Nous pensions que ce serait plus simple que de lui demander de signer un chèque à chaque fois. À cette époque, elle ne sortait plus du tout de chez elle et elle ne pouvait donc pas aller à la banque. » Elle attendit de voir comment Brunetti allait réagir, et comme il ne disait rien, ajouta : « C'était plus facile. »

Elle devait le prendre pour un idiot, si elle pensait qu'il allait croire qu'une personne comme la signora Battestini confierait la clef de son coffre à quiconque. Il se demanda comment la signora Marieschi était parvenue à convaincre la vieille dame de faire d'elle son fondé de pouvoir et si la signora Battestini avait su ce qu'elle signait. Il se demanda aussi qui avait été témoin.

Comme il le lui avait dit, peu lui importait où cet argent était passé : seule son origine l'intéressait. « Autrement dit, vous vous serviez de cet argent pour payer les frais occasionnés par les aides ménagères ?

– Oui. L'eau et l'électricité faisaient l'objet de prélèvements automatiques à la banque.

– Tout cela était illégal, n'est-ce pas ? » demanda-t-il soudain.

Elle feignit la confusion, déclarant ne pas comprendre ce qu'il voulait dire.

« J'avoue que je suis stupéfait, avvocatessa, qu'une juriste italienne puisse prétendre ne rien savoir du travail au noir. »

Oubliant complètement sa ligne de défense, elle répliqua : « Vous ne pouvez pas prouver que je le savais. »

C'est avec un calme étudié qu'il continua. « Je crois qu'il est temps pour moi de vous expliquer un certain nombre de choses. Vos petites affaires de trafic de travailleurs clandestins et de faux passeports ne m'intéressent pas, pas dans le cadre d'une enquête sur un meurtre. Mais si vous continuez à me mentir ou à me répondre à côté, je veillerai à ce qu'un rapport sur vos activités, auquel on joindra les adresses des femmes de Trieste et de Milan qui utilisent les faux papiers de Florinda Ghiorghiu, se retrouve demain dans les services de l'immigration, tandis qu'un autre, sur la manière dont vous avez géré les comptes bancaires de la signora Battestini, ira de son côté à la brigade financière. »

Elle voulut protester, mais il l'arrêta d'un geste de la main. « Qui plus est, si vous me mentez une fois de plus, je ferai une note sur la mort de votre chienne et votre affirmation que la nièce de la signora Battestini l'aurait tuée, ce qui implique que cette personne sera interrogée sur les motifs qu'elle aurait pu avoir de tuer cette bête. »

Elle ne le regardait pas, mais il était manifeste qu'elle l'écoutait avec beaucoup d'attention. « Est-ce clair ?

– Oui.

– Vous allez donc me dire TOUT ce qu'elle vous a jamais dit concernant ces comptes, ainsi que les différentes hypothèses que vous avez pu échafauder au cours de ces années où vous en connaissiez l'existence, sur leur origine possible, indépendamment de votre source d'informations ou de la crédibilité qu'on peut lui accorder… Vous avez compris ? »

Elle répondit *oui* sans hésiter. Puis elle soupira, mais c'était une menteuse professionnelle et il n'en tint pas compte. Elle laissa passer un peu de temps avant de répondre. « Elle m'a parlé des comptes lorsqu'elle a fait son testament, mais elle ne m'a jamais dit d'où provenaient les fonds. Je ne peux que vous le répéter. Mais une fois, il y a environ un an, elle me parlait de son fils – je vous ai déjà dit que je ne l'ai jamais rencontré – et elle m'a dit qu'il avait été un bon garçon, qu'il avait veillé à ce qu'elle ait ce qu'il faut dans sa vieillesse. Que lui et la Madone prenaient bien soin d'elle. » Il étudia le visage de l'avocate pendant qu'elle parlait, se demandant si elle disait la vérité et si, dans le cas contraire, il s'en apercevrait.

« Elle commençait à radoter un peu, comme souvent les personnes de son âge, reprit-elle, si bien que je ne faisais pas très attention à ce qu'elle disait.

– Pour quelle raison étiez-vous allée la voir, cette fois-là ? Vous avez dit que pour le testament, cela remontait à trois ans.

– À cause de la télévision. J'étais allée lui demander de ne pas oublier de l'arrêter avant d'aller se coucher. Tout ce que j'ai pu trouver à lui raconter, c'est que si ça continuait, la police allait venir et lui confisquer son poste. Je le lui avais déjà dit, mais elle oubliait beaucoup de choses, ou elle ne se souvenait que de ce qui l'arrangeait.

– Je vois.

– Et elle m'a répété quel bon garçon il avait été, qu'il était toujours resté avec elle. C'est cette fois-là qu'elle a dit qu'il l'avait laissée avec tout ce qu'il fallait et sous la protection de la Madone. Je n'en ai pas pensé grand-chose, à l'époque – quand elle se mettait à radoter, je n'écoutais que d'une oreille –, mais plus tard, il m'est venu à l'esprit qu'elle faisait peut-être allusion à l'argent, que c'était le fils qui avait arrangé le coup, qui avait fait ce qu'il fallait pour qu'il soit versé.

– Vous lui en avez parlé ?

– Non. Je vous l'ai dit, ce n'est que quelques jours plus tard que j'y ai pensé. Et je savais déjà qu'il valait mieux ne jamais lui parler directement de ces comptes. Alors je n'ai rien dit. »

Il y avait d'autres questions qu'il aurait aimé lui poser : quand elle avait préparé son coup pour voler l'argent ; comment elle avait pu être sûre que la nièce ne porterait pas plainte, notamment. Mais pour le moment, il avait l'information qu'il voulait. Il pensait lui avoir fait suffisamment peur pour qu'elle dise la vérité, et il ne se sentait ni fier ni honteux des techniques qu'il avait employées pour parvenir à ses fins.

Il se leva. « Si j'ai d'autres questions à vous poser, je vous contacterai, dit-il. Et si de votre côté vous pensez à quelque chose, je veux que vous m'appeliez. » Il sortit une de ses cartes, y ajouta le numéro de téléphone de son domicile et la lui tendit.

Il se tourna pour partir, mais elle le retint par une question : « Qu'est-ce que je fais, si ce n'est pas Graziella ? »

Il était à peu près sûr que c'était la nièce et que l'avocate n'avait rien à redouter. Puis il se rappela comment elle s'était tout de suite récriée qu'elle ne tuerait pas quelqu'un pour si peu, et il ne vit pas de raison de la

205

rassurer. « Essayez de ne pas vous retrouver seule, que ce soit dans votre cabinet ou à votre domicile. Appelez-moi si quelque chose vous paraît suspect », répondit-il. Et il sortit.

# 18

Il appela Vianello sur son portable dès qu'il fut dehors. L'inspecteur était cependant déjà de retour à la questure, n'ayant évidemment pas trouvé l'avocate chez elle. Brunetti lui expliqua en quelques mots ce qui était arrivé et lui donna rendez-vous à la pâtisserie Romolo : il avait décidé, finalement, de parler à la nièce de la signora Battestini.

« Vous pensez que ça pourrait être elle ? » demanda l'inspecteur. Comme Brunetti ne répondait pas tout de suite, il se fit plus explicite : « Qui aurait empoisonné le chien ?

– C'est mon impression.

– On se retrouve là-bas. »

Pour gagner du temps, Brunetti prit le 82 à l'Arsenal et descendit à l'Académie. Il traversa la placette sans faire attention à la longue file d'attente des touristes à peine habillés, devant le musée, laissa sur sa gauche la galerie qui lui avait toujours fait l'effet d'un supermarché de l'art, et prit la direction de Santa Barnaba.

La chaleur l'agressa tout autant dans les rues étroites. Par le passé, de telles températures réduisaient le nombre des touristes ; mais aujourd'hui elles semblaient avoir le même effet que sur une boîte de Petri : des formes de vie exotiques se multipliaient sous ses yeux. Quand il arriva à la pâtisserie, il aperçut Vianello de l'autre côté de la rue, qui étudiait une vitrine pleine de masques.

Ils entrèrent ensemble. Vianello commanda un café et un verre d'eau minérale, Brunetti, d'un signe de tête, indiqua qu'il prendrait la même chose. Le présentoir débordait des pâtisseries que le commissaire connaissait bien, choux à la crème, éclairs au chocolat et les préférés de Chiara, en forme de cygne et remplies de crème fouettée. Avec cette chaleur, aucune n'était appétissante.

Brunetti, entre deux gorgées de café et d'eau, raconta avec plus de détails sa conversation avec l'avocate, se contentant cependant de dire que la chienne avait été empoisonnée.

« Ce qui signifie qu'elle (Vianello montra le fond de la boutique, où on pouvait supposer que se trouvaient les cuisines) connaissait suffisamment Marieschi pour savoir ce qui lui ferait mal.

– Il aurait suffi que tu la voies une fois avec sa chienne pour le savoir », dit Brunetti, se souvenant de la noble tête du golden retriever, lors de leur rencontre.

Vianello vida son verre d'un trait et le tendit à la femme, derrière le comptoir. Brunetti finit le sien, le reposa et finalement acquiesça lorsque la serveuse tourna la bouteille vers lui.

Pendant qu'elle remplissait son verre, Brunetti lui demanda si la signora Simionato était là.

« Vous voulez dire Graziella ? demanda la femme, intriguée et ne cachant pas sa curiosité.

– Oui.

– Je crois, dit-elle, je vais voir. » Elle se tourna pour se diriger vers une porte, dans le fond du magasin.

Mais avant qu'elle ait pu s'éloigner, Brunetti leva la main et dit : « Je préférerais que vous ne lui parliez pas, signora. Pas avant que nous l'ayons vue.

– Vous êtes de la police ?

« – Oui », répondit Brunetti, qui se demanda pourquoi ils prenaient la peine d'avoir une carte d'identité professionnelle s'ils étaient aussi faciles à reconnaître, y compris par une vendeuse de pâtisseries.

« Elle est là ? demanda Brunetti, montrant la porte ouverte, à l'autre bout du comptoir.

– Oui, répondit la jeune femme. Qu'est-ce que vous… ? » ajouta-t-elle sans finir sa question.

Vianello tira un calepin de sa poche et demanda : « À quelle heure est-elle arrivée aujourd'hui, signora ? Le savez-vous ? »

La vendeuse regarda le calepin comme si c'était une bête venimeuse. Voyant sa répugnance, Brunetti prit son portefeuille mais, au lieu d'exhiber sa carte de police, en sortit un billet de cinq euros qu'il posa sur le comptoir pour payer les consommations. « À quelle heure est-elle arrivée aujourd'hui, signora ?

– Vers deux heures, peut-être même un peu plus tard. »

Heure d'embauche un peu étrange pour une aide-boulangère, pensa Brunetti. Mais la femme expliqua tout de suite pourquoi : « Les services de santé vont venir faire une inspection, la semaine prochaine, on doit donc être fin prêts. Tout le monde fait des heures supplémentaires. » Brunetti pensa que le moment était mal choisi pour commenter le fait que, en principe, ces inspections devaient être inopinées. La femme ajouta : « De toute façon certains boulangers viennent dès l'après-midi pour tout préparer.

– Je vois, dit Brunetti. C'est par là ? » demanda-t-il en montrant la porte.

Elle devint soudain hésitante. « Je crois qu'il vaudrait mieux que la patronne vous montre le chemin. » Et sans vérifier si les policiers étaient d'accord, elle se dirigea vers la femme aux cheveux roux qui tenait la caisse et lui dit quelques mots à l'oreille. La rouquine leur lança un coup d'œil méfiant, regarda son employée, revint à nouveau sur eux. Puis elle dit quelque chose à la vendeuse, qui prit sa place derrière la caisse.

La rouquine s'approcha des deux policiers et, sans même les saluer, demanda : « Qu'est-ce qu'elle a fait ? »

Brunetti eut ce qu'il espérait être un sourire désarmant, et mentit. « Rien de spécial pour autant que je sache, signora. Mais comme vous le savez certainement, sa tante a été victime d'un meurtre et nous espérons que la signora Simionato pourra nous donner des informations dans le cadre de notre enquête.

– Je croyais que vous saviez qui avait fait le coup, dit-elle d'un ton qui frisait l'accusation. L'Albanaise. » Pendant ce temps, ses yeux ne cessaient d'aller vers la vendeuse qu'elle avait laissée à la caisse, à chaque fois qu'un client s'approchait pour payer.

« C'est l'hypothèse la plus probable, signora, mais nous avons besoin de quelques autres informations concernant sa tante.

– Et il faut que vous fassiez ça ici ? protesta-t-elle d'un ton agressif.

– Non, signora. Pas ici. J'ai pensé que nous serions mieux là-bas derrière, dans les cuisines.

– Je veux dire ici, pendant qu'elle travaille. Je la paie pour travailler, pas pour jacasser sur sa tante. » Trop souvent, mais à chaque fois à son grand étonnement, Brunetti tombait sur des preuves de la légendaire cupidité des Vénitiens. Ce n'était pas tellement cette cupidité qui le choquait que le sans-gêne avec lequel on l'étalait.

Il sourit. « Je peux très bien comprendre cela, signora. Si vous préférez, nous pouvons revenir un peu plus tard, et on mettra deux policiers en uniforme devant la porte pendant que je lui parlerai. Ou je pourrais peut-être dire deux mots aux services sanitaires de la ville et leur demander comment il se fait que vous soyez au courant de l'inspection qui doit avoir lieu la semaine prochaine. » Il ne lui laissa pas le temps de placer un mot. « Ou peut-être nous pourrions aller simplement dans la cuisine et avoir une brève conversation avec la signora Simionato. »

Le visage de la rouquine s'empourpra d'une colère qu'elle savait plus prudent de ne pas manifester, tandis que Brunetti ne se faisait pas le moindre reproche pour ce flagrant abus de pouvoir. « Elle est là derrière », répondit la rouquine en retournant à la caisse.

Vianello entra le premier dans la cuisine qu'éclairait une série de fenêtres, au fond de la salle. Des râteliers métalliques à ustensiles, vides, occupaient trois murs et une lueur chaude émanait des portes vitrées de quelques-uns des vastes fourneaux. Un homme et une femme, tous les deux en blouse et toque blanches immaculées, se tenaient devant un profond évier d'où montait la vapeur d'une eau savonneuse. Au milieu de la mousse, on voyait les manches des ustensiles et le haut des grandes planches sur laquelle on posait la pâte pour la laisser monter.

L'eau qui coulait couvrait tous les autres bruits, si bien que Vianello et Brunetti n'étaient qu'à un mètre des deux employés lorsque l'homme prit conscience de leur présence et se tourna. Dès qu'il les vit, il ferma le robinet et, dans le silence qui venait de s'installer, leur dit : « Oui ? » De petite taille, trapu, il avait de beaux traits sur lesquels on ne lisait que de la curiosité.

Apparemment, la femme ne se rendit compte qu'ils avaient des visiteurs que lorsque son collègue parla, car elle ne se tourna qu'à ce moment-là. Encore plus petite que lui, elle portait des lunettes à lourde monture carrée et aux verres tellement épais que ses yeux, déformés, ressemblaient à deux billes géantes. Tandis que son regard flottait de Brunetti à Vianello, l'incidence des verres changeant avec les mouvements de sa tête, on aurait dit que les billes roulaient derrière. Si le visage de l'homme manifestait de la curiosité à la vue d'intrus dans sa cuisine, celui de la femme restait étrangement impassible, le seul signe d'activité étant le roulement de ses yeux.

« Signora Simionato ? » demanda Brunetti.

Sa tête de hibou se tourna vers l'origine de la voix. Elle réfléchit avant de répondre.

« Oui.

– Nous aimerions vous parler, si c'était possible. »

Son compagnon regarda tour à tour la femme et les deux policiers avant de revenir sur Graziella Simionato, cherchant à comprendre ce que signifiait l'intrusion de ces deux étrangers ; mais l'intéressée, elle, se contentait de regarder Brunetti de son œil rond sans rien dire.

Vianello prit sur lui de s'adresser à l'homme. « Il y a peut-être un endroit où nous pourrions parler à la signorina Simionato en privé ? »

L'homme secoua la tête. « Non, il n'y en a pas, mais je peux sortir une minute fumer une cigarette, si vous voulez. » Brunetti acquiesça d'un signe de tête. L'homme enleva sa casquette et essuya la sueur de son front avec son avant-bras. Puis il souleva sa blouse, tira un paquet de Nazionali de la poche de son pantalon et s'éloigna. Brunetti remarqua à ce moment-là la présence d'une porte donnant sur la ruelle, à l'arrière du bâtiment.

« Je suis le commissaire Brunetti, signorina Simionato… de la police », commença Brunetti.

En admettant que la chose soit possible sur un visage dont tous les traits étaient déjà immobiles, elle parut se pétrifier. Jusqu'à ses yeux qui arrêtèrent de rouler de Brunetti à Vianello pour se figer sur les fenêtres du fond. Mais elle ne dit toujours rien. Brunetti étudia ce visage au nez plat, aux cheveux orange frisottés qui dépassaient de la toque blanche. Elle avait une peau brillante, soit à cause de la transpiration, soit qu'elle fût naturellement grasse. Cette apathie générale et la vacuité de ce regard suffirent à convaincre Brunetti que la signorina Simionato était sans aucun doute incapable d'utiliser un ordinateur pour faire des transferts vers des comptes secrets dans les îles Anglo-Normandes.

« J'aimerais vous poser quelques questions. »

Toujours rien pour indiquer qu'elle l'avait entendu ; son regard resta rivé sur le mur du fond.

« Vous êtes bien Graziella Simionato, n'est-ce pas ? »

L'énoncé de son nom dut lui faire quelque impression, car elle hocha affirmativement la tête.

« La nièce de Maria Battestini ? »

Cette fois, ses yeux revinrent sur lui. « Oui », marmonna-t-elle, ouvrant suffisamment la bouche pour qu'il ait le temps de voir deux incisives supérieures démesurées surplombant celles de sa mâchoire inférieure.

« D'après ce que j'ai compris, vous êtes son héritière, signorina.

– Son héritière, oui. J'aurais dû tout avoir.

– Pourquoi ? demanda Brunetti, prenant un ton inquiet et intrigué, ça n'a pas été le cas, signorina ? »

Il était frappant à quel point elle lui rappelait toutes sortes d'animaux, songea-t-il en la regardant. Une chouette. Un rongeur en cage. Et quelque chose de carnassier et secret venait de colorer son expression.

Elle tourna vers lui ses yeux agrandis. « Qu'est-ce que vous voulez ?

– Parler avec vous des biens laissés par votre tante, signorina.

– Qu'est-ce que vous voulez savoir ?

– Si vous avez une idée d'où provenait tout cet argent. »

Elle fut submergée par l'instinct qui lui disait de dissimuler toute preuve d'aisance. « Elle n'avait pas beaucoup d'argent, protesta-t-elle.

– Si, sur des comptes bancaires.

– Je ne le savais pas.

– À l'Uni Credit et à quatre autres banques.

– Je ne sais pas. » Elle avait dit cela d'un ton aussi catégorique que son expression était apathique.

Brunetti adressa un coup d'œil à Vianello, qui leva les sourcils pour signifier que lui aussi reconnaissait cette obstination de tête de mule avec laquelle les paysans ont toujours résisté au danger. Brunetti comprit tout de suite que la manière douce et raisonnée ne pourrait rien contre une armure de stupidité de cette trempe, et il changea radicalement d'approche. « Signorina, vous avez le choix entre deux possibilités », dit-il d'un ton sec et sévère.

Les yeux de la femme flottèrent derrière leurs verres, son attention accrochée par ce ton.

« Soit nous parlons de l'origine des fonds de votre tante, soit nous parlons de chiens empoisonnés. »

Ses lèvres découvrirent ses incisives de castor et elle commença à parler, mais Brunetti l'interrompit. « J'ai bien peur que la patronne d'une entreprise où l'on manie des produits alimentaires ne répugne à garder une employée accusée d'utiliser du poison, vous ne croyez pas, signorina ? » Il l'observa pendant qu'elle enregistrait ses paroles, puis il reprit, d'un ton parfaitement naturel, cette fois : « D'autant que cette dame ne me paraît pas du genre à tolérer longtemps une employée qui doit prendre sur son temps pour aller assister à son procès, hein ? Dans le cas où, bien entendu, ajouta-t-il après lui avoir laissé assez de temps pour bien se pénétrer de ces deux remarques, cette employée aurait un avocat pour l'assister. »

La signorina Simionato se mit à se frotter les doigts les uns contre les autres, comme pour y rétablir la circulation. Ses culs-de-bouteille se tournèrent vers Vianello, puis revinrent à Brunetti. Toujours se tripotant les doigts, elle voulut dire quelque chose mais Brunetti lui coupa la parole. « Vianello ? Va dire à sa patronne que nous l'amenons avec nous. Et explique-lui pourquoi. »

Se comportant comme si c'était un ordre qu'il avait l'intention d'exécuter, l'inspecteur répondit un : « Oui, commissaire », énergique et se tourna vers la porte donnant sur la boutique.

À peine avait-il fait un pas qu'elle s'écriait, d'une voix étranglée par la terreur : « Non ! Attendez ! Restez ! Je vais tout vous dire, je vais tout vous dire ! » Son élocution était peu claire, comme si elle ne pouvait émettre de consonnes sans l'aide de grandes quantités de salive.

Vianello fit demi-tour mais resta loin d'elle, répugnant à ajouter la menace de son gabarit impressionnant aux paroles de son supérieur. Les deux hommes la fixaient sans rien dire.

« C'est Paolo, marmonna-t-elle. C'est lui qui l'a fait. Pour elle, mais je ne sais pas comment il s'y est pris. Elle n'a jamais voulu me le dire, seulement qu'elle était très fière de lui. Elle disait qu'il pensait toujours à elle en premier. » Elle se tut, comme si ses explications répondaient à leurs questions et suffisaient à éloigner la menace.

« Qu'est-ce qu'elle vous a dit, exactement ? demanda un Brunetti impitoyable.

– Ce que je viens de vous dire », rétorqua-t-elle, agressive.

Le commissaire se tourna vers son adjoint. « Va lui dire, Vianello. »

Le regard de la signorina Simionato allait de l'un à l'autre, implorant. Quand elle vit qu'elle n'avait rien à attendre d'eux, elle renversa la tête et se mit à gémir comme un animal blessé.

Craignant ce qui pouvait arriver, Brunetti fit tout d'abord un pas vers elle mais s'arrêta et recula, ne voulant pas être près d'elle si jamais quelqu'un venait voir ce qui se passait. C'est précisément ce qui arriva : la patronne de la pâtisserie ouvrit la porte et cria : « Graziella ! Arrête un peu ! Arrête ou je te flanque tout de suite à la porte ! »

Sur-le-champ, aussi soudainement qu'ils avaient commencé, les gémissements s'interrompirent, mais la femme continua à sangloter. La propriétaire du Romolo regarda Brunetti et Vianello, émit un son dégoûté et repartit, fermant la porte derrière elle.

Sans le moindre remords, le commissaire apostropha la femme en pleurs. « Vous l'avez entendue, Graziella, hein ? Elle risque de s'énerver encore plus si je lui parle de Poppi et du poison, pas vrai ? »

Graziella enleva sa toque et s'essuya le nez et la bouche avec, mais elle paraissait incapable d'arrêter ses sanglots. Elle enleva ses lunettes qu'elle posa sur un fourneau éteint et s'essuya la figure puis regarda Brunetti, visage nu, de ses yeux qui louchaient et ne distinguaient presque rien.

Refoulant sa pitié, il revint à ses questions. « Qu'est-ce qu'elle vous a dit d'autre, Graziella ? À propos de l'argent ? »

Les sanglots s'arrêtèrent et elle se passa une dernière fois la toque sur la figure. À tâtons, elle entreprit de chercher ses lunettes. Brunetti vit à plusieurs reprises sa main s'en rapprocher, puis s'en éloigner. Il résista à l'envie de l'aider. Finalement ses doigts atterrirent sur les verres et elle les remit en place à deux mains, délicatement.

« Qu'est-ce qu'elle vous a dit d'autre, Graziella ? répéta Brunetti. Où Paolo s'est-il procuré cet argent ?

– Quelqu'un à son travail, dit-elle. Elle était si fière de lui. Elle disait que c'était une prime, tellement il était intelligent. Sauf qu'elle a dit ça en ricanant, comme si c'était une blague, et comme si Paolo avait fait quelque chose de mal pour l'avoir. Mais ça m'était égal, parce qu'elle m'avait dit qu'un jour l'argent serait à moi. Je m'en fichais, d'où il venait. Eh puis, elle a dit que tout ce qu'il faisait était sous la protection de la Madone, alors ça ne pouvait pas être mal, pas vrai ? »

Brunetti ignora la question. « Saviez-vous dans quelles banques étaient les comptes ? »

Elle inclina la tête et se mit à regarder le plancher entre leurs pieds, puis acquiesça.

« Saviez-vous comment il arrivait sur ces comptes ? »

Silence. Elle restait tête basse et il se demanda quelle laborieuse évaluation elle pouvait bien faire de sa question et dans quelle mesure elle lui répondrait la vérité.

Elle le prit par surprise en lui répondant littéralement : « C'est moi qui l'apportait. »

Il ne saisit pas immédiatement mais n'en laissa rien paraître et demanda : « Comment ça ?

– Après la mort de Paolo, j'allais la voir tous les mois et elle me donnait l'argent, et je l'apportais dans les banques. » Évidemment, évidemment, jamais il ne s'était interrogé sur les détails matériels de ces dépôts, pensant avoir affaire à des méthodes de transfert si opaques que seul l'art de la signorina Elettra aurait pu les mettre à jour.

« Et les reçus ?

– Je les ramenais. Tous les mois.

– Où sont-ils, à présent ? »

Silence.

Élevant la voix, il répéta : « Où sont-ils ? »

Elle répondit un marmonnement qu'il put déchiffrer en se penchant vers elle. « Elle m'a dit de les brûler.

– Qui ça ? demanda-t-il, même s'il avait sa petite idée.

– Elle.

– Qui, elle ?

– L'avocate », dit-elle finalement, refusant de prononcer le nom de Marieschi.

« Et vous l'avez fait ? » demanda-t-il, enclin à penser
qu'elle n'avait pas compris que c'était détruire les
preuves que cet argent avait jamais existé.

Elle leva alors les yeux vers lui, et il vit que les
verres étaient mouillés des larmes tombées pendant
qu'elle avait la tête inclinée. Ses yeux roulaient de
manière encore plus aléatoire.

« Vous les avez brûlés, signorina ? insista-t-il sans la
moindre douceur dans la voix.

– Elle a dit que c'était la seule façon. Pour que je sois
sûre que j'aurais l'argent. Parce que la police pourrait se
douter de quelque chose si elle trouvait les reçus, dit-elle
enfin, son chagrin audible dans chacun de ses mots.

– Et après, signorina, qu'est-ce qui s'est passé quand
vous êtes allée dans les banques pour retirer l'argent ?

– Les gens des banques… je les connaissais tous…
m'ont dit que les comptes avaient été fermés.

– Et qu'est-ce qui vous a fait penser que l'avvocatessa Marieschi l'avait pris ? demanda-t-il, prononçant
pour la première fois le nom de l'avocate.

– *Zia* Maria m'avait dit que c'était la seule autre
personne qui savait, pour l'argent. Que je pouvais lui
faire confiance. » Il y avait de l'écœurement dans sa
voix. « Qui ça pouvait être d'autre ? »

Brunetti se tourna vers le silencieux Vianello et donna
un coup de menton interrogatif. L'inspecteur ferma les
yeux un instant et secoua la tête : c'était bon. On ne
pourrait rien apprendre de plus de cette femme.

Brunetti ne prit pas la peine d'ajouter un seul mot, se
tourna et se dirigea vers la porte donnant sur le magasin.

Il entendit alors la voix de Vianello s'élever derrière
lui. « Pourquoi avez-vous tué la chienne, signorina ? »
Brunetti s'arrêta mais ne fit pas volte-face.

Il s'écoula tellement de temps que quelqu'un qui n'aurait pas eu l'imperturbabilité d'un Vianello aurait renoncé. Finalement, ses consonnes plus mouillées que jamais, elle cracha : « Parce que les gens adorent les chiens. » Il y eut une ou deux secondes de silence, puis Brunetti entendit le pas de Vianello, et il reprit la direction de la porte.

# 19

« Eh bien, demanda Brunetti alors qu'ils sortaient dans la Calle Lunga San Barnaba, qu'est-ce que tu en penses ?

– Je dirais que c'est une personne dotée de capacités limitées, comment on apprend à dire à mes gosses, à l'école.

– Une simple d'esprit, autrement dit ?

– Oui. Entre son aspect, la façon dont elle s'est mise à hurler quand elle s'est vue coincée et son manque presque total de réactions humaines et de sensibilité...

– On dirait la description de la moitié de la questure. »

Il fallut à l'inspecteur une seconde pour comprendre, mais il se mit alors à rire tellement fort qu'il dut s'adosser à un mur et attendre que ça s'arrête. Se sentant passablement fier de son trait d'esprit, Brunetti se promit de le répéter à Paola et se demanda si son subordonné le raconterait à la signorina Elettra.

Lorsque Vianello eut fini de s'esclaffer, les deux hommes reprirent la direction de l'arrêt du vaporetto, devant la Ca'Rezzonico. « À ton avis, est-il possible qu'elle ait quelque chose à voir avec la mort de sa tante ? »

La réponse de l'inspecteur fut immédiate. « Non, je ne crois pas. Elle a commencé à hurler quand vous l'avez interrogée sur les comptes et menacée de la faire mettre à la porte si elle ne répondait pas. Elle n'a pas paru un instant inquiète ou troublée quand vous lui avez parlé de sa tante. »

Telle était aussi l'opinion de Brunetti, mais il était satisfait de la voir confirmée par Vianello. « Il faut nous procurer la liste de tous ceux qui travaillaient en même temps que lui à la Commission scolaire – ou au moins, se corrigea-t-il, la liste de ceux qui y étaient quand les versements ont commencé.

– Si les archives ont été numérisées, cela ne devrait pas poser de problèmes.

– Je suis surpris qu'elle ne te donne pas tous les soirs de devoirs à faire à la maison », dit Brunetti avec un sourire. Vianello ne réagissant pas, il ajouta : « Ne me dis pas qu'elle t'en donne, hein ? »

Arrivés à l'embarcadère, ils se mirent avec soulagement à l'ombre. Vianello se grattait la tête. « Pas exactement, monsieur. Mais vous savez qu'elle m'a donné un ordinateur – que le département m'a donné un ordinateur. Et il arrive qu'elle me suggère d'essayer certaines choses.

– Crois-tu que je pourrais comprendre ? »

Vianello regarda en direction du Palazzo Grassi, devant lequel patientait, ici aussi, une longue file de touristes attendant de pénétrer dans ce temple de l'art. « J'en doute, monsieur, admit finalement l'inspecteur. D'après elle, on ne peut apprendre à s'en servir qu'en essayant de diverses manières, ou en pensant de diverses manières. Autrement dit, il faut avoir en permanence un ordinateur à portée de main. » Il regarda son supérieur et se risqua à ajouter : « Et il faut avoir aussi un certain sens de leur fonctionnement. »

Brunetti faillit se défendre en disant que ses enfants et sa femme se débrouillaient très bien avec le leur, mais il estima que cette réaction n'était pas digne de lui et se

contenta donc de demander quand ils pourraient disposer de cette liste de noms.

« Au plus tard demain en fin de journée, répondit
Vianello. Je ne suis pas sûr de pouvoir y arriver tout
seul, et la signorina Elettra a un rendez-vous cet après-
midi.

– T'a-t-elle dit de quoi il s'agissait ?

– Non.

– Alors attendons demain », dit Brunetti en consultant sa montre. Il n'y avait aucune raison de retourner à
la questure et il se sentit soudain épuisé par les événements de la journée. Il n'avait qu'une envie, rentrer chez
lui, se retrouver autour de la table familiale et ne plus
avoir à penser à la mort et à l'avidité des hommes et des
femmes. Vianello ne demandait pas mieux que d'en
faire autant et embarqua dans le Numéro Un qui prenait
la direction du Lido, laissant son supérieur attendre le
vaporetto qui, deux minutes plus tard, le rapprocherait
de son domicile.

Cependant, au lieu de descendre à l'arrêt habituel de
San Silvestro, Brunetti resta à bord jusqu'à l'arrêt suivant, au Rialto. Il n'était qu'à quelques pas de l'hôtel de
ville, Ca'Farsetti, et il lui suffisait d'emprunter la ruelle
qui le longeait pour trouver le bâtiment qui abritait les
bureaux de la Commission scolaire. Brunetti montra sa
carte au *portiere*, qui lui dit que le bureau principal de
l'*Ufficio di Pubblica Istruzione* se trouvait au troisième
étage. Goûtant peu les ascenseurs, le policier monta par
l'escalier. Au troisième, un panneau le dirigea sur la
droite, vers un couloir étroit au bout duquel une porte
vitrée donnait sur le service qu'il cherchait. Il se retrouva
alors dans un vaste espace ouvert faisant quatre fois la
taille de son propre bureau. Des chaises en plastique
orange étaient rangées le long des deux murs, à droite et
à gauche ; en face de lui, il vit un bureau de bois amoché
derrière lequel était assise une femme qui ne paraissait

guère en meilleur état, même si quelque chose, dans son aspect, lui fit penser que c'était davantage par choix que par malchance.

Il n'y avait personne d'autre dans la pièce et Brunetti s'approcha donc d'elle. La femme aurait pu aussi bien avoir trente ans que cinquante ; elle s'était maquillée avec une telle lourdeur que les preuves de l'une ou l'autre hypothèse étaient devenues invisibles. Non seulement son rouge à lèvres lui agrandissait la bouche, mais il s'était glissé dans les nombreuses et minuscules rides, sous sa lèvre inférieure, et la fausse promesse de jeunesse s'accompagnait des preuves de nombreuses années de tabagisme intense. Elle avait des yeux d'un vert profond, un émeraude mystérieux, mais ils brillaient tellement que soit elle portait des verres de contact, soit elle était sous l'emprise d'une drogue. Elle n'avait pas de sourcils, rien que deux fines lignes brunes fortement arquées au petit bonheur la chance, apparemment, sur le bas de son front.

Brunetti lui sourit. Seules les lèvres de la femme réagirent. « Vous êtes venu pour la fontaine ? » Elle parlait d'une voix entièrement dépourvue d'inflexion ou d'accent ; elle aurait pu tout aussi bien sortir d'une boîte vocale.

« Je vous demande pardon ?

– Vous êtes venu pour la fontaine ? répéta-t-elle.

– Non, pour parler au directeur.

– Vous n'êtes pas venu pour réparer la fontaine ?

– Je vous dis que non. »

Il vit l'information faire laborieusement son chemin derrière les yeux émeraude. Le fait que ce à quoi elle s'attendait n'ait pas été réalisé parut un instant la dépasser, la forçant à fermer les yeux. Il remarqua alors deux minuscules clous d'argent dépassant de sa tempe, mais refusa de spéculer sur leur origine ou leur usage.

Ses yeux se rouvrirent, au moins partiellement. « Le dottor Rossi est dans son bureau », répondit-elle avec un geste vague de la main vers une porte qui se trouvait derrière son épaule droite. Elle avait des ongles longs, au vernis vert.

Brunetti la remercia, préféra ne pas lui dire qu'il espérait que le réparateur allait arriver rapidement, et se dirigea vers la porte. Elle s'ouvrait sur un couloir d'une douzaine de mètres avec à gauche une rangée de portes et à droite une rangée de fenêtres donnant sur une petite cour intérieure, de l'autre côté de laquelle s'alignaient aussi des fenêtres.

Brunetti parcourut le couloir en lisant les noms et les titres apposés à côté des portes. Les bureaux étaient silencieux et semblaient abandonnés. Au bout du couloir, il tourna à droite : cette fois, il y avait des bureaux des deux côtés. Le nom du directeur n'apparaissait toujours pas.

Il tourna de nouveau à droite et c'est au bout de ce dernier couloir qu'il trouva ce qu'il cherchait : DOTTORE MAURO ROSSI, DIRETTORE. Il frappa, une voix répondit « *Avanti !* » et il entra. L'homme installé derrière le bureau leva la tête, l'air intrigué de voir un étranger, et demanda : « Oui ? De quoi s'agit-il ?

– Commissaire Guido Brunetti, dottore. Je suis venu pour vous poser quelques questions sur un de vos anciens employés.

– Commissaire… de police ? » demanda Rossi, qui indiqua une chaise à Brunetti en voyant celui-ci hocher affirmativement la tête. L'homme se leva et tendit la main lorsque Brunetti s'approcha pour s'asseoir. Il avait une stature impressionnante et faisait une bonne demi-tête de plus que le policier. Les épaules encore plus carrées que celles de Brunetti, il ne donnait pourtant pas l'impression d'être gras. Il avait la quarantaine et ses cheveux, bruns et encore abondants, lui retombaient sur le front dès qu'il remuait la tête. Sa peau respirait la santé et il bougeait avec une grâce étonnante pour quelqu'un de sa corpulence.

Il se dégageait du bureau la même sensation de virilité : une rangée de trophées sportifs alignés sur une bibliothèque à portes vitrées ; des photos d'une femme et de deux enfants, dans des cadres d'argent, posés sur la gauche du bureau ; cinq ou six certificats encadrés sur les murs, l'un d'eux, celui qui conférait son doctorat à Mauro Rossi, étant un parchemin estampé.

Une fois assis, Brunetti prit la parole. « C'est au sujet d'un homme employé ici jusqu'à il y a cinq ans, environ, dottore : Paolo Battestini. » Rossi hocha la tête pour inciter Brunetti à continuer, sans indiquer que ce nom lui disait quelque chose.

« Il y a un certain nombre de points que je voudrais éclaircir à son sujet. Il a travaillé dans ce service pendant plus de dix ans. » Comme Rossi gardait le silence, Brunetti ajouta : « Pouvez-vous me dire si vous l'avez connu, dottore ? »

Rossi réfléchit à la question avant de répondre. « C'est possible, je n'en suis pas sûr. » Brunetti inclina la tête, prenant une attitude interrogative. « Voyez-vous, j'étais responsable des écoles de Mestre, à l'époque, expliqua l'homme.

– Depuis ce bureau ?

– Non, non, répondit Rossi avec un sourire pour s'excuser de ne pas avoir été plus clair. J'exerçais alors sur place, à Mestre. J'ai été nommé à Venise il y a seulement deux ans.

– Comme directeur ?

– Oui.

– Vous avez donc dû déménager ici ? »

Rossi sourit à nouveau et pinça les lèvres. « Non, j'ai toujours habité à Venise. » Brunetti fut surpris que son interlocuteur continue de s'exprimer en italien : à ce stade d'une conversation, la plupart des Vénitiens auraient poursuivi en dialecte. Peut-être Rossi voulait-il maintenir ses distances. « Si bien que ce transfert a été une double bénédiction : je n'avais plus à me rendre tous les jours à Mestre, continua Rossi, interrompant les réflexions que se faisait Brunetti.

– La Perle de l'Adriatique », dit Brunetti d'un ton quelque peu sarcastique.

En bon Vénitien que cette horreur choquait, Rossi acquiesça.

Brunetti se rendit compte qu'ils s'éloignaient de sa question originale et y revint. « Vous m'avez répondu qu'il était possible que vous l'ayez connu, dottore. Pouvez-vous expliquer ce que vous avez voulu dire ?

– Je suppose que j'ai dû le connaître, répondit Rossi qui, devant l'air intrigué de Brunetti, poursuivit : c'est-à-dire, comme on connaît les personnes qui travaillent dans un même service, une même administration. On voit leur nom ici et là, on les croise, mais on ne leur adresse jamais la parole. On ne les connaît pas personnellement, autrement dit.

– Aviez-vous l'occasion de venir ici, quand vous étiez encore en poste à Mestre ?

– Oui. Environ une fois par semaine pour des réunions, la direction centrale de la Commission étant ici. » Anticipant la question suivante de Brunetti, il ajouta : « Mais je n'ai aucun souvenir d'avoir vu cette personne et encore moins d'avoir parlé avec elle. Le nom m'a dit quelque chose, mais il n'a même pas évoqué l'image de quelqu'un dans mon esprit. Ensuite, lorsque j'ai remplacé l'ancien directeur ici, cet homme devait déjà ne plus y être, puisque vous dites qu'il est parti il y a cinq ans.

– Avez-vous jamais entendu des gens parler de lui ? »

Rossi secoua négativement la tête. « Non, pour autant que je m'en souviens.

– Et depuis la mort de sa mère, quelqu'un a-t-il parlé de lui ? demanda Brunetti.

– Sa mère ? » Puis l'expression de Rossi changea : il avait fait le rapprochement. « La femme qui a été assassinée ? »

Brunetti acquiesça.

« Je n'avais pas fait le lien. Le nom n'est pas tellement rare. » Puis la voix du directeur changea. « Au fait, pourquoi vous intéressez-vous à lui ?

– Il s'agit d'éliminer une possibilité, dottore. Nous voulons être sûrs qu'il n'y a aucun rapport entre lui et la mort de sa mère.

– Au bout de cinq ans ? s'étonna Rossi. Vous avez bien dit qu'il était parti il y a cinq ans ? » Son ton suggérait qu'il considérait que Brunetti était en train de perdre son temps et devait certainement avoir mieux à faire.

Brunetti ignora cela. « Comme je vous l'ai dit, dottore, nous essayons plutôt d'éliminer des possibilités que de trouver un lien de cause à effet. C'est la raison de mes questions. » Il attendit que Rossi manifeste des doutes, mais le directeur n'en fit rien. Il changea de position dans son fauteuil, n'utilisant que la force de ses jambes.

Brunetti se laissa aller dans son propre siège et ouvrit les deux mains en un geste d'acceptation de la défaite. « Pour vous dire la vérité, dottore, cet homme est un peu une énigme pour nous. On aimerait en savoir un peu plus sur lui.

– Mais c'est sa mère qui a été tuée, non ? objecta Rossi, comme s'il prenait sur lui de rappeler à la police ce sur quoi elle devait enquêter.

– En effet, répondit Brunetti, souriant à nouveau. Ce n'est rien de plus que de la routine, j'en ai peur. Nous essayons toujours d'en apprendre le plus possible sur les victimes et leurs proches. »

Comme si la mémoire lui revenait, Rossi demanda : « Mais n'a-t-on pas dit dans les journaux que le crime avait été commis par une étrangère, une Russe ou je ne sais quoi ?

– Une Roumaine », répondit machinalement Brunetti. Sentant que Rossi n'aimait pas être corrigé, il ajouta aussitôt : « Mais c'est un détail sans importance, dottore. Nous avons essayé d'établir si elle avait pu avoir des raisons d'en vouloir à la signora Battestini. Le fils aurait pu l'offenser d'une manière ou d'une autre.

– Mais… elle a commencé à travailler pour la signora Battestini après la mort du fils, non ? objecta Rossi, comme pour ajouter ce fait à tous ceux qui, déjà, rendaient futiles les questions du policier.

– Oui, c'est exact, admit Brunetti, qui esquissa de nouveau le geste d'écarter les mains et se leva. Je ne crois pas avoir d'autres questions à vous poser au sujet de cet homme, dottore. Je vous remercie beaucoup de m'avoir accordé un peu de votre temps. »

Rossi se leva à son tour. « J'espère avoir été utile. »

Brunetti sourit encore plus largement. « Vous l'avez été, vous l'avez été, dottore, répondit-il, enchaînant aussitôt, devant l'expression d'incrédulité de Rossi : en ce sens que vous nous permettez d'éliminer une possibilité. Nous allons de nouveau concentrer toute notre attention sur la signora Battestini. »

Rossi raccompagna son visiteur jusqu'à la porte du bureau et dut se pencher légèrement pour atteindre la poignée. Puis il tendit la main, et Brunetti la lui serra : deux fonctionnaires de la ville échangeant les salutations d'usage après quelques minutes d'un entretien fructueux. Répétant ses remerciements, Brunetti referma la porte derrière lui et prit la direction de l'escalier, se demandant comment il se faisait que le dottore Rossi ait su que Paolo Battestini, qu'il disait ne pas connaître, était mort et que Flori Ghiorghiu était venue travailler pour sa mère après cet événement.

Il était huit heures passées lorsqu'il arriva chez lui, mais Paola avait retardé jusqu'à la demie le moment de passer à table, supposant que Guido aurait appelé s'il avait eu un empêchement majeur.

Les quatre membres de la famille étaient dans une même humeur morose, du moins au début du repas. Mais le temps que les ados aient liquidé les tomates à la mozzarella et au basilic de l'entrée, ils étaient prêts à saluer de cris de joie l'arrivée d'un *branzino* cuit dans une croûte de sel que Paola brisa pour révéler la chair parfaitement blanche.

« Qu'est-ce que tu vas faire du sel, maman ? demanda Chiara tout en versant une rasade d'huile d'olive sur le morceau de poisson que venait de lui servir sa mère.

– Je le mettrai à la poubelle.

– C'est vrai que les Indiens mettaient des arêtes de poisson autour des épis de maïs pour qu'ils poussent mieux ?

– Les Indiens à turban ou les Indiens à plumes ? voulut savoir Raffi.

– Les Indiens à plumes, évidemment, répondit Chiara sans prêter attention aux relents racistes de la formulation de son frère. Tu sais bien qu'on ne fait pas pousser de maïs en Inde.

– Raffi ? dit Paola. Pourras-tu t'occuper de la poubelle, ce soir ? Je n'ai pas envie que l'appartement empeste le poisson.

– Pas de problème. Je dois retrouver Giorgio et Luca à neuf heures et demie. J'en profiterai pour la descendre.

– Et as-tu mis ton linge sale dans la machine à laver ? »

L'adolescent roula des yeux. «Tu crois peut-être que je prendrais le risque de sortir d'ici sans l'avoir fait ?» Il se tourna vers son père et, d'une voix qui était un appel à la solidarité masculine, ajouta : «Elle a un radar.» Sur quoi il épela ce dernier mot, lentement, juste pour rendre encore plus palpable la nature du régime sous lequel il vivait.

«Merci», dit Paola, assurée de son pouvoir et immunisée contre toute forme de reproches.

Lorsque Chiara lui proposa de l'aider à faire la vaisselle, sa mère refusa, à cause du poisson. Chiara préféra y voir un sursis plutôt qu'un affront à ses aptitudes domestiques et décida de profiter du fait que Raffi allait sortir pour monopoliser l'ordinateur.

Brunetti se leva pendant que Paola essuyait les dernières assiettes et alla prendre le sachet de moka dans le placard.

«Un café ?» demanda Paola. Elle savait que d'ordinaire il ne prenait un café, après le dîner, que lorsqu'ils mangeaient au restaurant.

«Oui. Je suis crevé, avoua-t-il.

— Le plus simple serait peut-être d'aller se coucher de bonne heure.

— Je ne vais jamais arriver à m'endormir, avec cette chaleur.

— Je range tout ça, lui proposa-t-elle, et on va aller s'asseoir un moment sur la terrasse. Jusqu'à ce que tu commences à t'assoupir.

— Très bien.» Il remit le pot en place et ouvrit le placard voisin. «Qu'est-ce qui serait agréable à boire, par cette chaleur ? demanda-t-il en parcourant des yeux les rangées de bouteilles, sur les deux étagères.

— De l'eau minérale gazeuse.

— Très drôle.» Il tendit la main vers le fond du placard et en retira une bouteille de galliano, puis reformula sa question. «Qu'est-ce qui peut être le plus agréable à boire pendant qu'on regarde le soleil se coucher, assis sur la terrasse en compagnie de la personne que l'on adore le plus au monde et que l'on se dit que la vie n'a pas de plus grande joie à vous offrir que la compagnie de la personne en question ? »

Paola accrocha le torchon à la poignée du tiroir contenant fourchettes et couteaux, puis lui adressa un long regard qui se termina par un sourire un brin ironique. « Une eau minérale non gazeuse vaudrait peut-être mieux pour quelqu'un dans ton état », répliqua-t-elle avant de passer sur la terrasse.


Il se trouva affligé, le lendemain matin, de la léthargie qui s'emparait souvent de lui lorsqu'il était sur une affaire qui ne paraissait mener nulle part. S'ajoutait à cela la chaleur étouffante qui régnait déjà au moment où il se leva. Même la tasse de café que Paola lui apporta ne le libéra pas de ce sentiment d'oppression, pas plus que la station prolongée qu'il s'autorisa à faire sous la douche, profitant du fait que les deux enfants étaient déjà partis pour l'Alberoni : ils ne cogneraient pas avec hargne à la porte de la salle de bains pour qu'il ne gaspille pas plus d'eau que le permettait leur sensibilité écologique. Vingt ans de maussaderie matinale quasi quotidienne avaient fait de ce genre d'humeur un droit imprescriptible pour Paola, si bien qu'il savait ne rien devoir attendre non plus de la conversation de sa femme.

Il quitta l'appartement tout de suite après sa douche, non sans en vouloir vaguement à l'univers entier. Tout en se dirigeant vers le Rialto, il décida de prendre un autre café au bar du coin. Il acheta auparavant un journal dont il parcourait les titres quand il entra dans l'établissement. Il s'approcha du comptoir et, sans quitter le journal des yeux, commanda un café et une brioche. Il ne prêta pas vraiment attention aux bruits habituels de la machine à café, coups sourds et sifflements, ni au cliquetis de la tasse qu'on posait devant lui. Mais lorsqu'il leva les yeux, ce fut pour constater que la femme qui lui servait son café depuis des années avait disparu – ou alors qu'elle avait été transformée en une Chinoise faisant la moitié de son âge. Il se tourna vers la caisse et vit qu'elle était tenue par un Chinois.

Il assistait à ce phénomène depuis des mois : la reprise progressive des bars de la ville par des Chinois, mais c'était la première fois que cela se produisait dans un établissement qu'il avait l'habitude de fréquenter. Il résista à l'envie de demander où étaient passés la signora Rosalba et son mari, se contentant d'ajouter deux sucres à son café. Il se tourna vers le présentoir à viennoiseries et constata que les brioches n'étaient plus celles aux myrtilles sortant tous les matins du four, des brioches qu'il avait dégustées pendant des années. Une étiquette précisait qu'elles étaient fabriquées et congelées à Milan. Il vida sa tasse, paya et partit.

Il était encore suffisamment tôt pour que les navettes ne soient pas remplies de touristes et il prit donc le Numéro Un à San Silvestro, continuant sa lecture du *Gazzettino* sur le pont. Ce qui ne fit rien pour arranger son humeur – pas plus que la vue de Scarpa, qui se tenait au pied de l'escalier quand il entra dans la questure.

Brunetti passa devant lui en silence et attaqua la première marche. Mais la voix de Scarpa l'interpella dans son dos. « Commissaire, puis-je vous parler un instant ? »

Brunetti se tourna et regarda le policier en uniforme. « Oui, lieutenant ?

– J'ai convoqué la signora Gismondi pour un nouvel interrogatoire ce matin. Étant donné que vous paraissez vous intéresser à cette personne, j'ai pensé que vous préféreriez le savoir.

– M'intéresser, lieutenant ? » demanda laconiquement Brunetti.

Scarpa ignora la question. « Personne ne se souvient de l'avoir vue ce matin-là à la gare.

– J'ose affirmer qu'on pourrait en dire autant de la plupart des soixante-dix mille autres habitants de cette ville, rétorqua Brunetti d'un ton fatigué. Bonne journée, lieutenant. »

Une fois dans son antre, il se prit à réfléchir au comportement de Scarpa. La manœuvre d'obstruction délibérée à laquelle il se livrait pouvait n'être rien de plus qu'une manifestation de la haine qu'il éprouvait pour le commissaire et ceux qui collaboraient avec lui ; la signora Gismondi n'était alors que l'instrument de cette haine. Une fois de plus, Brunetti se mit à spéculer sur d'éventuelles autres raisons, se demandant si le Sicilien n'essayait pas de détourner l'attention pour protéger quelqu'un d'autre. Cette éventualité lui faisait un effet pénible, proche de la nausée.

Histoire de penser à autre chose, il décida de s'attaquer à la pile de documents qui s'était accumulée dans la corbeille *instance* au cours des jours passés, et notamment à une circulaire du ministère de l'Intérieur qui détaillait les décrets d'application, suite à des lois récemment votées au Parlement, entraînant certaines modifications des méthodes de police. Il les lut avec intérêt, les relut avec colère. Quand il eut terminé il les posa devant lui, regarda par la fenêtre et dit à haute voix : « Pourquoi ne pas les laisser carrément diriger le pays ? » Le pronom ne faisait pas référence aux députés.

Il se força à passer en revue le reste des papiers, résistant victorieusement à la tentation de descendre pour interférer avec l'interrogatoire auquel était soumise la signora Gismondi. Il n'ignorait pas que rien ne permettait de l'inculper et qu'elle n'était qu'un pion dans une partie qu'il ne comprenait pas entièrement, mais il savait aussi que toute tentative de sa part pour l'aider ne ferait que la desservir.

Il passa une première heure, puis une deuxième à s'ennuyer ferme, jusqu'au moment où Vianello frappa à sa porte. Dès qu'il le vit, Brunetti comprit que quelque chose allait de travers.

L'inspecteur resta planté devant le bureau de son supérieur, une liasse de feuilles à la main. « C'est de ma faute, monsieur, dit-il.

– Quoi donc ?

– Je l'avais juste sous les yeux, mais je n'ai même pas pensé à poser la question.

– Mais enfin, de quoi parles-tu, Vianello ? demanda un Brunetti agacé. Et assieds-toi, sinon tu vas prendre racine ici. »

L'inspecteur ne parut pas avoir entendu et tendit les papiers. « Il travaillait au bureau des contrats, dit-il en agitant la liasse pour souligner son propos. Son boulot consistait à étudier les devis que les entrepreneurs soumettaient pour toute construction concernant les écoles et de veiller à ce qu'ils répondent aux besoins spécifiques des élèves et des professeurs. » Il posa la liasse sur le bureau, prit la première feuille et la tourna vers Brunetti. « Regardez. Il n'avait pas le pouvoir d'approuver les contrats, seulement d'émettre un avis favorable. » Il remit la feuille à l'endroit sur la pile et recula d'un pas, comme s'il craignait que la liasse ne prenne feu. « Dire que je suis allé là-bas, que j'ai parlé de lui et que je n'ai pas pensé une seconde à demander ce qu'il y faisait.

– Je suppose que tu parles du fils Battestini ? »

– Oui. C'est là qu'il a commencé. Son père travaillait au service du personnel, et Dieu sait que ce n'est pas là qu'on risque de toucher des dessous-de-table.

– Et les dates ? »

Vianello reprit les feuilles et les parcourut. « Les paiements ont commencé quatre ans après sa nomination à ce bureau. (Il regarda Brunetti). C'est plus qu'il n'en faut pour se familiariser avec son fonctionnement.

– S'il fonctionnait comme ça.

– Commissaire, répliqua Vianello avec quelque chose comme un reproche dans la voix, c'est un service de la ville, pour l'amour du ciel ! Comment croyez-vous que les choses se passent ?

– Et qui était responsable de ce bureau lorsque les paiements ont commencé ? »

Vianello n'eut pas besoin de consulter les documents pour répondre. « Renato Fedi. Nommé chef du service trois mois avant l'ouverture des comptes.

– Avant d'aller s'occuper de choses plus importantes et plus juteuses… Et qui était le patron, lorsque Battestini est entré dans ce service ?

– Piero De Pra. Mais il est mort. Luca Sardelli lui a succédé, mais il n'y est resté que deux ans avant d'être transféré au Service sanitaire. Avant sa privatisation.

– Une idée de la raison de ce transfert ? »

Vianello haussa les épaules. « Du peu que j'ai appris sur lui, je dirais qu'il fait partie de ces personnages inconsistants qui valsent entre les services parce qu'ils n'ont qu'un seul talent, se faire des copains, et que personne n'a le courage de les flanquer à la porte. On les garde au chaud jusqu'au moment où se libère un poste quelconque qui permet de s'en débarrasser. »

Résistant à la tentation de ressortir une variante de sa réflexion sur la questure, Brunetti se contenta de demander si l'homme était à présent à l'Assessorato dello Sport.

« Oui.

– Une idée de ce qu'il y fait ?

– Non.

– Trouve-moi ça. » Et avant que Vianello ait eu le temps de répondre, il ajouta : « Et Fedi ?

– Il a remplacé Sardelli ; il est lui aussi resté deux ans, puis il a quitté l'administration pour reprendre l'entreprise de travaux publics de son oncle. Il la dirige encore aujourd'hui.

– Et quel genre de chantiers traite-t-il ?

– Bonne question. Des rénovations – d'écoles, entre autres choses. »

Brunetti évoqua alors la conversation qu'il avait eue avec le juge Galvani, essayant de se rappeler s'il n'y aurait pas eu quelque allusion voilée dans ce qu'il lui avait dit sur Fedi, un sous-entendu, une suggestion de l'intérêt qu'il y aurait peut-être à se pencher sur le cas de cet homme. Mais rien de cet ordre ne lui revint à l'esprit. Il songea alors que Galvani n'était pas un ami et ne lui devait aucune faveur ; qu'il s'était donc volontairement abstenu, peut-être, de faire toute allusion de ce genre, même s'il aurait eu de bonnes raisons pour cela. Une bouffée éphémère mais violente d'exaspération le saisit : pourquoi fallait-il qu'il en soit toujours ainsi, personne ne voulant jamais rien faire sans qu'il n'y ait quelque gain personnel à en tirer, ou sans espérer un service en contrepartie ?

Il reporta son attention sur Vianello qui lui disait : « ... s'est développée depuis sur un mode régulier au cours des cinq dernières années.

– Je suis désolé, Vianello, je pensais à autre chose. Peux-tu répéter ?

– Je disais que l'entreprise de son oncle a remporté un contrat pour remettre en état deux écoles à Castello à l'époque où Fedi était responsable de la Commission scolaire, et que sa boîte s'était développée depuis sur un mode régulier, en particulier depuis qu'il l'a reprise.

– Comment as-tu trouvé tout ça ?

– Nous avons jeté un coup d'œil aux documents de son bureau et à ses déclarations fiscales de ces dernières années. »

Un instant, Brunetti faillit demander d'un ton agressif si cela signifiait que l'inspecteur et la signorina Elettra avaient trouvé le temps, ce matin, d'aller dans les bureaux de Fedi et de demander poliment à examiner les dossiers de ses clients et ses déclarations fiscales, tout cela sans même solliciter une commission rogatoire auprès d'un juge. « Il faut mettre un terme à tout ça, Vianello.

– Oui, monsieur, répondit Vianello, purement pour la forme. À mon avis, les devis pour les travaux finalement confiés à l'entreprise de l'oncle ont été évalués par Battestini. Il était en poste à cette époque. »

Parfaitement conscient de l'inévitable ironie de sa question, Brunetti demanda à Vianello s'il pouvait en établir la preuve.

Courtois dans la victoire, l'inspecteur se contenta d'un petit hochement de tête. « Sa signature ou ses initiales doivent figurer sur la soumission originale, si c'est lui qui était chargé de l'examiner pour le compte de la Commission. » Prévenant la question de Brunetti, il ajouta : « Non, monsieur, nous n'avons pas besoin d'aller examiner les documents. Les soumissions font l'objet d'un code qui indique qui les a examinées et déclarées conformes au cahier des charges de l'appel d'offres ; il suffit de trouver le devis de Fedi et de voir qui s'en est occupé.

– Existe-t-il un moyen de vérifier si les coûts n'ont pas été… » L'adjectif « majorés » ne vint pas à l'esprit de Brunetti et il laissa la phrase en suspens.

– Le plus facile serait de consulter les autres soumissions et de comparer les offres en termes de montants et de délais. Si celle de Fedi était plus élevée ou avait des prestations inférieures, nous tiendrions peut-être une explication. »

Au vu de l'enthousiasme avec lequel l'inspecteur s'exprimait, Brunetti ne douta pas que son subordonné était pratiquement sûr du résultat. Le commissaire avait toutefois passé de nombreuses années à s'émerveiller sur l'art consommé avec lequel ses compatriotes volaient l'État, et il lui paraissait douteux qu'un homme ayant aussi bien réussi que Fedi ait laissé une piste visible, s'il avait illégalement donné un coup de pouce à l'offre de son oncle. « Vérifie s'il n'y a pas eu de dépassements de budget, aussi, et s'ils ont fait l'objet de remontrances », suggéra-t-il, fort de vingt ans d'expérience des mécanismes de l'administration vénitienne.

Vianello se leva et sortit. Brunetti joua un instant avec l'idée de les rejoindre dans le bureau de la signorina Elettra pour voir comment ils s'y prenaient – ne se faisant aucune illusion sur l'aide qu'il pourrait leur apporter –, mais il savait qu'il valait mieux les laisser faire. Non seulement ils iraient plus vite, mais il épargnerait à sa conscience d'être en présence des techniques d'investigation de plus en plus illégales employées par la signorina Elettra et Vianello.

## 20

Au bout d'un peu plus d'une heure, l'impatience de Brunetti l'emporta sur son bon sens et il descendit d'un étage. Mais alors qu'il s'attendait à trouver la signorina Elettra et Vianello scotchés à l'ordinateur, il ne vit qu'un bureau déserté où seul l'économiseur d'écran témoignait d'une vie en animation suspendue. La porte du bureau de Patta était fermée ; soudain, Brunetti se rendit compte que cela faisait plusieurs jours que son supérieur ne s'était pas manifesté, et il se demanda si le vice-questeur n'était pas déjà parti à Bruxelles, à l'insu de tous, travailler pour Interpol. Ayant laissé cette éventualité se présenter à son esprit, Brunetti ne put pas ne pas envisager ses conséquences : lequel, parmi les plus anciens fonctionnaires agrippés à la barre glissante des promotions, serait choisi pour remplacer Patta ?

La topographie intérieure de Venise reflétait ses habitudes sociales, et le réseau des ruelles étroites – les *calli* – reliant ses six quartiers – les *sestieri* – était à l'image des liens qui unissaient ses habitants les uns aux autres. Ainsi, la Strada Nuova et la Via XXII Marzo, larges et droites, avaient la simplicité d'usage des liens de famille ; tout un chacun pouvait les emprunter, s'il en était. Les Calle Lunga San Barnaba et Barbaria de le Tole, si elles étaient également droites, étaient beaucoup moins larges et plus courtes et, à leur manière, reflétaient les liens entre amis intimes : on n'avait peu de chance de s'y perdre, mais elles ne conduisaient pas aussi loin. Quant au maillage des ruelles étroites et sinueuses qui rendaient possibles les déplacements dans la ville, elles débouchaient souvent dans des impasses ou sur des embranchements qui vous expédiaient à votre corps défendant dans la direction opposée à celle où vous souhaitiez aller : elles étaient l'outil de la dissimulation et du faux-semblant, les itinéraires tortueux que devaient suivre ceux qui n'avaient pas accès à des voies plus directes pour atteindre leur but.

Depuis le temps qu'il était à Venise, Patta était resté incapable de trouver son chemin seul dans les *calli*, mais il avait au moins appris à y envoyer des éclaireurs vénitiens pour le précéder dans le dédale des rancœurs et des animosités accumulées au cours des siècles et l'aider à contourner les obstacles et les culs-de-sac créés plus récemment. Il ne faisait aucun doute que le remplaçant que nommerait la bureaucratie romaine serait un étranger – en ce sens que toute personne n'étant pas née à un jet de pierre de la lagune était un étranger – qui se débattrait en vain comme un beau diable pour trouver le chemin direct pouvant le mener quelque part. Consterné par cette idée, Brunetti se vit obligé d'espérer que Patta ne partirait pas.

Ces sombres réflexions s'évanouirent lorsqu'il entendit le timbre grave de Vianello qui se rapprochait. Son gros rire fut suivi des cascades cristallines de la signorina Elettra. Ils s'immobilisèrent dans l'encadrement de la porte en voyant Brunetti : les rires cessèrent, les sourires s'évaporèrent de leur visage.

Sans donner d'explication, la signorina Elettra s'installa devant son ordinateur, appuya sur une touche qui le ranima, puis sur deux ou trois autres qui firent apparaître deux pages côte à côte sur l'écran. « Ce sont les devis soumis par l'entreprise de l'oncle de Fedi qui ont été acceptés lorsque Fedi était le patron de la Commission scolaire, monsieur. »

Il alla se placer derrière la jeune femme et vit, en haut des documents, l'en-tête bien connu de l'administration de la ville avec, dessous, des paragraphes compacts de texte. La signorina Elettra appuya sur une autre touche et deux pages apparemment identiques apparurent. Puis elle en fit venir encore deux autres à l'écran. Celles-ci n'avaient pas d'en-tête et comportaient, sur la gauche, une colonne faite de mots ou de phrases avec en vis-à-vis une colonne de chiffres.

« Les estimations, monsieur. »

Il regarda la dernière page, lut quelques lignes, consulta les coûts correspondant à ces services. Il n'avait qu'une vague idée sur ce qu'ils étaient, pour la plupart, mais pas la moindre sur ce qu'ils auraient dû coûter.

« Les avez-vous comparées avec d'autres soumissions ? demanda-t-il en se tournant vers la signorina Elettra.

– Oui.

– Et alors ?

– La sienne était inférieure, dit-elle, sa déception audible. Et non seulement il était moins cher, mais il garantissait l'exécution dans les délais exigés et s'engageait à payer une pénalité quotidienne en cas de retard. »

Brunetti regarda de nouveau l'écran, comme s'il croyait qu'un examen plus attentif des termes et des chiffres lui révélerait quelle ruse Fedi avait employée pour remporter le contrat. Mais il avait beau parcourir les pages, elles refusaient de lui livrer leur secret. Il se détourna finalement de l'écran. « Et les dépassements de budget ?

– Aucun », dit-elle, tapant sur quelques touches de son clavier pour faire apparaître de nouveaux documents. « Tous les travaux ont été finis dans les délais, expliqua-t-elle avec un geste vers les documents qui, supposa Brunetti, confirmaient ses paroles. Et qui plus est, finis en respectant le budget du projet. J'ai téléphoné à un ingénieur civil qui m'a dit que les travaux avaient été parfaitement exécutés, qu'ils étaient même très au-dessus du niveau de qualité habituel pour la ville. » Voyant sa réaction, c'est à contrecœur qu'elle ajouta : « Et il en va de même pour les réhabilitations conduites dans les écoles de Venise, monsieur. »

Brunetti la regarda, se tourna vers Vianello, revint à l'écran. Il s'était souvent dit, au cours de sa carrière, qu'il devait voir les preuves comme elles étaient, et non pas comme il aurait aimé qu'elles soient ; mais une fois de plus, il se trouvait confronté à des informations en contradiction avec ce qu'il aurait voulu que soit la vérité, et sa première réaction était de supposer qu'elles ne signifiaient pas vraiment ce qu'elles avaient l'air de signifier, qu'il fallait trouver d'autres preuves rendant celles-là caduques.

C'est alors qu'il comprit que la piste qu'il s'était entêté à les faire suivre les avait non seulement conduits dans cette impasse, mais qu'il avait pris la mauvaise direction dès le début. « Fausse route, dit-il. Nous avons fait fausse route depuis le départ. »

Il se souvint du titre d'un livre qu'il avait lu quelques années auparavant et le dit à voix haute : « *La marche folle de l'histoire*… c'est ce que nous avons fait : nous nous sommes jetés aux trousses d'un gros gibier alors que ce que nous aurions dû faire, c'est penser à l'argent.

– Pourquoi, ce n'est pas de l'argent ? s'étonna Vianello en montrant l'écran.

– Je parle de l'argent sur les comptes. Nous nous sommes intéressés au total, pas à la manière dont il s'est constitué. »

À leur expression perplexe, il était visible que ni Vianello ni la signorina Elettra ne le suivaient. «Pour certains d'entre nous, trente mille euros est une belle somme, protesta même l'inspecteur.

– Bien sûr, c'est une belle somme, convint Brunetti, en particulier il y a dix ans. Mais il aurait fallu s'intéresser aux versements mensuels et non au total. Un particulier ayant un bon salaire aurait pu les faire sans jamais y manquer. En étant célibataire et en vivant chez ses parents, c'était tout à fait possible.»

Vianello, surpris, commença par vouloir protester, puis, considérant les conditions présentées par Brunetti, se tut et finit par admettre, à contrecœur, que s'il avait habité chez ses parents et n'avait pas eu de prêt à rembourser, s'il n'était jamais sorti et s'était habillé n'importe comment, il aurait sans doute pu y arriver. Comme il lui répugnait de reconnaître sa défaite, il ajouta : «Mais ça n'aurait pas été facile. Ça fait tout de même beaucoup d'argent.

– Pas assez, toutefois, pour acheter le silence de quelqu'un sur la manière dont un devis a été approuvé dans le cadre de ces réhabilitations», fit observer Brunetti, enfonçant le clou. Il pointa un doigt vers l'écran où la somme finale s'étalait, triomphante, dans son énormité. «Pour un contrat pareil, c'est en millions d'euros qu'il aurait fallu parler. Jamais un maître chanteur, ajouta-t-il en désignant enfin le crime par son nom, n'aurait demandé aussi peu dans le cadre d'un aussi gros contrat.»

Il regarda l'inspecteur et la secrétaire, attendant de les voir approuver son interprétation. Vianello hocha lentement la tête, la signorina Elettra lui répondit par un sourire. «Nous nous sommes… commença-t-il, avant de se corriger pour avouer : *je* me suis laissé aveugler par l'idée que c'était un paiement pour une grosse affaire, quelque chose d'important comme un contrat de travaux publics. Alors que ce que nous recherchons est petit, ignoble, personnel et privé.

– Et probablement sordide », ajouta Vianello sans craindre la redondance.

Brunetti se tourna vers la signorina Elettra. « Je n'ai aucune idée du genre d'informations que vous pourrez obtenir sur les gens qui travaillaient à la Commission scolaire quand les versements ont commencé, dit-il (jugeant superflu d'ajouter qu'il ne se souciait plus de la manière dont elle les obtenait), et je ne sais pas très bien quel genre de personne nous cherchons. L'avvocatessa Marieschi m'a rapporté ce que lui avait dit la signora Battestini, que son fils avait pris soin d'elle quand la vieillesse était venue (il leva les yeux au ciel dans une parodie de piété) avec l'aide de la Madone. » Vianello et la signorina Elettra sourirent. « Celui que nous cherchons travaillait à la Commission et avait assez de ressources pour payer cent mille lires par mois.

– C'était peut-être quelqu'un d'assez riche pour que la somme soit dérisoire pour lui », intervint Vianello.

La signorina Elettra se tourna vers lui. « Des gens qui auraient de tels moyens ne seraient pas du genre à travailler à la Commission scolaire, ispettore. »

Un instant, Brunetti craignit que Vianello ne se sente offensé par le ton sarcastique de la réplique ; en fait, au bout d'un instant de réflexion, l'inspecteur acquiesça. « Oui, c'est étrange, quand on y pense, que le montant n'ait jamais changé. Les salaires ont augmenté, tout est devenu plus cher, mais ces versements sont toujours restés les mêmes. »

Intéressée par cette remarque, la signorina Elettra rectifia la position de son siège et tapa quelques mots sur son clavier, attendit, en tapa d'autres. Les pages affichées à l'écran furent remplacées par les relevés des comptes bancaires qui s'étaient évanouis. Elle les fit défiler jusqu'au mois où ils étaient passés à l'euro. Après avoir vérifié celui de janvier, elle passa à février, et leva la tête vers Brunetti. «Regardez, commissaire. On trouve une différence de cinq centimes entre janvier et février.»

Brunetti se pencha vers l'écran et constata que, en effet, le versement était de cinq centimes de plus en février qu'en janvier. La secrétaire enfonça une touche et il vit que l'ajustement était maintenu pour mars et avril. La signorina Elettra sortit alors d'un tiroir une minuscule calculette, celle que chaque citoyen avait reçue au moment du passage des monnaies nationales à l'euro. Elle fit rapidement le calcul, puis releva la tête. «Le total de février est le montant exact.» Puis elle remit la calculette dans son tiroir. «Cinq centimes, dit-elle avec l'expression de quelqu'un qui est confronté à l'impensable. Cinq centimes!

– L'auteur des versements s'est peut-être rendu compte de son erreur…» commença Vianello, mais Brunetti lui coupa la parole pour avancer une explication plus plausible : «Ou bien la signora Battestini l'a rappelé à l'ordre.

– Pour cinq centimes», répéta la signorina Elettra d'une voix douce, encore incrédule devant la précision maniaque à laquelle pouvait conduire l'avarice.

Brunetti, se souvenant de sa conversation avec le dottor Carlotti, s'écria soudain : «Son téléphone! Oui, son téléphone! Son téléphone!» Devant le double regard d'incompréhension qui l'accueillit, il s'expliqua : «Cela faisait trois ans qu'elle ne sortait plus de l'appartement. La seule manière dont elle a pu lui demander de faire la correction était par téléphone.» Il se maudit de ne pas avoir pensé plus tôt à se procurer les relevés téléphoniques, se maudit de s'être engagé dans la voie qu'il aurait aimé être la bonne au lieu d'analyser ce qu'il avait sous les yeux.

« Cela ne prendra que quelques heures », dit la signorina Elettra. Et avant que le commissaire ne lui demande pourquoi elle ne pourrait pas avoir plus rapidement ces relevés, elle expliqua que Giorgio, son correspondant, venait tout juste d'être papa, qu'il travaillait pour le moment à mi-temps, et qu'il ne serait pas à son poste avant le début de l'après-midi. « Je lui ai promis de ne jamais pénétrer moi-même dans le système. Si jamais je faisais une erreur, ils pourraient comprendre que c'est lui qui m'aidait.

– Une erreur ? » s'étonna Vianello.

Un long silence suivit et, alors que le malaise était sur le point de s'installer, elle répondit : « Avec les ordinateurs, je veux dire. De toute façon, je lui ai donné ma parole. Je ne peux pas le faire. »

Brunetti et Vianello échangèrent un regard et un petit hochement de tête gêné ; tous les deux pensaient à « l'erreur » qu'elle avait commise deux ou trois ans auparavant. « Très bien, dit Brunetti. Vérifiez aussi bien ses appels que ceux venus de l'extérieur, si c'est possible. » Puis il se souvint du jour où elle lui avait présenté Giorgio, il y avait quelques années de cela. « Garçon ou fille ? demanda-t-il.

– Une fille, répondit-elle avec un sourire qui frôlait la béatitude. Ils l'ont appelée Elettra.

– Je suis étonné qu'ils ne l'aient pas baptisée Microsoft », lança Vianello. Elle éclata de rire, et la bonne humeur fut rétablie.

Tout en retournant dans son bureau, Brunetti essaya d'inventer un scénario susceptible d'expliquer ce chantage, imaginant toutes sortes de secrets ou de vices cachés, toutes sortes d'indignités qui auraient pu conduire quelqu'un à devenir la victime de Battestini. Le terme de *victime* sonnait bizarrement désaccordé dans l'esprit du policier, tant il était persuadé que la personne qui avait subi le chantage était aussi celle qui avait tué la signora Battestini. L'objet du chantage, alors ? Et où se trouvait la ligne de démarcation entre la victime et l'assassin ? Qu'est-ce qui l'avait poussé à la franchir ?

Il parcourut donc la liste de tous les crimes et vices possibles et finit par devoir admettre que Paola avait raison : la plupart des sept péchés capitaux ne l'étaient plus. Qui irait jusqu'à tuer pour ne pas être dénoncé parce qu'il aurait commis le péché de gourmandise ? Ou de paresse ? Ou d'envie ? Ou d'orgueil ? Restait à la rigueur la luxure, ou la colère si elle conduisait à la violence ; et enfin l'avarice, si on pouvait l'interpréter comme l'acceptation de pots-de-vin. Pour le reste, plus personne ne s'en souciait. Le Paradis, lui avait-on appris au catéchisme, était un monde sans péchés, mais on n'avait que peu de chances de confondre ce nouveau meilleur des mondes de l'après-péché, dans lequel il se trouvait, avec le Paradis.

## 21

Brunetti en était au stade de l'enquête qu'il détestait le plus, celui où tout s'arrête et où il faut repartir avec une nouvelle carte. Par le passé, sa frustration devant ce genre de paralysie forcée l'avait poussé à prendre des initiatives téméraires qu'il avait parfois regrettées. Mais aujourd'hui, il résistait à son envie d'agir impulsivement et partit à la recherche de quelque chose qu'il pourrait légitimement faire. Il prit l'annuaire et nota les numéros de téléphone, domicile et lieu de travail, de Fedi et Sardelli, tout en se disant qu'ils étaient les suspects les moins vraisemblables, car, s'il s'était agi d'un des directeurs, les exigences de Paolo Battestini auraient probablement été supérieures.

Il reprit ensuite le dossier Battestini et relut toutes les coupures de presse. Et ça s'y trouvait, dès le lendemain du meurtre : *La Nuova* précisait que la femme qui se faisait appeler Florinda Ghiorghiu ne travaillait pour la signora Battestini que depuis cinq mois au moment du crime, et que le fils unique de la victime était mort cinq ans auparavant. Autrement dit, le directeur de la Commission scolaire n'était pas le seul à connaître ces détails sur la signora Battestini et sa famille.

Au bout d'une heure, Vianello entra, apportant la liste qu'avait préparée la signorina Elettra – l'inspecteur prenant bien soin de préciser qu'elle avait obtenu ces informations par le biais d'une requête officielle de la police – comportant les noms des personnes employées à la Commission scolaire au cours des trois mois ayant précédé les premiers versements. « Elle a entrepris de vérifier par d'autres archives où ils sont maintenant, s'ils se sont mariés, s'ils sont morts ou s'ils ont déménagé », dit Vianello.

La liste, constata Brunetti, comptait vingt-deux noms. Un mélange fait de préjugés, d'expérience et d'intuition lui fit demander : « On laisse tomber les femmes ?

– Au moins pour le moment, suggéra Vianello. Moi aussi j'ai vu les photos du corps.

– Du coup, il n'en reste que huit.

– Effectivement. Je vous ai recopié les quatre premiers noms. Je vais descendre passer quelques coups de téléphone pour voir ce que je peux trouver sur les quatre autres. »

Brunetti tendait déjà la main vers le téléphone lorsque l'inspecteur sortit de son bureau. Il avait reconnu trois des noms de la liste – un Costantini et deux Scarpa, mais ce n'étaient que des cas d'homonymie qui, de toute façon, revenaient à Vianello. De mémoire, il composa le numéro du syndicat auquel il appartenait – comme, en fait, la plupart des fonctionnaires – donna son nom et demanda à parler à Daniele Masiero.

Pendant qu'il attendait, Brunetti eut droit à l'une des Quatre Saisons. Lorsque Masiero lui répondit : « Ciao, Guido, de qui veux-tu que je trahisse les petits secrets, aujourd'hui ? » Brunetti continua à fredonner le thème principal du second mouvement du concerto. « Ce n'est pas moi qui l'ai choisi, se défendit le syndicaliste. J'ai la chance de n'avoir jamais l'occasion d'appeler, si bien que je ne suis pas obligé de l'écouter.

– Mais alors, comment es-tu au courant ?

– Si tu savais le nombre de personnes qui en ont jusque-là de l'entendre ! »

En temps normal, Brunetti aurait respecté la convention voulant qu'on demande des nouvelles de la famille et du travail de son correspondant, mais il était trop impatient, aujourd'hui. « Je voudrais te donner les noms de quatre personnes qui étaient employées à la Commission scolaire, il y a environ dix ans, et que tu me trouves ce que tu peux sur eux.

– Des éléments ayant à voir avec mon boulot ou avec le tien ? demanda Masiero.

– Avec le mien.

– C'est-à-dire ?

– Quelque chose qui aurait pu en faire les victimes d'un chantage.

– Vaste domaine. »

Brunetti jugea préférable d'épargner ses réflexions sur les sept péchés capitaux à Daniele Masiero et se contenta de répondre : « En effet. »

Il y eut des bruits de griffonnage à l'autre bout de la ligne, et Masiero lui demanda les noms.

« Luigi d'Alessandro, Riccardo Ledda, Benedetto Nardi et Gianmaria Poli. »

Masiero poussa un grognement à chacun des noms lus par Brunetti.

« En connais-tu quelques-uns ? demanda le commissaire.

– Poli est mort il y a environ deux ans. Crise cardiaque. Et Ledda a été nommé à Rome il y a six ans. Pour les deux autres, je ne vois pas trop pour quelle raison on aurait pu les faire chanter, mais je peux me renseigner.

– Puis-je te demander de le faire en évitant d'attirer l'attention ? demanda Brunetti.

– Du genre aller leur poser directement la question – n'êtes-vous pas victimes d'un chantage ? rétorqua le syndicaliste sans chercher à dissimuler son irritation.

Tu me prends pour un idiot ? Je vais voir ce que je peux trouver et je te rappelle. »

Le temps que Brunetti décide qu'il serait diplomatique de présenter des excuses, son correspondant avait raccroché.

Il rappela alors son ami Lalli et, lorsque celui-ci lui expliqua qu'il avait été trop pris pour faire des recherches sur Battestini, Brunetti lui dit qu'il avait deux autres noms à lui donner, ceux d'Alessandro et de Nardi.

« Cette fois-ci, je m'en occupe. Je trouverai le temps », promit Lalli qui, lui aussi, raccrocha au nez de Brunetti, laissant ce dernier se demander s'il n'était pas le seul homme de tout Venise à ne pas être déboussolé par la pression de son travail.

Il s'approcha machinalement de sa fenêtre, d'où il étudia les grands pans de toile qui pendaient de l'échafaudage, devant la façade de l'Ospedale di San Lorenzo, site d'un autre ambitieux projet de restauration. Une grue, peut-être la même que celle qui avait déparé l'église pendant tant d'années, se dressait à présent devant la maison de retraite, tout aussi immobile qu'avant. Rien n'indiquait que des travaux soient en cours. Brunetti essaya de se rappeler s'il avait vu, un jour, un ouvrier sur l'échafaudage, mais sans succès ; puis, depuis combien de temps l'échafaudage était dressé : plusieurs mois, au bas mot. Le panneau apposé devant le bâtiment indiquait, comme il le savait, que la restauration avait été décidée dans le cadre d'une loi de 1973, mais il ne se trouvait pas à la questure à l'époque et ignorait donc si c'était l'année où auraient dû commencer les travaux, ou simplement la date de l'autorisation. N'était-ce donc qu'à Venise, se demanda-t-il, qu'on mesurait les choses en termes de périodes pendant lesquelles rien ne bougeait ?

Il retourna à son bureau et récupéra un agenda de 1998 dans lequel figuraient certains numéros de téléphone. Quand il eut trouvé celui qu'il cherchait, il appela les bureaux d'Arcigay à Marghera et demanda à parler à Emilio Desideri, le directeur. On le mit en attente, ce qui lui permit d'apprendre que, hétéro ou homo, Vivaldi était de rigueur.

« Desideri, fit une voix grave.

– Emilio ? C'est moi, Guido. J'ai un service à te demander.

– Un service que je peux te rendre la conscience tranquille ?

– Probablement pas.

– Je m'en doutais. De quoi s'agit-il ?

– J'ai les noms de deux personnes… non, quatre, en fait, dit-il, décidant d'ajouter Sardelli et Fedi, et j'aimerais que tu me dises si l'un d'eux aurait pu faire l'objet d'un chantage.

– Eh, ce n'est plus un crime d'être gay, Guido. T'aurais oublié ?

– La question n'est pas là, répliqua Brunetti. Il s'agit de coincer une ordure, Emilio. » Il attendit que Desideri réagisse mais, comme rien ne venait, il ajouta : « Je te demande simplement de me dire si l'un de ces hommes, à ta connaissance, était homosexuel.

– Et cela suffirait à en faire une ordure, comme tu l'as si délicatement dit ?

– Emilio, répondit Brunetti avec un calme étudié, je ne cherche à harceler ni toi, ni personne parce qu'il est gay. Je m'en fiche que tu le sois. Je m'en fiche que le pape le soit. J'aimerais même pouvoir me dire que je m'en ficherais si mon fils l'était, mais ce serait probablement un mensonge. Je cherche simplement un moyen de comprendre ce qui a pu arriver à cette vieille femme.

– La Battestini ? La mère de Paolo ?

– Tu la connaissais ?

– J'en ai entendu parler.

– T'est-il possible de me dire à quelle occasion ?

– Paolo avait une relation avec quelqu'un que je connaissais, quelqu'un qui m'a dit – mais c'était après la mort de Paolo – le genre de femme qu'elle était, d'après son fils.

– Cet homme consentirait-il à me parler ?

– Peut-être, s'il était vivant. »

Brunetti accueillit cette nouvelle par un long silence, puis demanda : « Te rappelles-tu ce qu'il a pu te confier ?

– Que Paolo ne cessait de dire qu'il adorait sa mère, mais qu'à ses yeux c'était très exactement le contraire, qu'il la détestait.

– Pour une raison particulière ?

– Son avarice. Elle ne vivait que pour mettre de l'argent à la banque, semble-t-il. C'était son plus grand bonheur et, si j'ai bien compris, son seul bonheur.

– Comment était-il, ce Paolo ?

– Je ne l'ai jamais rencontré.

– Et ton ami, qu'est-ce qu'il disait de lui ?

– Ce n'était pas un ami, mais un patient. Je l'ai eu en analyse pendant trois ans.

– Désolé. Qu'est-ce qu'il disait de lui ?

– Qu'il avait été plus qu'un peu contaminé par l'avarice de sa mère, mais que sa plus grande joie était de lui donner de l'argent parce que c'était ce qui semblait la rendre la plus heureuse. J'ai toujours interprété ça comme le seul moyen qu'il avait de faire cesser les harcèlements de sa mère, mais je peux me tromper. Il se sentait peut-être vraiment heureux de lui donner cet argent. Il n'avait pas tellement d'occasion d'être heureux, le pauvre garçon.

– Il est mort du sida, n'est-ce pas ?

– Oui. Comme son ami.

– De cela aussi je suis vraiment désolé, Emilio.

– Tu parais le penser vraiment, remarqua Desideri, mais sans surprise.

– Oui, je le pense. Personne ne mérite ça.

– Très bien. Donne-moi tes noms. »

Brunetti commença par d'Alessandro et Nardi et, comme Desideri ne réagissait pas, ajouta ceux de Fedi et Sardelli.

Le psychanalyste resta longtemps silencieux, mais il y avait une telle tension dans ce silence que Brunetti retint son souffle. Finalement, Desideri posa une question. « Et tu penses que Paolo aurait pu faire chanter une de ces personnes ?

– Les preuves que nous avons vont dans ce sens », répondit Brunetti pour temporiser.

Il entendit Desideri prendre une énorme inspiration. « Je ne peux pas faire ça », dit-il. Et il raccrocha.

Brunetti se souvenait vaguement d'avoir entendu Paola citer un auteur anglais qui disait qu'il lui serait plus facile de trahir son pays que ses amis. Elle trouvait cela jésuitique et Brunetti s'était senti obligé d'être d'accord avec elle, en dépit du talent avec lequel les Anglais savent faire passer pour noble ce qui ne l'est pas. Ainsi, l'un des quatre hommes de la liste était homosexuel, et soit un ami assez proche de Desideri, soit peut-être un patient, ce qui empêchait le psychanalyste de donner son nom à la police, y compris dans le cadre d'une enquête de police – et peut-être parce que c'était une enquête sur un crime. La liste avait cependant été réduite, à moins que Vianello n'ait trouvé un autre homosexuel dans la sienne. Ou à moins, songea Brunetti, qu'il n'y ait eu une tout autre raison au chantage.

Vingt minutes plus tard, Vianello entra dans le bureau de Brunetti, toujours la même liste à la main. Il s'assit à sa place habituelle, devant le bureau, posa la feuille dessus et dit : « Rien. »

Le regard que lui adressa Brunetti valait une question. « Celui-ci est décédé, dit Vianello en indiquant un nom. Il a pris sa retraite deux ans après le début des versements et il est mort trois ans après. » Son doigt se posa sur le nom suivant. « Le deuxième est tombé dans la religion et vit dans une sorte de communauté, du côté de Bologne ; il y est depuis trois ans. » Il poussa le papier de quelques centimètres en direction de Brunetti et s'enfonça dans son siège. « Et sur les deux derniers encore ici, l'un est devenu directeur de l'inspection scolaire, Giorgio Costantini. Il est marié et paraît être quelqu'un de bien. »

Brunetti donna le nom de deux anciens Premiers ministres en remarquant qu'on pouvait en dire la même chose.

Obligé de se défendre, Vianello répondit : « J'ai un cousin qui joue au rugby avec lui les week-ends. Il m'a dit que c'est quelqu'un de bien, et je le crois. »

Brunetti ne fit pas de commentaire, préférant demander ce qu'il en était du dernier.

« Il est en fauteuil roulant.

– Quoi ?

– C'est le type qui a attrapé la polio pendant un voyage en Inde. C'était dans les journaux, vous ne vous rappelez pas ? »

Cette histoire lui disait quelque chose, mais Brunetti en avait oublié les détails. « Si, vaguement. Ça remonte à quand ? Cinq ans ?

– Six. Il est tombé malade là-bas et, le temps qu'ils fassent le diagnostic, il était trop tard pour l'évacuer. Il a donc été soigné sur place. Et maintenant, il est en fauteuil roulant. » Puis Vianello ajouta, d'un ton qui suggérait qu'il était encore blessé que Brunetti ait émis des doutes sur l'opinion émise par son cousin sur Giorgio Costantini : « Ça ne suffit peut-être pas à l'exclure, mais à mon avis, un type en fauteuil roulant doit avoir d'autres soucis que de continuer à payer un maître chanteur… Mais je peux me tromper, évidemment. »

Brunetti adressa un long regard à son subordonné mais ne mordit pas à l'hameçon. « Je continue à espérer que Lalli m'apprendra quelque chose.

– Qu'il trahisse un autre homo ? demanda Vianello d'un ton que Brunetti n'aima pas trop.

– Il a trois petits-enfants.

– Qui ça ?

– Lalli. »

Vianello secoua la tête, mais Brunetti n'aurait su dire si c'était de l'incrédulité ou de la désapprobation.

« Il est mon ami depuis longtemps, dit Brunetti d'un ton calme. C'est quelqu'un de bien. »

Vianello savait reconnaître une réprimande et choisit de ne pas réagir.

Le commissaire était sur le point de dire quelque chose, mais Vianello détourna les yeux. Peut-être parce qu'il ne voulait pas concéder que Lalli était quelqu'un de bien, ou peut-être parce qu'il refusait simplement de regarder son supérieur dans les yeux ; toujours est-il que ce fut au tour de Brunetti de se sentir offensé, ce qui le provoqua à dire : « Je crois que j'aimerais parler à celui qui n'est pas en fauteuil roulant. Le joueur de rugby.

– Comme vous voudrez, monsieur », répondit Vianello. Il se leva et, sans rien dire d'autre, quitta le bureau.

## 22

La porte à peine refermée derrière Vianello, Brunetti revint à la raison. «D'où peut donc venir un truc pareil?» marmonna-t-il. Était-ce ainsi que se réveillaient les ivrognes, ou les grands coléreux après une crise? Connaissaient-ils cette impression d'observer les événements depuis la touche, comme si un autre, sous leur masque, récitait le texte d'un mauvais scénario? Réfléchissant à la conversation qu'il venait d'avoir avec son adjoint, il essaya de repérer l'instant où, dans un simple échange d'informations entre amis, tout avait dérapé pour le transformer en bataille territoriale entre deux rivaux gorgés de testostérone. Et ce qui rendait l'affrontement encore plus nul était l'insignifiance de son prétexte: le refus de Brunetti d'accepter une opinion parce qu'elle venait d'un amateur de rugby.

Après être resté plongé plusieurs minutes dans ses pensées, l'homme de bien en lui reprit le dessus et il décrocha le téléphone. Dans la salle des officiers, c'est un Pucetti nerveux qui lui répondit et qui, après une longue hésitation, lui affirma que Vianello n'était pas là. Brunetti reposa le combiné, pensant à Achille boudant dans sa tente.

Son téléphone sonna immédiatement et, espérant que c'était Vianello, Brunetti décrocha vivement.

« C'est moi, monsieur, dit la signorina Elettra. J'ai les appels téléphoniques.

– Mais comment avez-vous… ?

– Ils ont décidé de garder sa femme un jour de plus à la maternité et Giorgio est donc allé au bureau.

– Elle a un problème ? demanda-t-il – réflexe du bon conjoint qu'il était.

– Non, rien. Mais c'est son oncle qui est le patron du service et il a pensé que se reposer un jour de plus ne lui ferait pas de mal. » Il détecta, dans la voix de la jeune femme, le souci de faire disparaître son inquiétude pour une autre jeune femme qu'il ne connaissait pas. « Elle va très bien. »

La signorina Elettra attendit un instant, au cas où il aurait d'autres questions, puis elle reprit : « Il a eu mon courriel et a vérifié le numéro. Elle a appelé la Commission scolaire une fois dans le mois qui a précédé sa mort. Le numéro du standard. C'était d'ailleurs son seul coup de téléphone du mois. Le lendemain, elle a été appelée par ce même numéro. En dehors de ça, un seul autre appel, de sa nièce.

– Combien de jours a-t-il vérifié ?

– Tout le mois précédant sa mort. »

Aucun des deux ne jugea utile de commenter le fait que la signora Battestini, octogénaire, qui avait toujours vécu à Venise, n'avait reçu que deux coups de fil en un mois. Brunetti se rappela qu'il n'avait vu aucun livre dans les cartons du grenier : la vie de cette femme avait été réduite à un fauteuil en face d'un poste de télé et à la présence d'une femme de ménage qui ne parlait que quelques mots d'italien.

L'évocation des cartons et de la vitesse avec laquelle il les avait examinés lui fit manquer la chose suivante que lui dit la signorina Elettra. Il n'entendit que : « … le jour précédant sa mort.

– Quoi ? Excusez-moi, j'étais à cent lieues d'ici.

258

– Le coup de téléphone venu de la Commission scolaire a été donné la veille de sa mort. »

Il y avait de la fierté dans sa voix, mais Brunetti ne put que la remercier et raccrocher. Pendant qu'elle lui parlait, une idée lui était venue à l'esprit. Il lui fallait s'intéresser de plus près aux objets de la signora Battestini remisés dans le grenier. L'idée que le mobile du meurtre était le chantage ne s'était présentée qu'après la fouille superficielle qu'il en avait faite, mais aujourd'hui, avec ce mobile en point de mire, il pourrait peut-être prendre le temps de l'effectuer de manière plus détaillée. Même s'il ignorait toujours ce qu'il cherchait, il savait au moins qu'il y avait peut-être quelque chose à trouver.

Il tendit la main vers le téléphone pour appeler Vianello et lui demander s'il voudrait bien l'accompagner au domicile de la signora Battestini, puis il se rappela le départ de son adjoint et son absence de la salle des officiers de police. Pucetti, alors. Il l'appela et, sans lui donner d'explications, lui donna rendez-vous à l'entrée de la questure dans cinq minutes, ajoutant qu'ils auraient besoin d'une vedette.

La fois précédente, il s'était glissé dans l'immeuble comme un voleur et personne ne l'avait vu ; aujourd'hui, il arriverait comme l'incarnation même de la loi et personne ne lui poserait de questions – du moins l'espérait-il.

Pucetti, qui attendait devant les portes de la questure et avait appris, au fil des années, à ne pas saluer son supérieur à chaque fois qu'il le voyait, n'avait cependant pas encore maîtrisé son impulsion à se mettre au garde-à-vous. Ils montèrent dans la vedette, Brunetti bien déterminé à ne pas poser de questions sur Vianello. Il donna leur destination au pilote et alla s'asseoir dans la cabine, Pucetti restant sur le pont.

À peine installé, le long passage décrivant Achille dans sa tente lui revint à l'esprit, avec le catalogue emphatique des offenses et affronts que le guerrier prétendait avoir essuyés. Achille avait été offensé par Agamemnon : Brunetti, par Patrocle. Mais ses ruminations homériques furent interrompues par le souvenir d'une remarque de Paola sur un terme d'argot américain, le verbe « *to dis* » et son participe présent, « *dissed* ». Elle lui avait expliqué qu'il était utilisé par les Noirs américains, comme abréviation de « *disrespect* », soit « manque de respect », et connotait tout une gamme de comportements considérés comme offensants.

Dans un souffle, Brunetti murmura, « *Vianello dissed me* ». Il eut un petit rire rentré et passa sur le pont, ayant retrouvé sa bonne humeur.

La vedette se rangea le long de la *riva* et les policiers se retrouvèrent rapidement devant l'immeuble. Levant la tête, Brunetti constata que les volets et les fenêtres étaient ouverts, mais aucun son de télévision n'en sortait. Il appuya sur une sonnette où le nom de Van Cleve remplaçait celui de la signora Battestini.

Une tête féminine blonde apparut à la fenêtre, audessus de lui, bientôt rejointe par celle d'un homme. Brunetti commença à s'écarter du bâtiment, sur le point de leur demander d'ouvrir, mais apparemment la vue de l'uniforme de Pucetti avait suffi, car les deux têtes disparurent et l'ouverture automatique de la porte se déclencha.

Le couple les attendait dans l'encadrement de la porte. Tous les deux étaient blonds, avaient la peau claire, des yeux pâles et Brunetti, en les voyant, ne put s'empêcher de penser à du lait, à du fromage et à des cieux perpétuellement nuageux. Leur italien était laborieux, mais il réussit à leur faire comprendre qui il était et où il désirait aller.

« *No chiave* », dit l'homme avec un sourire, ouvrant la main pour montrer que, effectivement, il n'avait pas de clef. La femme imita son geste d'impuissance.

« Pas de problème, on se débrouillera », répondit Brunetti. Puis il fit demi-tour et s'engagea dans l'escalier montant au grenier. Pucetti lui emboîta le pas. Au premier coude, Brunetti regarda vers le palier qu'il venait de quitter et vit le couple qui se tenait toujours sur le seuil de ce qui était apparemment leur appartement, à présent, et ouvrait des yeux ronds, aussi curieux que des chouettes.

Une fois arrivé au dernier étage, Brunetti sortit une pièce de vingt centimes, certain qu'elle suffirait à dévisser les vis qu'il n'avait pas serrées à fond en remettant le système de fermeture en place. Mais il trouva la patte qui retombait le long du chambranle, les deux vis qu'il avait soigneusement replacées enlevées et la porte entrouverte sur quelques centimètres.

Brunetti tendit la main paume ouverte vers Pucetti, mais celui-ci avait déjà remarqué l'anomalie et s'était aussitôt placé à droite de la porte, portant la main droite à son arme. Immobiles, les deux hommes attendirent que quelque bruit leur parvienne de l'intérieur. Ils restèrent ainsi deux minutes. Puis Brunetti plaça le pied gauche contre le bas du battant, pesant dessus de tout son poids afin de bloquer toute tentative de le pousser de l'intérieur.

Au bout de deux minutes de plus, Brunetti adressa un signe de tête à Pucetti, déplaça son pied et ouvrit la porte. Il entra le premier en criant : « Police ! » non sans se sentir légèrement ridicule.

Il n'y avait personne dans le grenier, mais même dans la pénombre, les signes du passage de celui ou celle qui les avait précédés étaient visibles. Une piste d'objets jetés pêle-mêle trahissait une curiosité s'étant transformée en frustration, puis en colère, puis en rage. Les premiers cartons étaient correctement posés sur le sol, désempilés, ouverts, leur contenu posé devant eux sur le plancher. Les suivants étaient renversés, les rabats déchirés. Quant à la troisième pile, celle dans laquelle Brunetti avait trouvé les papiers, elle avait été vandalisée. L'un des cartons était déchiré en deux, et un grand demi-cercle de feuilles de papier entourait la pile suivante. Les derniers cartons, ceux qui contenaient les chefs-d'œuvre de l'art sulpicien de la signora Battestini, avaient subi le martyre ; des fragments anatomiques de saints gisaient dans des postures impossibles et une promiscuité indécente ; un Jésus avait sauté de sa croix et tendait ses bras écartés vers elle ; une Madone en bleu ciel avait perdu sa tête en s'écrasant sur le mur du fond ; une autre le petit Jésus qu'elle tenait dans ses bras.

Brunetti évalua le tableau d'un coup d'œil et se tourna vers Pucetti. « Appelle la questure et dis-leur de faire venir l'équipe technique. Je veux qu'on relève toutes les empreintes. » Il posa une main sur le bras du jeune homme et le poussa vers la porte. « Va les attendre en bas. » Puis, en violation de tout ce qu'il avait appris – et enseigné – en matière de précautions à prendre pour ne pas contaminer une scène de crime, il ajouta : « Je tiens à jeter un coup d'œil avant qu'ils n'arrivent. »

Pucetti fut tellement interloqué que ce fut non seulement visible, mais presque audible ; il n'en obéit pas moins, franchit la porte étroite du grenier en prenant soin de ne pas effleurer le chambranle et descendit.

Brunetti commença par étudier les lieux et par envisager les conséquences de la découverte de ses empreintes sur bon nombre des documents, cartons et papiers éparpillés devant lui. Il pouvait les expliquer, s'il le voulait, en disant qu'il avait pris le temps d'examiner les objets en attendant les techniciens. Ou il pouvait tout aussi facilement déclarer qu'il était monté dans ce grenier et avait examiné le contenu des cartons au cours d'une visite précédente de l'appartement, faite sans mandat.

Il s'avança d'un pas. Dans la pénombre, il posa le pied droit sur la bulle de verre contenant la Nativité, glissa et perdit l'équilibre. Il atterrit sur son genou gauche, sous lequel quelque chose s'écrasa, enfonçant des fragments effilés dans sa peau, à travers le pantalon. Un peu étourdi par la chute et la douleur soudaine, il resta quelques instants avant de se relever. Il examina tout d'abord son genou, où les premières gouttes de sang, encore à peine visibles, suintaient à travers le tissu, puis le plancher pour voir sur quoi il était tombé.

Une troisième Madone. Son genou l'avait atteinte à l'estomac, réduisant celui-ci à néant, mais la tête et le bas de la statue avaient été épargnés. Son regard calme, souriant et qui pardonnait tout était tourné vers lui. Il se pencha instinctivement vers les restes de l'objet pour les mettre à l'abri ailleurs, s'appuyant cette fois sur son bon genou, ce qui n'empêcha pas le mouvement de lui donner de douloureux élancements dans l'autre. Il grimaça et commença à recueillir les fragments à deux mains. Parmi les débris de plâtre, il trouva un morceau de papier aplati. Intrigué, il regarda au bas de la statue et vit entre ses pieds une petite ouverture fermée d'un bouchon, comme le fond d'une salière. Le papier avait été roulé en un cylindre serré et glissé dedans.

Il fourra la tête et le bas du corps dans la poche de son veston et repassa sur le palier, s'approchant de la fenêtre qui lui donnait sa lumière. Saisissant le coin gauche du papier entre le pouce et l'index, il le déroula à l'aide des ongles de sa main gauche, pour ne pas y laisser d'empreintes. La feuille ne cessait de se réenrouler, cependant, l'empêchant de voir le texte écrit dessus.

C'est alors qu'il entendit Pucetti qui l'interpellait depuis la cage d'escalier. «Ils arrivent, monsieur!» Il lui fit signe de s'approcher dès qu'il vit sa tête apparaître. S'agenouillant de nouveau, il étala le papier du bout des doigts des deux mains et dit au jeune policier de le maintenir avec le bord de sa chaussure. Une fois que le document fut ainsi fixé au sol, il eut moins de mal à le dérouler complètement du bout de ses deux petits doigts, le maintenant ainsi, ensuite, de ses deux index.

Il s'agissait d'une feuille de papier à lettres – il n'y en avait qu'une – portant l'en-tête du Département d'Économie de l'Université de Padoue et qui datait de douze ans. La lettre était adressée à la Commission scolaire de la ville de Venise et, après les formules de politesse convenues, déclarait que, à leur grand regret, il n'y avait aucune mention, dans leurs archives, d'un étudiant du nom de Mauro Rossi qui aurait été diplômé docteur en économie à Padoue ; qu'il n'y avait jamais eu, en fait, « aucun étudiant inscrit sous ce nom avec cette date de naissance dans notre faculté. » Si la signature était illisible, le sceau de la faculté ne prêtait pas à confusion.

Brunetti contemplait fixement le document, refusant d'admettre ce qu'il lui disait. Il essaya de se souvenir des parchemins qui ornaient le bureau de Rossi – avec parmi eux, encadré, celui qui le proclamait docteur en économie –, mais il n'avait pas fait attention au nom de l'université qui lui avait accordé ce diplôme.

La lettre était adressée au directeur du Département des ressources humaines, mais, bien évidemment, les directeurs n'ouvrent jamais eux-mêmes leur courrier administratif : c'est le travail des employés ou des adjoints. Ils ouvrent, lisent et font une note officielle certifiant que les affirmations du curriculum vitae sont confirmées. Ils classent les lettres de recommandation, les notes reçues aux différents examens, bref, mettent en ordre tous les documents pertinents qui permettent de dresser le profil de quelqu'un digne de tel statut professionnel ou de telle promotion dans l'administration.

Ou encore, imagina Brunetti, ils pouvaient parfois vérifier, éventuellement par un système de tirage au sort, la véracité des affirmations portées sur les centaines, voire les milliers de CV que suscitait la mise à disposition des postes. Et si on découvrait un faux, on pouvait rendre le fait public, disqualifiant de facto la personne qui en était l'auteur et lui interdire, peut-être pour toujours, l'accès à un poste dans l'administration.

On pouvait aussi faire un usage beaucoup plus privé et avantageux d'une telle information.

Il eut une sorte de vision momentanée de la famille Battestini réunie autour de la table, ou peut-être devant la télévision. Papa Ours montre à Maman Ours ce que lui et Fiston Ours ont ramené aujourd'hui du bureau.

Il se débarrassa de cette image, ramassa délicatement la lettre par un angle et se releva.

« Qu'est-ce que c'est, monsieur ? demanda Pucetti avec un geste vers la feuille de papier.

– La raison pour laquelle la signora Battestini a été assassinée », répondit Brunetti, qui partit vers l'escalier pour attendre l'équipe technique, tenant toujours la lettre par l'angle.

Avant de sortir il alla parler au couple de Hollandais, en anglais cette fois, et leur demanda s'ils n'avaient vu personne tenter de s'introduire dans l'immeuble depuis qu'ils y avaient emménagé. Non, répondirent-ils, seulement le fils de la signora Battestini, qui avait demandé qu'on le laisse entrer, deux jours avant, parce qu'il avait oublié ses clefs – c'était du moins ce qu'ils avaient cru comprendre, ajoutèrent-ils avec des sourires embarrassés – et qu'il voulait aller vérifier l'état des fenêtres dans le grenier. Non, ils ne lui avaient pas demandé de preuves de son identité – qui d'autre aurait pu vouloir monter dans ce grenier ? Il y était encore au bout de vingt minutes, au moment où ils étaient partis prendre leur leçon d'italien, mais il n'y était plus à leur retour ; ou du moins, ils ne l'avaient pas entendu redescendre l'escalier. Non, ils n'étaient pas montés vérifier au grenier : ils n'étaient que les locataires de l'appartement et il n'aurait pas été correct d'aller dans d'autres parties de l'immeuble.

Il fallut quelques instants à Brunetti pour comprendre qu'ils parlaient tout à fait sérieusement ; puis il se rappela qu'ils étaient hollandais et les crut.

« Pouvez-vous me décrire leur fils ? demanda Brunetti.

– Grand, dit le mari.

– Et bel homme », ajouta la femme.

Le mari lui adressa un regard peu amène mais ne fit pas de commentaire.

« Quel âge avait-il, d'après vous ? demanda le policier à la femme.

– Oh, la quarantaine. Grand. Il avait l'air très athlétique, conclut-elle, jetant à son mari un regard que Brunetti ne put déchiffrer.

– Je vois, dit Brunetti, qui changea de sujet. À qui payez-vous le loyer ?

– La signora Maries… » commença la femme, mais son mari lui coupa la parole. « En fait l'appartement appartient à des amis et nous ne payons rien, seulement les frais habituels, l'électricité, l'eau. »

Brunetti laissa le temps à ce mensonge de s'installer et demanda : « Ah, vous êtes donc des amis de Graziella Simionato ? »

Les visages des deux Hollandais n'affichèrent aucune expression à la mention de ce nom. Le mari fut le premier à réagir. « Des amis d'amis, si vous préférez.

– Je vois. » Brunetti joua avec l'idée de leur dire que le fait qu'ils paient ou non les taxes sur leur loyer ne l'intéressait pas, puis décida que c'était sans importance et laissa tomber. « Reconnaîtriez-vous le signor Battestini ? »

Il vit le combat qui se livrait dans leur esprit se refléter sur leurs visages, leur honnêteté nordique spontanée aux prises avec tout ce qu'on leur avait raconté sur les méthodes tortueuses de ces Latins. «Oui», finirent-ils par répondre en même temps, au grand soulagement de Brunetti.

Il les remercia, leur dit qu'ils prendraient contact avec eux si cette identification devenait nécessaire, puis descendit pour retrouver Pucetti devant le bâtiment. Une vedette de la police était à quai à côté de la leur et Bocchese et deux techniciens transbordaient leur lourd matériel sur la *riva*.

Suivi de Pucetti, Brunetti se dirigea vers eux, la feuille de papier, qu'il tenait toujours entre le pouce et l'index, s'agitant devant lui comme s'il avait pris un poisson et s'apprêtait à l'offrir à Bocchese. Quand l'un des techniciens vit le commissaire, il s'agenouilla devant l'une des caisses posées au sol, l'ouvrit et en retira une pochette en plastique transparent qu'il tint ouverte de manière à ce que Brunetti y glisse le document.

«C'était là-haut, dans le grenier. Quelqu'un est venu et a tout mis sens dessus dessous. Vous me passerez tout ça au peigne fin : empreintes digitales et tout ce que vous pourrez trouver permettant d'identifier cette personne.

– Vous savez qui c'est ?» demanda Bocchese.

Brunetti acquiesça. «J'ai ma petite idée, mais votre travail sera capital pour le coincer. Pucetti va vous montrer le chemin et reviendra avec vous.

– Très bien», répondit Bocchese.

Au moment d'embarquer dans sa vedette, le commissaire se retourna et ajouta : «Au fait, vous ne trouverez aucune de mes empreintes sur tous les trucs du grenier.»

Bocchese lui adressa un long regard spéculatif, puis hocha la tête. «Bien entendu.» Sur quoi il se pencha sur l'une des caisses, la ramassa et prit la direction de ce qui avait été la maison de la signora Battestini, suivi de ses deux acolytes et précédé par Pucetti.

## 23

Brunetti résista à son envie de demander au pilote de le conduire à Ca'Farsetti pour un petit entretien impromptu avec Mauro Rossi. La voix du bon sens et de la prudence lui rappela que le moment était mal choisi pour jouer les cow-boys et les confrontations seul à seul, autrement dit sans une tierce personne pour témoigner de la nature des propos échangés. Il s'était laissé aller à ce genre d'impulsion, par le passé, et les choses s'étaient toujours retournées contre lui, contre la police et, en fin de compte, contre les victimes elles-mêmes, lesquelles avaient au moins un droit : que leur meurtrier soit puni. Pendant le trajet, il laissa discrètement tomber à l'eau les restes de la statue qui déformaient ses poches.

La vedette le ramena donc à la questure et il monta directement à la salle des officiers. Vianello leva les yeux vers son supérieur quand il entra, un sourire s'étalant sur son visage, tout d'abord embarrassé, puis soulagé quand il vit que Brunetti souriait aussi. L'inspecteur se leva et se dirigea vers la porte.

Lui faisant signe de le suivre, Brunetti prit la direction des marches, ralentissant pour attendre que Vianello soit à sa hauteur. « C'est Rossi, dit-il.

– Le patron de la Commission scolaire ? demanda un Vianello surpris.

– Oui. J'ai trouvé le mobile. »

Ce ne fut qu'une fois qu'ils furent installés dans son bureau que Brunetti reprit la parole. « Je suis retourné jeter un coup d'œil aux cochonneries du grenier. Et je suis tombé (il eut un geste machinal vers son genou douloureux) sur une lettre de l'université de Padoue cachée dans l'une des statues de la Madone de la signora Battestini. Littéralement tombé dessus », ajouta-t-il sans donner davantage d'explications. Vianello le regarda mais ne fit pas de commentaires. « Une lettre qui remontait à douze ans et qui disait qu'il n'y avait jamais eu d'étudiant du nom de Mauro Rossi inscrit dans leur faculté, et encore moins un étudiant de ce nom ayant décroché un doctorat en économie. »

Les sourcils de Vianello se rejoignirent, signe indiscutable de perplexité. « Oui, et alors ?

– Cela signifie qu'il a présenté des faux quand il a posé sa candidature pour le poste. Il a prétendu détenir un diplôme qu'il n'avait pas.

– Oui, je comprends, mais je ne vois pas ce que ça change, dit Vianello d'un ton patient.

– Ce que ça change ? Mais tout. Son poste, sa carrière, son avenir, il perdait tout si la signora Battestini montrait cette lettre », expliqua Brunetti, intrigué que son adjoint, apparemment, ne voie pas cela.

Vianello fit un geste de quelqu'un qui chasse une mouche importune. « Oui, je comprends bien. Mais pourquoi est-ce aussi important ? Ce n'est qu'un emploi, pour l'amour du ciel ! De là à tuer quelqu'un… »

La réponse de Brunetti fut empruntée à la conversation qu'il avait eue avec Paola, et il fut surpris qu'elle lui revienne si spontanément à l'esprit : « L'orgueil. Ce n'était ni la luxure ni l'avarice. C'était l'orgueil. Nous étions sur la piste des mauvais vices tout du long », expliqua-t-il à un Vianello au comble de la perplexité.

Il était manifeste que l'inspecteur n'avait aucune idée de ce que voulait dire Brunetti et il se contenta donc de répéter qu'il ne comprenait toujours pas, ajoutant : « On va le cravater ou non ? »

Le commissaire ne voyait aucune raison de faire preuve de précipitation. Le signor – et non plus dottor – Rossi n'allait abandonner ni son poste, ni sa famille. Son intuition lui soufflait que Mauro Rossi était le genre d'homme qui n'en démordrait pas ; qui, jusqu'au dernier moment, affirmerait n'avoir aucune idée de quoi on lui parlait et ne pas comprendre que son nom puisse être associé à celui d'une vieille dame qui avait eu le malheur d'être assassinée. C'est tout juste si Brunetti n'entendait pas déjà ses explications, des explications caméléonesques qui allaient changer au fur et à mesure que la police lui présenterait les preuves qui l'incriminaient. Rossi avait trompé tout le monde pendant plus de dix ans et ferait tout pour continuer.

Vianello changea de position sur son siège, mal à l'aise, et Brunetti tenta de le calmer en disant : « Il nous faut les empreintes digitales qu'il a dû laisser sur les objets du grenier. Dès que Bocchese les aura, on pourra envisager de le faire venir pour l'interroger.

– Et s'il refuse de nous donner un échantillon des siennes ?

– Il ne refusera pas, pas une fois que nous l'aurons ici, dit Brunetti, tout à fait sûr de lui. Ça créerait un scandale et les journaux le mangeraient tout cru.

– Parce que tuer une vieille dame ne créerait pas de scandale ?

– Si, mais d'un genre différent, un scandale dont il pensera pouvoir se dépêtrer. Il prétendra avoir été sa victime, qu'il ne savait pas ce qu'il faisait, qu'il n'était pas lui-même quand il l'a tuée… Tandis que refuser de donner ses empreintes, enchaîna Brunetti avant que Vianello ne lui pose la question, alors qu'il sait que de toute façon il ne pourra pas y échapper, le ferait passer pour un froussard et ce serait insupportable pour lui. » Il détourna les yeux et regarda quelques instants par la fenêtre avant de revenir sur son adjoint. « Réfléchis un peu : il a créé un personnage de toutes pièces, il y a des années de ça, il est un faux docteur, et l'idée d'abandonner ce rôle sera intolérable, en dépit de toutes les preuves que nous pourrons apporter. Il vit depuis si longtemps dans ce mensonge qu'il est probable qu'il le croie, aujourd'hui, ou du moins qu'il croie avoir droit à un traitement de faveur à cause de sa situation.

– Et donc, en conclusion ? demanda Vianello, que barbaient manifestement ces spéculations et qui avait besoin d'informations pratiques.

– En conclusion, nous attendons Bocchese. »

L'inspecteur se leva, fut sur le point de dire quelque chose, y renonça et quitta la pièce.

Brunetti resta à son bureau, pensant au pouvoir et aux privilèges dont tant d'hommes qui les détenaient pensaient bénéficier comme d'une chose allant de soi. Passant en revue les personnes avec qui il travaillait susceptibles de voir les choses ainsi, il se retrouva en compagnie du lieutenant Scarpa. Du coup, il évoqua la signora Gismondi, et le seul point quelque peu bizarre, dans l'histoire qu'elle lui avait raconté, s'éclaircit brusquement ; il comprenait maintenant pourquoi la signora Battestini avait refusé de laisser monter Flori Ghiorghiu, ce matin-là : elle attendait la visite de Rossi et ne voulait pas de témoin. Sans doute l'exclusion que la Roumaine avait crue définitive n'était-elle que temporaire. Il se leva et partit pour le bureau du Sicilien.

« *Avanti !* », répondit Scarpa au coup frappé sur la porte par Brunetti.

Le commissaire entra, laissant la porte ouverte. Quand il vit celui qui était son supérieur hiérarchique, le lieutenant se leva à moitié, mouvement qui aurait tout aussi bien pu être la recherche d'une position plus confortable dans son siège qu'un signe de respect. « Je peux vous aider, commissaire ? demanda-t-il, se rasseyant aussitôt.

– Où en êtes-vous avec la signora Gismondi ? » demanda Brunetti.

Scarpa eut un sourire qui était une parodie. « Puis-je vous demander pour quelle raison vous vous en inquiétez, commissaire ?

– Non, répondit Brunetti d'un ton tellement péremptoire que l'homme ne put cacher sa stupéfaction. Où en êtes-vous avec la signora Gismondi ?

– Je suppose que vous en avez parlé avec le vice-questeur et qu'il vous a autorisé à vous en mêler, monsieur, répondit Scarpa d'un ton neutre.

– Je vous ai posé une question, lieutenant. »

Soit Scarpa avait pensé pouvoir gagner du temps, soit il était curieux de voir jusqu'où il pouvait pousser son supérieur. « J'ai interrogé plusieurs de ses voisins sur ses déplacements le matin du meurtre, monsieur », dit-il en jetant un coup d'œil à Brunetti. Comme celui-ci ne réagissait pas, il continua : « Et j'ai appelé ses employeurs pour leur demander si l'histoire comme quoi elle était à Londres était vraie.

– Et est-ce ainsi que vous avez formulé votre question, lieutenant ? »

Scarpa esquissa un geste de la main. « Je ne suis pas sûr de comprendre ce que vous voulez dire, commissaire.

– Est-ce que ce sont les termes que vous avez employés : *l'histoire qu'elle a racontée à la police est-elle vraie ?* Ou bien avez-vous simplement demandé où elle était ?

– Oh, j'ai bien peur de ne pas m'en souvenir, monsieur. Mon souci était de découvrir la vérité, pas tellement de faire des phrases.

– Et quelle réponse a-t-on faite à votre tentative de découvrir la vérité, lieutenant ?

– Personne n'a contredit son histoire, monsieur, et il semble bien qu'elle ait été à Londres entre les dates qu'elle nous a données.

– Elle disait donc la vérité ?

– C'est ce qui semble, répondit Scarpa avec une répugnance exagérée, avant d'ajouter : à moins qu'on ne trouve quelqu'un qui nous dise qu'elle n'y était pas.

– Eh bien, c'est une chose qui n'arrivera pas, lieutenant. »

Scarpa leva les yeux, surpris. « Je vous demande pardon, monsieur ?

– Ça n'arrivera pas, lieutenant parce que vous allez arrêter, et sur-le-champ, d'interroger les gens à propos de la signora Gismondi.

– Je crains que mon devoir ne soit… » commença Scarpa.

Brunetti craqua. Il se pencha sur le bureau du Sicilien et se tint à quelques centimètres de son nez. Il nota une légère odeur de menthe dans son haleine. « Si jamais vous interrogez encore quelqu'un à son sujet, lieutenant, je vous démolis. »

Scarpa, stupéfait, eut un brusque mouvement de tête en arrière et resta bouche bée.

Se penchant encore plus vers le lieutenant, Brunetti posa sèchement les mains à plat sur le bureau, se rapprochant à nouveau du visage de l'homme. « Si j'apprends que vous avez parlé d'elle à quiconque, ou insinué qu'elle ait quelque chose à voir avec cette affaire, je vous fais virer d'ici, lieutenant. »

Brunetti, gardant la main gauche en appui, saisit de son autre main, par le revers, la vareuse du lieutenant qu'il étreignit et tira à lui. Le sang lui était monté à la tête et il était fou de rage. « Est-ce que j'ai été assez clair cette fois, lieutenant ? »

Scarpa voulut parler, mais il fut incapable de faire autre chose qu'ouvrir la bouche et la refermer.

Brunetti le repoussa, quitta le petit bureau et, dans le couloir, faillit heurter Pucetti – lequel battait déjà en retraite. « Ah, commissaire, improvisa le jeune policier avec sur le visage une expression qui était un chef-d'œuvre de neutralité étudiée, je voulais vous demander pour le tableau de service de la semaine prochaine, mais si j'ai bien compris vous avez réglé la question avec le lieutenant Scarpa et ce n'est plus la peine. » Impassible et respectueux, Pucetti adressa un salut énergique à son supérieur et Brunetti repartit vers son bureau.

Où il attendit, certain que Bocchese n'allait pas tarder à l'appeler avec des nouvelles sur ce qu'il avait trouvé dans le grenier de la signora Battestini. Il appela Lalli, Masiero et Desideri pour leur dire de rameuter leurs chiens car il pensait avoir trouvé l'assassin de la vieille dame. Aucun ne lui demanda qui c'était ; tous le remercièrent de les avoir avertis.

Il appela également la signorina Elettra pour lui expliquer quel était le sens probable du coup de téléphone de la signora Battestini à la Commission scolaire. « Mais pourquoi l'appeler tout d'un coup, comme ça ? s'étonna la secrétaire. Tout marchait très bien depuis plus de dix ans et la seule fois où elle l'avait contacté pendant toute cette période avait été au moment du passage à l'euro. Oui, enchaîna-t-elle avant qu'il lui pose la question, j'ai vérifié ses appels sur les dix dernières années. Ces deux-là sont les seuls. » Elle se tut quelques secondes avant d'ajouter : « Ça ne tient pas debout.

– Elle est peut-être devenue plus gourmande.

– À quatre-vingt-trois ans ? s'étonna la signorina Elettra. Laissez-moi y réfléchir. » Et elle raccrocha.

Au bout d'une heure, il se rendit jusque dans le labo de Bocchese, mais un de ses techniciens lui dit que son patron avait été appelé sur une autre scène de crime, à

Cannaregio. Du coup, Brunetti se rendit tranquillement jusqu'au bar à côté du pont, où il commanda un panini accompagné d'un verre de vin blanc ; puis il alla se dégourdir les jambes sur la berge du canal en contemplant San Giorgio avec, au deuxième plan, la silhouette du Redentore. Finalement il retourna dans son bureau.

Il s'y trouvait depuis à peine dix minutes, essayant de mettre un peu d'ordre dans les objets qui s'étaient accumulés dans ses tiroirs, lorsque la signorina Elettra fit son apparition. Il eut le temps de noter qu'elle portait des chaussures vertes avant qu'elle ne lui lance : « Vous aviez raison, commissaire. » Et, en réponse à la question qu'il ne lui posa pas, elle ajouta : « Elle était devenue plus gourmande... Vous m'avez dit que tout ce qu'elle savait faire, c'était rester dans son fauteuil devant la télé, n'est-ce pas ? »

Il lui fallut un moment pour oublier le vert ahurissant de ses chaussures, mais il se reprit à temps pour répondre. « En effet, signorina. Tout le quartier s'en plaignait.

– Alors regardez ça. » Approchant de son bureau (lui épargnant la vision de ses chaussures) elle lui tendit la photocopie des programmes de télévision que donnait tous les jours le *Gazzettino*. « À vingt-trois heures, monsieur. »

Il s'exécuta et vit que la chaîne locale diffusait un documentaire intitulé *I Nostri Professionisti*. « Et quoi, nos professionnels ? demanda-t-il.

– Regardez donc la date. »

Fin du mois de juillet, trois jours avant le meurtre, la veille du coup de fil donné par la signora Battestini à la Commission scolaire.

« Et alors ? demanda-t-il en lui rendant la photocopie.

– L'un de nos professionnels du coin était le dottor Mauro Rossi, directeur de la Commission scolaire, interviewé par Alessandra Duca.

– Comment avez-vous dégotté ça ? s'exclama-t-il, sa surprise ne cachant pas son admiration.

– J'ai fait des recherches à partir de son nom et des programmes de télé des quelques dernières semaines. Je me disais que c'était la seule manière qu'elle avait d'apprendre quelque chose, puisqu'elle passait tout son temps à la regarder.

– Et ensuite ?

– J'en ai parlé à la journaliste, qui m'a dit que c'était le morceau de remplissage habituel : interroger des bureaucrates sur les fascinantes responsabilités qu'ils ont dans l'administration – le genre de trucs qu'on fait passer tard le soir quand personne ne regarde. »

Cette description, songea un instant Brunetti, aurait pu s'appliquer à la quasi-totalité des programmes régionaux, mais il garda sa réflexion pour lui. « Et vous lui avez parlé de Rossi ?

– Oui. Un type parfaitement prévisible, d'après elle. Il s'est longuement répandu sur sa carrière et ses succès, et avec beaucoup de fausse humilité. Il paraît qu'il avait tellement de mal à masquer son arrogance qu'elle l'a laissé parler plus qu'elle ne l'aurait fait d'ordinaire, rien que pour voir jusqu'où il pourrait aller.

– Et jusqu'où est-il allé ?

– Il a fait allusion – en toute modestie, vous vous doutez bien – à une possible nomination au ministère, à Rome. »

Brunetti vit tout de suite ce que cela impliquait. « Avec à la clef une éventuelle et considérable augmentation de salaire, j'imagine ?

– La journaliste m'a dit qu'il n'a fait que parler d'une possibilité. Il aurait déclaré qu'il voulait se mettre au service de l'avenir des enfants d'Italie, un truc comme ça. » Elle attendit un instant, puis ajouta : « Elle m'a aussi confié que, d'après ce qu'elle sait de la politique locale, il a autant de chances d'être nommé à Rome que le maire d'être réélu. »

Au bout d'un long moment, Brunetti laissa échapper un « oui », laconique.

« Pardon ?

– L'avarice. Même à quatre-vingt-trois ans.

– C'est vrai. C'est bien triste. »

C'est alors que Bocchese, qu'on voyait rarement dans les couloirs de la questure, fit à son tour son apparition à la porte de Brunetti. « Je vous cherchais », dit-il avec quelque chose comme un reproche dans le ton. Adressant un signe de tête à la signorina Elettra, il entra, posa un certain nombre de choses sur le bureau du commissaire et dit : « Permettez que je prenne un échantillon. »

Brunetti regarda mieux et vit des bristols, les carrés de carton à cases habituels servant à relever les empreintes des différents doigts. Bocchese ouvrit alors un tampon encreur et eut un geste impatient. Brunetti lui tendit sa main droite. L'opération rapidement terminée, ils recommencèrent avec la gauche.

Bocchese repoussa le carré de carton, en révélant un autre en dessous. « Tant que j'y suis, je vais prendre les vôtres, signorina.

– Non merci, répondit-elle, s'éloignant pour s'arrêter à côté de la porte.

– Quoi ? s'étonna Bocchese d'un ton qui était à mi-chemin entre question et ordre.

– Je n'aime autant pas. » La question était réglée.

Bocchese haussa les épaules, prit le bristol où étaient les empreintes de Brunetti et les examina attentivement. « Rien à voir avec celles que nous avons trouvées dans le grenier, je dirais… en revanche, il y en a beaucoup d'une autre personne, très certainement un homme, et même un costaud.

– Beaucoup ?

– On dirait qu'il a touché à tout», répondit Bocchese. Puis voyant qu'il avait toute l'attention de Brunetti, il ajouta : « Il y a un jeu d'empreintes semblables
sous la table de la cuisine. En tout cas, ma conclusion
est qu'elles sont identiques mais il faudra les envoyer à
Interpol à Bruxelles pour en être sûr.

– Ce qui va prendre combien de temps ? »

Le technicien haussa à nouveau les épaules. « Une
semaine ? Un mois ? » Il glissa les empreintes dans une
enveloppe en plastique, puis referma le tampon encreur
et le mit dans sa poche. « Vous ne connaîtriez pas quelqu'un là-bas ? Quelqu'un qui ferait accélérer les choses ?

– Hélas, non », admit Brunetti.

Les deux hommes tournèrent des yeux suppliants
vers la signorina Elettra.

« Je vais voir ce que je peux faire », dit-elle.

## 24

Brunetti passa l'heure suivante, dans la solitude de son bureau, à étudier la meilleure façon de coincer Rossi. Il faisait les cent pas entre la fenêtre et le mur d'en face, incapable de se concentrer, constamment ramené par ses réflexions à la question des sept péchés capitaux. Plus aucun d'eux, réalisait-il, ne tombait sous le coup de la loi ; au pire pouvaient-ils passer pour des faiblesses de caractère. N'avait-on pas là un nouveau moyen de dater avec la précision du carbone 14 le moment où, de l'ancien monde, on était passé au nouveau ? Pendant des semaines, il avait écouté Paola lui lire des passages du texte dans lequel leur fille apprenait la religion, mais il ne lui était jamais venu à l'esprit de se demander si on lui avait enseigné le concept de péché et, si oui, comment il avait été défini.

Le vol était un choix, l'avarice et l'envie des vices qui ne faisaient qu'y prédisposer. De même avec la paresse : il savait d'expérience que la motivation de bon nombre de criminels était la croyance que voler était moins fatigant que travailler. Le chantage était aussi un choix, auquel on pouvait être entraîné par les trois mêmes vices.

Brunetti avait relevé des indices d'orgueil chez Rossi et était convaincu que là était le fondement de son crime. Toute personne normale aurait considéré que la révélation de son subterfuge ne lui aurait pas coûté grand-chose, en dehors d'une blessure d'amour-propre. Il aurait peut-être été obligé de quitter la direction de la Commission scolaire ; mais avec les relations qu'il avait, il aurait facilement retrouvé du travail ; l'administration de la ville n'aurait eu aucun mal à le caser quelque part, à lui attribuer un poste obscur où il aurait touché le même salaire et aurait pu continuer à faire voile sans encombre vers la retraite.

Mais voilà : il n'aurait plus été le dottor Rossi, la télévision locale ne serait plus venue l'interviewer et aucune journaliste ne l'aurait interrogé sur ses perspectives de carrière à Rome. La nouvelle de sa petite falsification n'aurait pas tenu une semaine dans les journaux locaux, où elle n'aurait occasionné qu'un mini-scandale ; et la presse nationale ne s'y serait sans doute même pas intéressée. La mémoire des lecteurs devenait tous les jours plus courte, conditionnée qu'elle était à ne pas tenir plus longtemps que la longueur d'un clip vidéo ; si bien que Rossi, docteur en économie ou pas, aurait été oublié à la fin du mois. Même cela, son orgueil ne pouvait le supporter.

Sa curiosité finit par prendre le dessus et Brunetti appela Vianello. « Allons le coincer », lui dit-il. Il prit simplement le temps de passer par le bureau de Bocchese pour y prendre une photocopie de la lettre venue de l'université de Padoue.

Les deux hommes décidèrent de se rendre à pied jusqu'aux locaux de la Commission scolaire, ni l'un ni l'autre ne parvenant à comprendre clairement les motivations de Rossi. Aux yeux de Brunetti, cette incapacité à les élucider était soit une manifestation de leur étroitesse de vue morale, soit le fait d'un manque d'imagination de leur part.

Brunetti ne prit pas la peine de s'arrêter chez le concierge et les deux policiers montèrent directement au troisième étage, par l'escalier. Les bureaux étaient occupés, ce matin, et des gens circulaient dans les couloirs, un dossier sous le bras, des documents à la main – fourmis industrieuses comme dans toutes les administrations de la ville. La femme à la tempe cloutée était à son bureau, ne paraissant pas davantage intéressée par la réalité que la première fois. Ses yeux, quand ils se posèrent sur le commissaire, ne trahirent rien. Pas plus qu'elle ne semblait avoir conscience de la présence de la demi-douzaine de personnes qui attendaient sur les chaises, le long des murs, qui toutes se mirent à étudier Brunetti et Vianello quand ils firent leur entrée.

« Nous sommes venus voir le directeur, dit Brunetti.

– Je crois qu'il est dans son bureau », répondit-elle avec un geste aérien de ses doigts aux ongles verts. Brunetti la remercia et prit la direction de la porte donnant sur le couloir, mais dut se retourner et appeler Vianello, resté planté, bouche bée, devant la réceptionniste.

La porte de Rossi était ouverte et ils entrèrent sans frapper. Rossi était derrière son bureau ; c'était bien le même homme et pourtant, d'une manière que Brunetti eut du mal à cerner, pas du tout le même homme. D'où il était, le directeur de la Commission scolaire les regardait avec des yeux qui semblaient soudain souffrir de la même affection que ceux de la réceptionniste. La couleur était la même, brun foncé, mais ils paraissaient avoir des difficultés, comme ceux de son employée, à s'accommoder.

Brunetti traversa la pièce et s'arrêta devant le bureau de Rossi. Il lui suffisait de tourner la tête pour lire le texte dans son intégralité, sur le diplôme encadré en bois de tek portant le tampon de l'université de Padoue, et qui attribuait le titre de docteur en économie à Mauro Rossi.

«Où avez-vous obtenu ça, signor Rossi ?» demanda Brunetti en montrant le diplôme d'un geste du pouce.

Rossi eut une petite toux et se redressa dans son siège. «Je n'ai pas la moindre idée de ce que vous voulez dire.»

Brunetti haussa les épaules, sortit de sa poche la photocopie que lui avait donnée Bocchese, la déplia et la glissa d'un geste tranquille sous les yeux de Rossi. «Et ça, avez-vous une idée de ce que ça veut dire, signor Rossi? exigea de savoir Brunetti d'un ton volontairement agressif.

– Qu'est-ce que c'est? demanda Rossi sans oser jeter un coup d'œil sur le document.

– Ce que vous avez cherché dans le grenier.»

Rossi se tourna vers Vianello, revint sur Brunetti puis regarda enfin la lettre, que ses yeux ne quittèrent plus. Brunetti remarqua les mouvements de ses lèvres pendant qu'il la lisait. Une fois qu'il eut fini, ses yeux remontèrent jusqu'à l'en-tête et il la lut une seconde fois, encore plus lentement.

Il releva alors la tête et regarda Brunetti. «Mais j'ai deux enfants.»

Un instant, Brunetti fut tenté d'entrer dans cette discussion, mais il savait où elle conduirait : Rossi mettant en balance l'avenir de ses deux enfants et la vie de la signora Battestini, évoquant sa réputation, sans aucun doute aussi son honneur, devant les menaces de la vieille femme de les détruire. S'il s'était agi d'une pièce de théâtre ou d'une série télévisée, le commissaire n'aurait eu aucun mal à écrire les dialogues de ce scénario, et s'il avait été le metteur en scène, il aurait su exactement quelles indications donner à l'acteur jouant Rossi : épicer toutes ses répliques d'une indignation intriguée et même, tant qu'à faire, d'orgueil blessé.

«Je vous place en état d'arrestation, signor Mauro Rossi, dit finalement Brunetti, pour le meurtre de Maria

Grazia Battestini. » L'homme le regarda, ses yeux étant le miroir, sinon de son âme, mais en tout cas de ce vide sidéral qu'il y avait dans ceux de la réceptionniste. « Veuillez nous accompagner », reprit Brunetti en s'éloignant d'un pas. Rossi posa les deux mains à plat sur le bureau et se hissa sur ses pieds. Avant de se tourner, Brunetti eut le temps de remarquer que les paumes de Rossi s'étalaient sur la lettre de l'université de Padoue, mais que celui-ci ne paraissait pas en avoir conscience.

Une semaine plus tard, Rossi était de retour chez lui, mais assigné à résidence. Il n'avait pas repris son travail comme directeur de la Commission scolaire, mais n'avait pas été licencié non plus : il était en « congé spécial », un congé d'une durée indéterminée, en attendant que l'affaire suive son cours avec les lenteurs d'usage.

Il avait reconnu, pendant l'interrogatoire qui avait eu lieu en présence de son avocat, avoir tué la signora Battestini, tout en prétendant n'avoir gardé aucun souvenir précis de son geste. Elle l'avait appelé quelque temps auparavant, avait-il raconté, pour lui dire qu'elle voulait lui parler. Il avait commencé par refuser mais elle l'avait menacé et avait raccroché en lui disant de la rappeler quand il serait plus raisonnable. Il l'avait fait dès le lendemain, espérant que c'était elle qui le serait, mais elle avait renouvelé ses menaces et il n'avait donc pas eu d'autre choix que d'aller la voir.

Elle avait commencé par exiger plus d'argent – beaucoup plus, cinq fois ce qu'il lui versait jusqu'ici. Quand il lui avait objecté qu'il n'avait pas les moyens de débourser de telles sommes, elle lui avait dit qu'elle l'avait vu à la télévision, qu'elle savait qu'il allait avoir un poste important au gouvernement et qu'il pourrait payer. Il avait essayé de la raisonner, de lui dire que ce poste n'était qu'un espoir qu'il avait exprimé, mais que rien n'était fait. Elle avait refusé de l'écouter. Quand il lui avait fait remarquer qu'il avait deux enfants à élever, elle s'était mise à l'insulter, lui rétorquant qu'elle n'avait plus son fils, elle, que celui-ci était mort et qu'il devait donc aussi payer pour ça. Il avait essayé de la calmer mais elle était devenue hystérique et avait même essayé de le frapper – d'après ce qu'il disait.

C'est alors qu'elle lui avait déclaré qu'elle ne voulait plus l'argent et qu'elle allait raconter ce qu'il avait fait à tout le monde. Les fenêtres étaient ouvertes, et elle s'était dirigée vers l'une d'elles en disant qu'elle allait hurler à la ville entière qu'il était un faux docteur. Après cela, affirmait-il, il ne se souvenait plus de rien, jusqu'au moment où il l'avait vue étendue sur le plancher. Qu'il avait eu l'impression de se réveiller d'un cauchemar. En réponse à la question de Brunetti, il avait dit ne pas se souvenir de l'avoir frappée, qu'il n'avait pris conscience de ce qu'il avait fait que lorsqu'il avait vu la statue ensanglantée dans sa main.

Brunetti avait trouvé que Rossi faisait preuve de bien peu d'inventivité, sur ce point, puis se rendit compte que toute sa confession, dont le seul but était de s'exonérer de son geste, n'en comportait pas davantage. Son avocat avait gardé la même expression solennelle pendant tout l'interrogatoire, allant jusqu'à émettre de petits marmonnements de sympathie, à un moment donné.

La peur, avait continué Rossi, lui avait fait fuir la maison. Non, il ne se souvenait pas avoir essuyé la statue. Parce qu'il ne se souvenait de rien, vous comprenez ; il ne se souvenait pas de l'avoir tuée, seulement des hurlements qu'elle avait poussés et de sa tentative de le frapper.

C'était le passage de Brunetti à la Commission scolaire qui l'avait poussé à fouiller le grenier de la signora

Battestini. Oui, il était au courant de l'existence de la lettre : celle-ci le hantait depuis des années. Il avait ajouté ce diplôme à son curriculum des années auparavant, juste avant la naissance de son premier enfant, quand s'était fait sentir le besoin d'un poste mieux rémunéré pour entretenir sa famille. Il avait soudoyé un imprimeur pour qu'il lui fasse le faux diplôme, ce qui lui avait donné une chance supplémentaire. Il vivait dans la terreur d'être découvert, avait-il avoué : cela avait dû l'affecter quand il s'était trouvé en présence de la signora Battestini. Il était la victime de sa peur, de même qu'elle était la victime de son avarice.

Le soir même, après l'interrogatoire, lorsque Brunetti raconta l'histoire à Paola, il utilisa le mot de Rossi, *victime*, en disant que ce serait la clef de sa défense.

« Et oui, il est une victime, vois-tu », répéta-t-il. Ils étaient installés dans le bureau de Paola, et Raffi et Sara étaient seuls sur le balcon, occupés à faire ce que peuvent faire deux jeunes gens dans la lumière dorée d'un soir d'été, la vue des toits de Venise s'étalant devant eux.

« Et pas la signora Battestini », ajouta Paola. Ce n'était pas une question, mais une affirmation, une vérité extensible qui couvrait tous ceux qui, étant morts, n'étaient plus d'aucune utilité. Brunetti se souvint alors d'une des réflexions les plus sinistres attribuées à Staline : *Pas d'homme, pas de problème.*

« Qu'est-ce qu'il risque de lui arriver ? » demanda Paola.

Brunetti ne pouvait pas le dire avec certitude mais rien ne l'empêchait de spéculer en s'appuyant sur des cas similaires, c'est-à-dire quand la victime ne peut prétendre à la sympathie de l'opinion publique et que le meurtrier se présente comme une victime des circonstances. « Il va probablement être condamné, ce qui veut dire qu'il va recevoir une peine d'environ sept ans, peut-être moins, mais ce ne sera pas avant deux ou trois ans que le jugement sera prononcé. Ce qui signifie qu'il aura déjà accompli deux ou trois ans de la sentence.

« En tant qu'assigné à domicile ?

– Ça compte.

– Et ensuite ?

– Ensuite, il ira en prison, le temps que soit déposé le dossier de recours en appel ; et la machine judiciaire se remettra en branle, mais comme la demande d'appel aura été reçue, et comme il ne sera pas considéré comme un danger pour la société, on le renverra une fois de plus chez lui.

– Jusqu'à quand ?

– Jusqu'à ce que le jugement d'appel soit prononcé. Ce qui prendra encore quelques années, ajouta-t-il sans laisser à Paola le temps de lui poser la question. Et même si la sentence est confirmée, on considérera qu'il a passé suffisamment de temps assigné à résidence, et il sera donc libre.

– Juste comme ça ?

– À quelque chose près, sans doute, répondit Brunetti en tendant la main vers le livre qu'il avait abandonné avant le repas.

– Et on en restera là ? » demanda-t-elle d'une voix qu'elle s'était efforcée de faire paraître normale.

Il acquiesça, gardant le livre à la main. Comme elle n'ajoutait rien, il lui demanda : « Es-tu toujours en train de lire le catéchisme de Chiara ? »

Elle secoua la tête. « J'y ai renoncé.

– Peut-être y trouverais-tu une réponse à tout ça.

– Où ? Comment ?

– En faisant ce que tu me suggérais de faire l'autre jour : penser eschatologiquement. La mort. Le jugement. Le ciel. L'enfer.

« – Mais voyons, tu ne crois à rien de tout ça ? demanda une Paola étonnée.

– Il y a des moments où j'aimerais », soupira-t-il en ouvrant son livre.

Retrouvez
le commissaire Brunetti
dans sa 14ᵉ enquête
aux Éditions Calmann-Lévy

# DE SANG
# ET D'ÉBÈNE

PAR

*Donna Leon*

# 1

Les lumières multicolores des guirlandes de Noël suspendues sous l'arche de bois transformèrent les deux hommes en arlequins, lorsqu'ils passèrent dessous pour gagner le Campo San Stefano. Un éclairage plus intense provenait des baraques du marché de Noël, où vendeurs et producteurs venus de toutes les régions d'Italie tentaient d'appâter le chaland avec leurs spécialités : fromages à croûte sombre et paquets de pains ultraminces de Sardaigne, olives de formes et de couleurs variées à l'infini venant de toute la Botte ; huiles d'olive et fromages de Toscane ; salamis de toutes les longueurs, diamètres et qualités imaginables de l'Émilie. De temps en temps, l'un des marchands chantait brièvement les louanges de ses produits : « Goûtez-moi ce fromage, signori, c'est le goût du paradis ! » ; « Il se fait tard et je voudrais rentrer dîner ; seulement neuf euros le kilo jusqu'à épuisement du stock ! » ; « Essayez mon pecorino, signori, c'est le meilleur du monde ! »

Les deux hommes passèrent devant les baraques, sourds aux admonestations des vendeurs, aveugles aux pyramides de salamis qui s'élevaient de part et d'autre de l'allée. Leur nombre réduit par le froid, les acheteurs de dernière minute posaient des questions sur des produits dont ils se demandaient s'ils ne les auraient pas à un meilleur prix et dans une qualité plus fiable à leur

magasin habituel. Mais comment mieux célébrer la sai-
son qu'en profitant de ces étals ouverts le dimanche,
comment mieux faire preuve d'indépendance et de
caractère qu'en achetant quelque chose dont on n'avait
pas besoin ?

Les deux hommes firent halte à l'autre bout de la
place, juste après la dernière baraque en préfabriqué.
Le plus grand consulta sa montre, bien que l'un et
l'autre eussent jeté un coup d'œil à l'horloge de
l'église. L'heure officielle de fermeture du marché
– dix-neuf heures trente – était passée depuis plus d'un
quart d'heure, mais il était peu vraisemblable qu'un
fonctionnaire voulût affronter le froid pour vérifier que
les vendeurs pliaient bagage à l'heure. *« Allora ? »*
demanda le plus petit des deux à son compagnon.

Le grand retira ses gants, les plia et les glissa dans la
poche gauche de son manteau, puis enfonça les mains
dans ses poches, imité en tout point par son camarade.
Ils portaient l'un et l'autre un couvre-chef, le grand un
Borsalino gris foncé et le plus petit un bonnet de fourrure à rabats, ainsi qu'une écharpe en laine autour du
cou qu'ils resserrèrent et remontèrent jusqu'à leurs
oreilles : un vent glacial soufflait vers eux depuis le
Grand Canal, juste à l'angle de l'église San Vidal.

Vent qui les obligea à se tenir courbés lorsqu'ils
repartirent, la tête rentrée dans les épaules, les mains
au chaud dans leurs poches. À une vingtaine de mètres
de la dernière baraque, de chaque côté du passage, des
petits groupes de Noirs s'affairaient ; après avoir étendu
des toiles sur le sol, maintenues en place par des sacs à
main, ils se mirent à sortir des échantillons de formes et
de tailles différentes d'énormes sacs de marins dis-
persés sur le sol à côté d'eux.

Prada, Gucci, Louis Vuitton : les marques se bous-
culaient dans une promiscuité qu'on ne voit guère,
normalement, que sur les rayons de magasins suffisam-

ment grands pour être franchisés par toutes celles-ci. Rapidement, avec l'efficacité de gestes qui étaient le fruit d'une longue expérience, les hommes se penchaient ou s'agenouillaient pour installer leurs marchandises sur les toiles. Les uns les disposaient en triangles, d'autres préféraient les aligner en rangées bien nettes. L'un d'eux eut la fantaisie de les mettre en cercles, mais lorsqu'il recula pour juger de l'effet, il constata qu'un gros sac Prada à bandoulière rompait la symétrie générale et il les redisposa rapidement en rangées toutes droites, le Prada montant la garde dans le coin du fond à gauche.

Les Noirs se parlaient de temps en temps, échangeant ces propos que des hommes qui travaillent ensemble tiennent pour passer le temps : l'un se plaignait d'avoir mal dormi la nuit dernière, l'autre du froid ; un troisième disait espérer que son fils avait réussi son examen pour entrer dans une école privée ; tous avouaient à quel point leurs femmes leur manquaient. Quand l'un d'eux était satisfait de son étal, il se relevait et venait se placer derrière la toile, en général à l'un des angles, de manière à pouvoir continuer à bavarder avec son voisin. La plupart étaient grands, tous étaient minces. Ce que l'on voyait de leur peau – visage et mains – était du noir brillant d'Africains dont les gènes, intacts, n'avaient jamais été mêlés à ceux de Blancs par leurs ancêtres. Qu'ils soient immobiles ou fassent les cent pas, non seulement ils dégageaient une impression de santé, mais aussi de bonne humeur, à croire que l'idée de patienter dehors par des températures glaciales pour tenter de vendre des sacs de contrefaçon à des touristes était la chose la plus amusante qu'ils aient à faire ce soir.

Un petit groupe de badauds se tenait en face d'eux, entourant trois musiciens de rues, deux violonistes et un violoncelliste lancés dans un morceau qui paraissait à la fois baroque et désaccordé. Comme les musiciens jouaient avec enthousiasme et étaient jeunes, ils charmaient leur auditoire et plus d'une personne s'avança pour déposer des pièces dans l'étui à violon ouvert devant le trio.

Il était encore tôt, probablement trop tôt pour faire des affaires, mais les vendeurs de rues sont des gens ponctuels qui s'installent dès la fermeture des boutiques. Si bien qu'à vingt heures moins dix, au moment où approchaient l'homme au Borsalino et son acolyte au bonnet de fourrure, tous les Africains étaient debout derrière leur carré de toile, prêts à accueillir leurs premiers clients. Ils dansaient d'un pied sur l'autre et soufflaient de temps en temps dans leurs mains, dans un effort futile pour les réchauffer.

Les deux hommes blancs firent de nouveau halte à la hauteur du premier éventaire, donnant faussement l'impression de se parler. Ils se tenaient tête baissée, tournant le dos au vent, mais de temps en temps l'un d'eux levait les yeux et étudiait la rangée de Noirs. Le grand posa la main sur le bras de l'autre, pointa le menton vers l'un des Africains et dit quelque chose. À cet instant, un groupe nombreux de personnes âgées en chaussures de sport et parkas matelassées – combinaison qui leur donnait l'air d'être de vieux bébés – se présenta à l'angle de l'église pour s'engouffrer dans l'entonnoir constitué par les musiciens d'un côté et les Africains de l'autre. Les premiers arrivés s'arrêtèrent, attendant d'être rejoints par les autres, et lorsque le groupe se fut reformé ils se remirent en marche, riant et parlant, s'invitant mutuellement à aller voir les sacs. Sans se pousser ni se bousculer, ils s'alignèrent sur trois rangs devant les Noirs et leur marchandise.

L'homme au Borsalino s'avança vers le groupe de touristes, son compagnon sur les talons. Ils s'arrêtèrent du côté de l'église, juste derrière deux couples âgés qui montraient des sacs et demandaient les prix. Sur le coup, le propriétaire de l'étal ne remarqua pas les deux nouveaux arrivants, occupé qu'il était à répondre aux questions de ses clients potentiels. Soudain, il se tut et devint tendu comme un animal qui vient de sentir l'odeur du danger dans le vent.

Le Noir qui tenait l'étal voisin, conscient que son collègue était distrait, tourna son attention vers les touristes et décida aussitôt de tenter sa chance. Leurs chaussures lui disaient qu'il devait s'adresser à eux en anglais. « Gucci, Missoni, Armani, Trussardi, entonna-t-il. Je les ai tous, mesdames et messieurs. Directement de l'usine. » Dans la lumière plus faible qui régnait ici, ses dents brillaient comme celles du chat d'Alice.

Trois autres touristes se faufilèrent devant les deux hommes pour rejoindre leurs amis, tout excités, commentant les sacs ; l'attention de tous se partageait maintenant entre les deux étals. L'homme au Borsalino hocha la tête, s'avançant en même temps – imité par son acolyte – jusque derrière le groupe d'Américains. En les voyant se profiler, le premier Noir pivota et commença à s'éloigner de son étal, des touristes et des deux hommes. Ces derniers sortirent alors leur main droite de leur poche, d'un geste naturel, parfaitement anodin. Chacun tenait un automatique dont le canon était équipé d'un silencieux. L'homme au Borsalino tira le premier, mais ce qui sortit de l'arme fut comme le bruit de trois bouchons de champagne qui sautent, accompagné de deux sons semblables en provenance du pistolet de son compagnon. Les musiciens en étaient vers la fin de leur allegro, et la musique, s'ajoutant aux cris et au caquetage du groupe de touristes, couvrit le bruit des détonations même si les deux Africains, à droite et à gauche du premier, se tournèrent instantanément vers sa source.

Son élan fit que le premier Noir continua de s'éloigner des gens massés devant son étal ; puis son mouvement se ralentit progressivement. Les deux tueurs, la main de nouveau dans la poche, battirent en retraite au milieu de la foule qui s'écarta poliment pour les laisser passer. Ils se séparèrent, l'homme au Borsalino prenant la direction du pont de l'Académie et l'autre celle de San Stefano et du Rialto. Ils se fondirent rapidement au milieu de la foule des piétons qui circulaient à pas pressés.

Le vendeur africain poussa un cri, leva un bras devant lui, acheva son demi-tour et s'effondra sur le sol à côté de ses sacs.

Comme des gazelles prises de panique au premier signe de danger, les autres Noirs se pétrifièrent un instant, puis explosèrent avec une énergie impressionnante. Les quatre premiers filèrent en abandonnant tout sur place, courant vers la *calle* conduisant à San Marco ; deux autres prirent le temps de saisir quatre ou cinq sacs dans chaque main, puis disparurent par le pont qui conduit au Campo San Samuele ; les quatre derniers hésitèrent une fraction de seconde de plus puis déguerpirent en laissant tout, eux aussi, en direction du Grand Canal ; là, ils alertèrent des collègues qui avaient disposé leurs étals en bas du pont, que tous franchirent en courant pour se séparer de l'autre côté dans les nombreuses ruelles de Dorsuduro.

Une femme aux cheveux blancs se tenait devant l'étal du Noir au moment où il avait été abattu. Quand elle le vit s'effondrer elle appela son mari, qui n'était pas à ses côtés, et s'agenouilla près de l'homme.

Elle vit une tache de sang, sous lui, s'élargir sur la toile. Son mari, que son cri et la voir s'agenouiller brusquement avait rendu inquiet, se fraya sans ménagement un chemin au milieu du groupe et mit un genou à terre à côté d'elle. Il s'apprêtait à passer un bras protecteur autour des épaules de sa femme quand il vit l'homme allongé sur la toile. Il porta la main à la gorge du Noir, la laissant là pendant plusieurs longues secondes, puis se remit laborieusement debout, l'âge ayant rendu ses articulations rétives. Il se pencha ensuite pour aider sa femme à se relever.

Ils regardèrent autour d'eux et ne virent, outre l'homme allongé sur le sol, que les personnes de leur groupe qui toutes échangeaient de regards stupéfaits et arboraient une expression interloquée. À droite comme à gauche, dans la rue, s'alignaient les toiles déployées dont la plupart disparaissaient encore sous les bagages soigneusement rangés. Les musiciens s'étaient arrêtés de jouer et la petite foule qui les avait écoutés commençait à se disperser lentement.

Il fallut encore deux ou trois minutes avant qu'un premier Italien s'approche de la scène ; lorsqu'il vit le Noir et la toile rougie par le sang, il prit son portable et composa le 113.

Mort à La Fenice
*Calmann-Lévy, 1997*
*et « Points Policier », n° P514*
*Point Deux, 2011*

Mort en terre étrangère
*Calmann-Lévy, 1997*
*et « Points Policier », n° P572*
*Point Deux, 2013*

Un Vénitien anonyme
*Calmann-Lévy, 1998*
*et « Points Policier », n° P618*

Le Prix de la chair
*Calmann-Lévy, 1998*
*et « Points Policier », n° P686*

Entre deux eaux
*Calmann-Lévy, 1999*
*et « Points Policier », n° P734*

Péchés mortels
*Calmann-Lévy, 2000*
*et « Points Policier », n° P859*

Noblesse oblige
*Calmann-Lévy, 2001*
*et « Points Policier », n° P990*

L'Affaire Paola
*Calmann-Lévy, 2002*
*et « Points Policier », n° P1089*

Des amis haut placés
*Calmann-Lévy, 2003*
*et « Points Policier », n° P1225*

Mortes-eaux
*Calmann-Lévy, 2004*
*et « Points Policier », n° P1331*

Une question d'honneur
*Calmann-Lévy, 2005*
*et « Points Policier », n° P1452*

Le Meilleur de nos fils
*Calmann-Lévy, 2006*
*et « Points Policier », n° P1661*

Sans Brunetti
Essais, 1972-2006
*Calmann-Lévy, 2007*

De sang et d'ébène
*Calmann-Lévy, 2008*
*et « Points Policier », n° P2056*

Requiem pour une cité de verre
*Calmann-Lévy, 2009*
*et « Points Policier », n° P2291*

Le Cantique des innocents
*Calmann-Lévy, 2010*
*et « Points Policier », n° P2525*

Brunetti passe à table
Recettes et récits
*(avec Roberta Pianaro)*
*Calmann-Lévy, 2011*
*et « Points Policier », n° P2753*

La Petite Fille de ses rêves
*Calmann-Lévy, 2011*
*et « Points Policier », n° P2742*

Le Bestiaire de Haendel
À la recherche des animaux dans les opéras de Haendel
*Calmann-Lévy, 2012*

La Femme au masque de chair
*Calmann-Lévy, 2012*
*et « Points Policier », n° P2937*

Les Joyaux du paradis
*Calmann-Lévy, 2012*
*et « Points Policier », n° P3091*

COMPOSITION : IGS CHARENTE-PHOTOGRAVURE À L'ISLE-D'ESPAGNAC
IMPRESSION : CPI BRODARD ET TAUPIN À LA FLÈCHE
DÉPÔT LÉGAL : MARS 2008. N° 91475-12 (3009067)
IMPRIMÉ EN FRANCE

# Éditions Points

## Collection Points Policier